大漠鵬城

7 幻影神劍

蕭瑟——著

目錄

第一章 無相滅功……5
第二章 金弓射月……19
第三章 金鼎大師……36
第四章 寒山大筆……53
第五章 大風教主……67
第六章 飄蹤無影……85
第七章 追屍鬼王……104
第八章 失魂秘術……116
第九章 黑衣童子……134

第十章　修羅七式……154
第十一章　三星伴月……166
第十二章　金焰真火……187
第十三章　寒玉金釵……202
第十四章　達摩三劍……215
第十五章　南海奇書……232
第十六章　神手鬼醫……249
第十七章　黎山醫隱……263
第十八章　海底鐵樹……287

第一章　無相滅功

東方玉抖了抖身上的雪花，搓了搓雙手，輕輕飄落下來，在緊閉的門口猶疑了一會兒，拍門道：「請開門……。」

「誰？」

門裡傳來蒼老的聲音，那門扉輕啟一線，自裡面露出一個眇目的老人，他穿著貂皮重裘，連聲道：「好冷，好冷，你快點進來！」

東方玉稱謝一聲，急忙推門而入，一股暖意自屋裡湧來。

只見這個簡陋的茅舍中，擺了幾把桌椅，一個十餘歲的孩子正在烤火，露出詫異的神色望著他。

那個眇去一目的老人目光才觸及東方玉的臉上，神色突然大變，他乾笑了一聲，急忙掩飾自己的不安。他嘿嘿一陣輕笑，道：「這位客人在冰天雪地中趕路，不知有何急事……。」

說完，便遞給東方玉一杯熱茶。

東方玉輕啜一口濃茶，茫然道：「找人。」

那老人哈哈一笑，道：「這位小哥臉有重憂，腰繫長劍，定是武林中人。」

東方玉苦澀地笑道：「江湖是非多，像我們這種人一輩子也不能安寧。」

那老人搖頭嘆了口氣，道：「小哥說得不錯，老夫也有同感。」

東方玉詫異地望了他一眼，忖道：「這位老丈言詞閃爍，莫非也是武林中人？」

他含笑問道：「老丈想必是位隱士，不知尊姓大名？」

那老人面色陡地一沉，冷冷道：「殷武雄，這個名字對天龍谷不會太陌生吧！」

東方玉驟聞這個名字幾乎要嚇得跳起來，他做夢也沒想到天龍谷的大仇家會是這樣一個老頭子，他急忙自椅子上站起來，哪知四肢發軟，全身突然一點勁力都沒有。

他駭顫地問道：「你在茶裡下毒了！」

殷武雄冷冷地道：「在這裡動手，我嫌地方太小了，若要出去又太冷，只好暗中做點手腳，否則你哪會這麼容易被擒。」

東方玉氣得全身顫抖，叱道：「老殺才，你太混帳了！」

殷武雄慢條斯理毫不生氣，嘿嘿冷笑兩聲，道：「你罵吧！等會兒就沒有機會了！」

東方玉急忙運起神功，欲將潛伏在身體裡的劇毒逼出體外，哪知這種毒除了全身沒有一點勁力，連一絲跡象都沒有，而腦中也極清醒。

他怒吼一聲，道：「老殺才，我和你到底有何怨何仇？」

殷武雄僅剩的那隻獨眼閃過一絲凶光，嘿嘿笑道：「你們天龍谷惡名在外，尤其你那老子，假藉仁義做盡天下惡事，我這隻眼睛便是東方剛那老混蛋下的毒手，若不是我自知不是東方剛之敵，早就找上天龍谷了……。」

東方玉怒喝道：「你不要胡說！」

殷武雄一生嗜武如命，在二十年前只因仰慕天龍大帝東方剛之名，而闖進天龍谷，妄想得到天龍大帝東方剛之首肯而傳其絕藝，哪知東方剛在天龍谷裡將他挖去一目，使殷武雄含恨之下，從此隱遁在這裡。

這些過去的恨事在殷武雄眼前歷歷如繪閃現出來，他只覺一股烈火直衝心頭，恨恨地道：「我要將你的頭割下來掛在大門外，等你那老子來認屍，然後再施出『無相滅功散』，使他有力也發不出來……。」

東方玉心頭大凜，想不到這個老人如此陰狠，他一時想不出如何脫離此地，竟急得冷汗直流，一顆心恍如要跳出心口之外。

正在這時，屋外傳來一陣沉重的蹄聲，正是向這茅舍馳來。

他陡然之間，一個意念躍進腦中，不由疾快忖思道：「我何不設法將這個奔馳而至的騎士引進來，或許是我的友人也不一定，只要那人會武，脫身絕無問題。」

蹄聲漸近，東方玉突然對著門外沉聲吼道：「朋友，天寒地凍，何不進來喝杯水酒？」

「這位兄臺真好心，我這裡先謝了！」

屋外很快便傳來鏗鏘話聲，東方玉聞言一怔，只覺這話聲十分熟悉。

殷武雄沒想到東方玉會施出這招，氣得怒喝一聲，立時衝上前去給東方玉兩掌。

「啪！啪！」

兩聲清脆的掌聲霎時傳開，飄進正待推門而入的那騎士耳中，他以為屋裡發生了什麼事情，一腳將屋門踢開。

「砰！」的一聲大響，東方玉和那眇目的殷武雄同時回頭一望，只見一個冷漠的男子悄然走了進來。

東方玉臉上泛起一股痛苦的抽搐，那蘊藏心底的怒火，恍如江河決堤般洶湧而來，他沙啞地道：「石砥中，是你！」

殷武雄也是一愣，驟見這兩個長得同樣瀟灑的男子點頭招呼，誤以為他們竟是同路，他目中寒光一湧，身形倏地掠了起來！

他舉掌斜劈而出，怒喝道：「他媽的，你們原來是同黨！」

激蕩勁旋的掌風，有如利刃似的削切而至，石砥中還沒有弄清楚是怎麼一回事，對方已一掌疾劈而來。

他冷哼一聲，撩掌拍了出去。

他急忙喝問道：「這位老丈為何這樣子不講理？」

雙方掌勁甫接，心中同時一震，俱被對方那浩瀚強猛的掌勁所震懾。殷武雄身子一晃，駭得急退而去。

他恨恨地道：「君子不擋財路，想不到你這小子……！」

石砥中搖搖頭道：「你誤會啦！我只是個過路人。」

殷武雄這時哪容他多說，他猙獰地一聲大笑，回頭向那個始終未發一語的十幾歲孩子道：「小三子，把大刀給爺爺拿來！」

那孩子搖搖頭道：「不！爺爺說，再也不用那把大刀殺人了！」

殷武雄像是非常生氣，怒喝道：「這是什麼時候，你也敢和我開玩笑！」

他身子在空中一個大盤旋，投身往那個孩子身後的壁上撲去，伸手一掣嵌在壁上的大彎刀，一道閃光如電掠起，大彎刀在空中幻化成三道光弧，陡地挾著破空聲往石砥中身上砍去！

石砥中見這個眇目老人竟如此惡毒，無怨無仇便驟下毒手，他冷漠地笑了一笑，怒喝道：「你太不講理了！」

他曲肘一撞，右手五指箕張，逕自抓向殷武雄右手脈門之處。

他這一招乃是進入大漠鵬城所習得的怪招，有點類似「大擒拿手法」，但卻是連環出招，虛實循環並用，奇幻無比。

殷武雄長刀一擊，刀刃平翻，一溜刀光已點中對方「章門穴」上，他心中大喜，手上力量一加，拚命往前一送。

豈知他力道剛發，陡覺有一股無形的勁道自對方身上傳來，逼得那削出的大彎刀一晃。

他神色大凜，腦海中疾快忖思道：「這是什麼功夫，竟不畏兵刃！」

他忙不迭身子一轉，欲要收回大彎刀，哪知對方五指箕張，已往他手上扣來，他再也不能想通對方為何不畏兵刃，此時腦中只是怎樣避開對方快捷的一招。

他嘿的一聲，沉身坐馬，左手握掌直搗，右臂絕倫的一旋，頓時大彎刀輕巧地一斜，便又挑將起來。

石砥中冷哼一聲，怒道：「我若讓你在我手中走出五招，便不是回天劍客——」

語音甫逝，他大喝一聲，腳下連走五步，連換三個方位，豎掌斜劈，右手伸入對方刀幕之中，撩指彈向對方「肘泉」、「曲池」大穴。

殷武雄此時頭上汗水直流，驚悸欲死，他那復仇的雄心此時俱已消逝殆盡，髮絲貼在額上被汗水沾得緊緊的，他急促地喘了兩口大氣，挽刀斜挑，劃出一道刀幕，罩向石砥中身上。

「哼！」石砥中冷哼道：「念你和我無仇無恨，你滾吧！」

一股渾厚剛猛的力道撞在對方的大彎刀上，只聽數聲輕響，殷武雄手上那柄大彎刀斷裂成數段落在地上。

殷武雄羞紅了臉，呆呆望著石砥中，好一會他才悲傷地嘆了口氣，黯然退後。

他怒笑道：「不管什麼時候，我殷武雄定會找你報仇……。」

說完，他緩緩走到東方玉的身旁，目中凶光大熾，但卻仍心懷畏懼，手掌顫動，不敢輕易拍出。

東方玉冷冷地道：「你若敢動歪念頭，立時便會死在石砥中的掌下。」

殷武雄氣得鐵青了臉，扯起那孩子，恨聲道：「這裡讓給你們，總有一天我會找到天龍谷去！」

他憤怒地一聲大笑，拔起身形快捷地掠出門外，在這大雪漫天裡，只見一道黑影飛奔而去。

× × ×

東方玉經過這陣調息，那散於體內的無形毒素漸漸自汗毛孔中逼了出來，他暗自一提勁力，只覺功力已恢復了十之八九，頓時有一股令人駭懼的神色布滿臉上，殺氣燃於眉睫，向石砥中走了過去。

石砥中深吸口氣，道：「東方兄，想不到在這裡又遇見你。」

東方玉嘿嘿笑道：「我也想不到在這裡能找到你！」

石砥中一愣，道：「你找我有什麼事？」

東方玉想起西門婕慘死於石砥中手下，心中那股激蕩的怒氣恍如燃燒的烈焰，他目中淚水泉湧，竟滾落下無數清瑩的淚珠。

他一拭淚痕，道：「石砥中，你害死多少女子！」

石砥中痛苦地一顫，茫然道：「我害死多少……。」

上官婉兒、羅盈、西門婕這三個女孩子死時的淒慘情景，又如夢幻一樣的浮現在他的眼前。

這些女孩子雖非全係死在他手裡，但卻間接都和他有關，血淋淋的往事雖時隔已久，卻依然活在他那顆凍結的心裡……。

東方玉滿面悲憤，恨恨地道：「西門婕純真善良，死心塌地愛著你，她到底欠你什麼孽債，你竟活活劈死她！」

這冰冷的字句像巨錘般字字敲進回天劍客石砥中的心坎，他痛苦地呃了一聲，在那深邃的目光裡陡地浮現一層濛濛淚影。

他淒涼地嘆了口氣，道：「這是我的錯，這是我的錯。」語音沙啞，一頓又道：「東方兄，請你不要再說了！」

東方玉愛戀幽靈大帝之女西門婕，深比那浩瀚的海洋，當他知道西門婕死於石砥中手底之時，他曾痛苦悲泣三天三夜，直到他萬里尋仇為止，那心靈上的瘡疤依然未能揭去，天天如毒蛇似的嚙齧他。

他發誓要報仇，替他的愛人……。

他無情地冷笑一聲，道：「天下哪有殺了人還不讓人家說的事情！石砥中，你若是有人性，就不該剝奪一個無辜女子的生命！」

他語聲顫抖，又痛苦地怒吼道：「我恨你，恨你殺死一個可憐的女人……。」

「呃！」石砥中悲傷地哼了一聲，顫聲道：「東方兄，請你留點餘地——」

「呸！」東方玉目光中寒意陡湧，不屑地輕啐一口，他滿臉猙獰之色，斜斜跨出一步。

他冷煞地怒吼道：「你怕我說嗎？哼！石砥中，我雖然打不過你，但我的嘴卻不饒你，任何時間地點我都要說……。」

石砥中拂袖轉身就走，道：「再見，我不和你計較！」

他邁開步子，只想早些離開這裡，東方玉陡然自腰際掣出長劍，一斜劈趁勢晃身擋住門口。

他憤怒地道：「你想一走了之，沒有這麼簡單。」

話聲甫出，劍勢一揚。劍光騰飛裡，自偏鋒斜斜刺出一劍，奔向回天劍客石砥中肋下「章門穴」。

石砥中電快地一轉身，沉聲道：「東方兄，我心裡的痛苦絕不比你少，你何必要苦苦相逼呢！凡事都在忍字……。」

他那落寞悲傷的樣子，若在平時，東方玉恐怕也不忍過分逼他，但這時他氣憤填膺，誤會石砥中故意作假，未等石砥中說完，已仰天哈哈一陣狂笑。

笑聲一歇，變色叱道：「反穿皮襖裝老羊，我可不信你這一套……。」

石砥中一怔，一股怒火頓時自胸中熾起，他怒哼一聲，緩緩向前走了兩步，兩道炯炯神光投射在東方玉臉上，在那如玉的臉上陡地浮起冷煞的寒意。

東方玉只覺心神一顫，被那如刃的目光逼得連頭都不敢抬起來，他急忙移開自己的視線，長長吸了口氣。

石砥中冷冷地道：「前幾次我都原諒你，那是因為我們之間尚有份相識的緣分，今天你無緣無故譏諷我，顯見你我已不能兩立。」

東方玉嘿地一笑，道：「當然，我只恨不得生啖你的肉！」

「啪！」石砥中幻化無比摑了東方玉一掌，東方玉料不到對方出手如此之快，身形一晃，臉頰上五條長長的紅痕。

石砥中冷漠地道：「這一掌是告訴你做人不要太絕，你心性本極善良，無奈交上西門錡那個惡友，竟也變得暴戾無比。」

東方玉大喝道：「石砥中，我和你拚了！」

他驟然受辱，心中那股難過簡直無法形諸筆墨。大喝一聲，劍勢電快一轉，寒芒顫起無數劍花，向石砥中身上斜削而去。

石砥中今日存心要教訓教訓狂傲不羈的東方玉，全身勁力在一瞬間提聚在右掌之上，沉聲道：「你是不見棺材不掉淚！」

他存心要給東方玉難看，手下再也不留情，那無情的劍勢如電襲來，他冷冷地一笑，左掌斜斜轉一個大弧，右手疾快地擊向顫動而來的劍刃之上。

東方玉只覺對方掌影如山，自己拚盡全力，也無法捉摸出對方幻化的身影。

他心中大駭，腦海中疾快忖思道：「沒想到石砥中功力一天比一天精進，我東方玉只顧沉湎於那些往事的回憶裡，而功力竟然越來越差。」

這個意念在他腦海裡一閃而逝，他奮起全身功力，陡然擊出一劍，哪知劍芒一顫，一股無形的大力自對方掌影裡傳來，正好擊在他右腕上。

「鏘！」那柄寒光耀目的長劍陡地化作一縷寒芒，鏗然聲中掠射而去，插進屋頂，齊柄沒入。

東方玉黯然一嘆，望著石砥中痛苦地道：「你殺了我吧，我生命已經沒有意義了！」

石砥中緩緩走過來，輕拍他的肩頭，長嘆了口氣，在那冷漠的臉上閃現出誠摯的笑容。

他搖搖頭道：「東方兄，我這樣做並不是有心要折磨你，實在是想激發你的鬥志，重新奮發起來，在江湖上做一番事業……。」

東方玉自從失去西門婕後，意志頹喪消沉，石砥中善言開導，使他靈光乍現，陡覺空虛的生命又充實起來，他愕愕望著石砥中，竟一句話也說不出來。

良久，他長嘆了口氣，道：「你真是……我……。」

兩人的手掌緊緊相握，在這一剎那，彼此之間前嫌盡釋，以往種種都煙消雲散，東方玉感動得熱淚直流，通體一陣激動地顫抖。

石砥中深吸口氣，腦海中疾快忖思道：「江湖上本來就是一個大漩渦，今日是敵，誰又想到明日會是朋友呢！人在江湖上奔波，沒有做過一件真正值得自己驕傲的事情，只有今天，我才瞭解人活在世上的意義，那是互助、互愛、互敬，絕非終日追逐在恩怨情仇裡。」

忖念甫逝，陡然瞥見在這寒冷至極的雪地裡，有一個人影正踏著白雪往這裡奔馳而來，在這個黑影身後，有三個持劍的高手尾追不捨。

那黑影越來越近，石砥中已看清楚是個年輕的道人，在這道人身後尾隨不捨的，卻是三個年紀極大的老和尚。

他神色一怔，詫異道：「這些和尚為何緊追這個道人，難道江湖上又有什麼驚天動地的大事發生……。」

東方玉神色微變，道：「那是少林寺的三大羅漢，我們快去……。」

兩人肩頭一晃，急忙飄射出屋外。

那個拚命狂奔的道人已受到嚴重的劍創，他急促喘息著，雙手揮劍，和那三個和尚又拚鬥了幾招，反身再跑。

這三個和尚清叱數聲，只聽一個和尚吼道：「崑崙餘孽，還不給貧僧站住！」

石砥中一聽這道人是崑崙門下，心裡頓時一驚，他身形有如一隻大鳥般的拔起，斜斜落在那道人身前。

那道人這時因流血過多，再也支持不住，張口吐出一口鮮血，身軀抖顫，仆倒在雪地上。

那三個僧人如飛馳至，揚起長劍向這道人身上劈落。

石砥中陡然劈出一掌，沉聲喝道：「住手，有我回天劍客在此，不准你們這樣趕盡殺絕！」

那受傷的青年一聽，這個滿面煞氣的男子正是回天劍客石砥中，臉上痛苦地抽搐一下，顫聲道：「師叔，我們崑崙……。」

字音含混不清，那小道人全身劇烈顫抖，一縷血漬自嘴角溢出，倒地死去。

石砥中全身劇震，急問道：「我們崑崙怎樣了？」

第二章　金弓射月

冷颯的寒風呼嘯著劃過空中，雪花鵝毛似的飄落，那個倒地死去的年輕道人僵臥在雪地裡，將那白皚皚的雪地染紅一片，鮮紅的血液立時凝結成塊……。

少林三羅漢身形一現，六道如電的目光全都聚落在回天劍客石砥中身上，令人懷疑這三個出家苦修的僧人臉上怎會露出如此凶惡之色，顯得那麼猙獰。

石砥中望著死去的崑崙弟子，心頭突然湧出一股莫名的悲憤，他緩緩收回目光，冷煞地逼視在少林三羅漢身上。

三羅漢通體冷顫，各自倒退一步。

回天劍客石砥中冷漠地道：「三位高僧和崑崙有何深仇大恨，非要做出這等趕盡殺絕的事情！」

那三個少林高僧臉上同時泛起一陣抽搐，恍如非常痛苦一樣，只見當中那個濃眉環目、身披灰色僧袍的老和尚低宣一聲佛號，向前跨進一步。

他低沉有力地道：「貧僧木珠來自少林，奉掌門之命，務必擒下這個從崑崙逃出的小道。」

石砥中心頭劇烈一顫，頓時那不祥之預感湧上心頭，他訝異地「哦」了一聲，腦海中疾快忖道：「崑崙、少林，這兩大門派難道發生什麼事故！」

他未等忖念消逝，臉上倏地一寒，冷冷地道：「貴掌門也太剛愎用事了，崑崙弟子做了什麼樣的大事，值得少林三大羅漢親自遠涉關外萬里追蹤，而非致對方於死命不可，貴掌門是否也來了？」

木珠大師雙手合十，低低宣了聲佛號，又道：「崑崙和少林兩派之事恕貧僧無法奉告，敝掌門已遠在崑崙，此刻還沒有來關外的打算。」

東方玉這時一臉憤色，他冷哼一聲，大笑道：「殺人償命，血債血還，你們既然殺死崑崙弟子，自然亦得拿命相抵，尤其是這種趕盡殺絕的事情，根本不該發生在名門大派之間……。」

木珠大師和其他兩個僧人，讓東方玉犀利的問話責備得神色同時大變，俱怒視東方玉一眼。

木珠大師冷冷地笑道：「崑崙弟子夜郎自大，妄想以單薄之力和少林過不去，像此種蠻橫之徒，貧僧縱然不追殺，他也會……。」

「哼！」石砥中冷哼道：「你說什麼？一個出家人竟敢說出如此惡劣的話，少林寺雖然盛名在外，但如果貴寺通通是像你這樣不講理之徒，天下豈有公理！」

少林三大羅漢被回天劍客石砥中數落一頓，臉上俱露出憤慨之色，凶惡無比瞪著石砥中。

石砥中從沒料到一個出家人會如此凶狠好鬥，不禁對這三個身入佛門出家苦修的僧人大生反感，一種不屑的笑意自嘴角上漾起，冷冷地笑了一笑。

凝立在木珠大師左側的那個少林僧人，見回天劍客石砥中竟敢輕視名傾四海、盛譽遠播的天下四大佛寺之一——少林寺，登時怒氣衝衝走了過來。

他長劍斜斜一指，沉聲喝道：「施主不把少林寺放在眼中，顯然是存心與我少林寺為敵，貧僧身為少林弟子，本著衛道之心，先向施主討教幾招。」

他這時雖然憤怒已達到極點，但由於多年苦修，始終沒有做出過分的舉動來，話音甫落，劍尖已斜伸而出，在那鋒利的劍刃上泛射出一股冷寒的光芒。

石砥中微微一笑，臉上濃濃地布上寒霜，他身形輕移，向前連走出三、四步，深吸口氣，道：「如果你認為任何事情惟有以武力解決的話，在下只好陪你走幾招。」

他自己也沒有想到為何今日脾氣會這樣好，連崑崙派弟子被殺死都未引起他的殺機，其實原因很簡單，石砥中對誤殺西門婕之事猶未淡忘，不敢再輕率做出魯莽之事來，並且石砥中對名重武林的少林寺頗為敬仰，深信少林寺此舉必有其他原因。

東方玉身形一晃，大聲道：「石兄，這個禿頭交給我啦！」

天龍谷世代相傳，威望之盛不下於當今武林任何一派，無形中養成東方玉高傲的性情，實在看不慣少林三大羅漢盛氣凌人之勢，所以昂然走了出來。

木慧正在凝神運劍，陡見東方玉閃身而出，驟然看見這少年身法靈巧，僅是肩頭微微一晃，便已到了自己身前，不覺心頭劇震，對這豐朗如玉的少年打量不已。

木珠大師神色大變，詫異地道：「這位少俠……？」

東方玉冷哼道：「我是東方玉。」

木珠大師啊了一聲，驚道：「原來是天龍谷少谷主，天龍大帝東方老英雄乃一代宗師，敝派對令尊仰慕已久，望少俠……。」

這一個佛門僧人雖覺東方玉言辭間甚為高傲，由於天龍大帝東方剛威名遠播，連海外三仙六隱人物都對他敬畏十分，不願結此強敵，給少林寺招來無謂的麻煩，因此對東方玉的態度和緩不少，臉上的怒氣也漸漸淡隱。

東方玉斜睨了木珠一眼，冷冷地道：「這位大師不是想套關係吧……。」木珠大師臉色一紅，吶吶說不出話來，他雖氣得遍身抖動，濃眉深鎖，卻仍強自忍耐住了。

木慧長劍一抖，大聲問道：「師兄，我們少林寺何曾懼怕過誰來？」

木珠尚未答語，身旁的師弟木圓已忍耐不住，他氣沖沖一揮長劍，斜斜指向東方玉，對木慧道：「少林寺天下一方，何曾畏懼過誰？」

語音稍斂，冷冷望向東方玉，又道：「天龍大帝雖是頂尖人物，可是單憑施主這句話還嚇不倒少林寺，施主年紀輕輕便不把少林人物放在眼裡，貧僧可還是第一次遇上……。」

東方玉心憤少林三大羅漢殺死一個歲數極小的道人，存心要給三大羅漢一點顏色瞧瞧，神情冷漠地一笑，對著木圓道：「你如果不服氣盡可上來，多費唇舌也沒意思。」

木圓深吸口氣，身子方動，木慧已大叫道：「貧僧一個已經夠了，何須我師弟出手！」

他一抖長劍，在空中連著幻化出幾個冷寒的劍圈，寒颯的劍氣層疊射出，撩空一劍向東方玉的左肩刺來。

這一劍快速迅捷，部位之準，拿捏的正是時候，劍芒顫動，宛如羚羊掛角，不留痕跡，端是氣勢不同。

東方玉心頭大凜，步下斜移，腦海中疾快忖道：「少林寺能名揚天下，歷數百年而不衰，端是有不少能人，單單木慧這劍就可顯出少林的功夫不容忽視……。」

他深得天龍大帝東方剛武功真傳，見木慧揮出這一劍迅捷有餘，剛勁不足，便知這個僧人在劍道上的功夫不深，他朗聲大笑，右拳筆直搗出。

這一拳可說是羅盡天下拳法之大成，那伸直的拳頭在空中一晃，穿過閃動的劍幕直擊而去，非但避過木慧的那一劍之危，還可趁勢攻敵。

木慧在少林木字輩中也算是傑出人物之一，所見過的奇人奇士可說不在少數，但是從沒有遇過誰能夠以拳當劍，在一招不及之下，反而失去了主動的地位。

他駭異地一愣，在炯炯目光裡閃現出詫異的神色，他急忙收身向左側一躍，劍刃陡地一跳，向上躍起三寸，在空中轉一大弧電閃射出。

東方玉冷漠地笑道：「好一招『金弓射月』！」

這「金弓射月」本是少林七十二路達摩劍法中的絕學，尋常人在這強大的劍式下，雖然能躲過劍尖穿臉的厄運，但絕不能避過劍刃削肩的一轉，木慧深感對手太強，迫不得已施出少林僧人不輕易施出的七十二路達摩劍法。

東方玉只覺劍氣襲體，壓力奇大，他左手虛晃一拳，突地化拳為掌，迎向疾劈而落的劍刃上拍去。

「啪！」一聲輕響，劍身陡地一震。

木慧也覺手心一熱，一股深厚的勁道自對方掌心吐出，他輕呃一聲，冷寒的長劍墜落在地上。

木珠和木圓兩人自見木慧施出七十二路達摩劍法中的「金弓射月」之後，臉上就同時變色，木珠惶恐萬分飄身躍來，急道：「師弟，你……。」

木慧面上一片慘然，冷汗涔涔滴落，顫聲道：「師兄，我不是有意施出達摩祖師遺留下來的劍法，剛才……。」

他連說了幾個「剛才」，始終沒有說出個所以然來。

雙方在動手之時，木慧才覺胸前氣血沸騰，恍如有一道無形的壓力在壓迫他，在那神智一失的剎那，竟把師門不准輕易施出的劍法施展出來。

木珠頓足長嘆，道：「浩劫，浩劫，師門浩劫就在你這一劍上應驗了……。」

要知少林門規謹嚴，歷代弟子對師門留下來的教條遺訓都不敢輕易違背，達摩祖師一葦渡江東來之後，傳下歷代絕傳的七十二種絕藝，尤以達摩劍法為劍道之最，是在他證道涅槃之時所領悟，後來寫於一塊竹簡上，告誡世人這種劍法絕不可輕使，否則必招奇禍。

少林寺百年前無意間在藏經樓中發現達摩劍法，便告誡弟子，不准傳播出去，暗中將此招授於擔負少林寺守衛的一百零八個羅漢堂弟子，便是這「金弓射月」的由來。

木慧才學了這招不久，又因天生遲鈍，不能將這招精髓領悟，僅知擺個架勢，故會失手敗給一代高手東方玉，饒是如此，也把東方玉的衣衫削下一大片，連他也暗中驚出一身冷汗，如果木慧再施一招，東方玉縱是武功通神也得受傷或者死亡，可惜木慧僅會此一招而已。

木慧臉上掠過一片黯然之色，踉蹌走了幾步，哇地一聲吐出一口鮮血。

他因想到師門浩劫可能因此而生，暗中憂慮過甚，急得心血上湧，竟吐出一口鮮血。

石砥中驟見木慧施出那樣幻化無比的奇絕劍招來，心頭狂跳一陣，幾乎不相信達摩劍法竟會重現江湖。

他凝重地望著木慧，喃喃道：「達摩劍法，達摩劍法！」

他腦中陷於沉思，在似斷未斷的一縷思緒裡，怎也思索不出達摩劍法何時曾出現江湖，而想不出自己曾經在哪裡見過有關達摩劍法的一段往事。

石砥中目光電射，望著木慧，問道：「你剛才施出的『金弓射月』，是達摩劍法的第幾招？」

木慧痛苦地哼了一聲，大吼道：「這不干你的事！」

吼聲如雷，很快傳遍了冷寒的雪地裡，在那白皚皚的雪地裡突然出現四點淡淡的騎影，正向這裡移動。

東方玉冷笑道：「石兄，這禿頭不說，我自有辦法。」

他的話聲消逝了很久，沒見回天劍客石砥中回答，不禁一怔，他斜睨了石砥中一眼，陡覺心頭一震，只見石砥中臉色凝重地望著那四個淡淡的暗影。

×　×　×

蹄聲在冷颯的寒風裡清澈響起，漸漸現出三個身著袈裟的僧人，俱端坐馬上，在這三個僧人之後，緊隨著一匹雪白如銀的驃悍大馬，在那馬背上馱著一個道人，他匍伏著身子，使人看不清他的面貌。

木圓歡呼一聲，道：「是師兄來了！」

東方玉神情奇異，輕輕地對石砥中道：「怎麼？少林寺竟動員了這麼多高手！」

石砥中冷漠地笑了笑，目光已瞥向那個被縛在馬背上的道人，他見那道人面目生疏，不禁一怔，腦海中疾快忖思道：「這個人莫非也是崑崙弟子？」

這個意念在他腦海中一閃而逝，急忙高聲道：「道兄，你可是來自崑崙？」

那個道人手腳被縛，根本動彈不得，聞聲之後，兩道目光倏地落在石砥中身上，嘴裡啞唔喲竟然說不出話來。

東方玉瞪了那三人一眼，道：「他的穴道被點啦！你問也沒用。」

那三個僧人同時自馬上飄落下來，微露驚訝之色望了石砥中與東方玉一眼，暗中俱猜測不出這兩個男子到底是什麼來歷？

其中一個身材削瘦的僧人問道：「三位師兄，你們的任務如何了？」

當他的目光瞥及地上那個死去的年輕道人身上時，頓時知道這是怎麼一回事了，他回身就走，道：「好啦，兩個逃跑之人一死一擒，我等也好回去了！」

「哼！」

石砥中驟見堂堂少林高手竟如此惡劣的對待崑崙門下，一股怒火從胸間直衝上來，他冷哼一聲，沉聲道：「給我把那個道兄放下來！」

那三個僧人同時一怔，沒有料到這個男子敢如此指使他們，俱露出憤憤不平之色，那個剛剛回身欲走的僧人大怒，右手已按上劍柄。

木珠向他一揮手，低宣一聲佛號，道：「施主不知根由，便如此對待少林弟子，貧僧這次來雁門關外，實有不得已的苦衷，希望你……。」

「什麼？」石砥中怒叱道：「你竟敢阻攔我回天劍客石砥中！」

那三個僧人驟聞他就是力鬥天龍大帝東方剛，血拚幽靈大帝西門熊的江湖後起之秀回天劍客，同時心神劇顫，就連木珠、木圓和木慧都不自覺地退後幾步，唯恐這男子突起發難。

那個四肢被縛的道人一見這男子便是他遠涉關外，走遍大漠所欲追尋的回天劍客石砥中時，臉上立時泛現一絲笑容，他嗯啊幾聲，急忙將頭連搖。

石砥中對那三個僧人沉聲道：「放下他來！」

這震徹穹空的一聲大喝，震得那些僧人耳中嗡嗡直鳴，有如金石崩裂似的重重敲進他們的心坎，那圍繞在道人身旁的僧人神色大變，各自戒備起來。

木圓冷冷地笑道：「辦不到，除非你有本事將我們六大羅漢擊敗。」

石砥中深吸口氣，身形如電拔了起來，道：「我倒要看看誰敢阻攔我……。」

他身法快速朝向那個被縛在馬背上的道人飛了過去，木珠長劍一顫，身形如射而至，一劍斜斜劈出。

他怒笑一聲，喝道：「攔住他，攔住他……。」

那三個僧人首當其衝，木珠話聲甫逝，他們已各自身形一分，紛紛掣出隨身攜帶的長劍，三道耀眼的光芒顫動而去。

東方玉輕叱道：「不要臉的禿頭，只會以多欺少！」

他見回天劍客石砥中穿插在這冷寒的劍幕裡，登時一動身形，向木圓和木慧攻去，掌勁陡發，木圓和木慧各自被逼退兩步。

木珠曉得回天劍客石砥中功力非凡，在當今江湖高手中是頂尖人物，他劍化削為劈，大喝道：「施主無理取鬧，貧僧得罪了！」

這個佛門僧人功力深厚，他全身長袍隆隆鼓起，通體骨骼傳來一連串的密響，手腕抖動，劍芒如雨倒灑而出。

石砥中被四個少林高僧連環攻擊，心裡覺得有一股怒氣湧出，他暗中將功力運轉體內一匝，將那渾渾的勁力陡地迸發擊出！

「砰！」一聲沉重的響聲傳來，只見最左側的那個僧人慘叫一聲，身軀立時被平空擊了出去。

他身子在空中連翻幾個跟斗，尚未墜落地上，嘴裡鮮血直射，等他落到地上，已經氣絕而死。

石砥中斜掌劈死一個少林高僧，使其餘少林羅漢氣得身子直顫，同時大吼一聲，劍掌交加擊來。

木珠大師劍刃一挑，目眥欲裂，吼道：「石砥中，老衲跟你拚了！」

一曳袍角，劍刃陡地自偏鋒裡劃出。

一縷寒嘯的劍風尖銳的響起，圈圈劍光之中，如電劈出。

石砥中見這些少林高僧如此蠻不講理，登時一股怒火在臉上顯現出來。他冷喝一聲，步下輕移，右拳倏地揚起，左掌兜一大弧，對著自左右襲到的劍刃同時劈去。

木珠臉色大變，喝道：「快退！」

回天劍客石砥中趁著這幾個功力絕高的少林高僧後退之際，疾快闖上前去，伸手扯斷被縛道人身上的繩索，那道人因為被縛得太久，只得坐在地上活動筋骨。

木珠領了其他兩個僧人隨後追來，石砥中冷冷一笑，右掌緩緩抬起，一股晶瑩奪目的光華耀耀射出，驚得那個僧人驚呼一聲，駭然又退了回去。

木珠神色大變，顫聲道：「斷銀手，斷銀手……。」

石砥中只覺豪氣陡增，那股幾乎已要熄滅的雄心又從心底漾起。

他冷冷望著那三個畏懼駭顫的少林高手，腦海中疾快忖思道：「江湖上的紛爭，解決的唯一途徑便是武力，在真理講不通的時候，只有以硬對硬才能消彌殺劫……。」

他冷漠地笑道：「你能認出我的『斷銀手』，可見你還有幾分眼力！」

木珠這時已將全身勁力逼運於體外，全身衣袍恍如被風鼓起一樣，一道無形的氣勁彌漫布起，雙目寒露，不瞬地凝視石砥中。

他低宣一聲佛號道：「施主得天獨厚，得此天下神功，本著發揚武德之心，應替天下蒼生做一番驚天動地的事，如今拿出這種霸道無倫的功夫對付我佛門弟子，實在是……。」

他深知這種功夫天下無倫，神功一出，天下幾乎無人能擋，嘴裡雖然說得義正辭嚴，心裡卻害怕得連話音都透出輕微的顫抖。

木珠大師畏懼地將手中長劍一擲，雙掌疾伸出，等待致命的一擊。

石砥中哈哈笑道：「原來少林高僧也懂得發揚武德，如果你真是一個懂得武德的人，也不會這麼多人去追殺一個身負重傷的人了。」

「狂徒，你敢輕視少林寺？」

隨著這聲暴喝，那兩個和木珠並肩而立的少林僧人已大吼一聲，雙雙晃肩攻向石砥中，拚死搶攻過來。

石砥中冷笑道：「你們要送死，我只好給你們個痛快！」

掌勁往外一吐，一道炙熱的氣勁混合流灩的光華疾劈而出，聽那兩個少林高手慘叫一聲，倒地而死。

一蓬鮮紅的血雨灑落，濺得白皚皚的雪地殷紅一片。木珠大師臉上抽搐，望著死去的兩個同門弟子黯然掉下了淚來。

他痛苦地大吼道：「石砥中，你果然如江湖上傳言一樣，是一個沾滿血腥的惡徒。在大漠裡，你連劈各派弟子，這事少林本不相信，哪知今日所見，卻不由得老衲不信了。」

石砥中冷冷地道：「在下只要問心無愧，何懼那些流言中傷。」

「砰！」的一聲大響傳來，石砥中和木珠同時轉頭瞧去，只見木慧雙手撫胸緩緩倒在地上，東方玉手掄長劍，正將木圓追得在寒冷的雪地上奔跑閃避。

木珠沒有料到少林寺六大羅漢塞外之行幾乎要全軍覆沒，他憤怒地仰天一聲長笑，臉上泛起一種從未有過的憤怒之色。

他顫聲道：「師弟，你過來！」

木圓喘息著搖晃身形，淒涼地道：「師兄，我們要死也要死在一起！」

東方玉晃身追蹤而至，大聲道：「你要死，我就成全你！」

他正待一劍刺出的時候，忽然瞥見回天劍客石砥中向他搖了搖頭，他急忙收回幾欲劈出的長劍，和石砥中並立在一起。

那個被縛甚久的道人經過一陣舒活筋骨後，已經可以站起身來，他滿臉悲憤，怒衝衝瞪了木珠一眼，道：「師叔，不要放過他們，崑崙已不知死傷多少人在他們少林僧人手裡……。」

石砥中心裡劇顫，大聲問道：「什麼，崑崙派遭到少林寺的血洗……？」

他詫異地望著木珠大師，目光恍如要噴出火來一樣，道：「你告訴我，崑崙和你們少林到底有何仇恨，使你們發動那麼多人去殺害崑崙弟子？」

木珠冷喝道：「崑崙派是什麼東西！」

「你找死！」他怒喝道：「我們不給你們少林一點顏色看看，你們少林還真以為天下全是你們少林的呢！木珠，你是要我動手，還是你自己動手？」

木珠冷冷地道：「老衲還不是怕死之輩，你的話留著以後說吧！」

「哼！」石砥中這時已動殺機，趁勢一揮，天下第一功力「斷銀手」已經發出，木珠雙掌疾揚，迎了上去。

「砰！」

木珠只覺胸前一緊，狂吐數口鮮血。他身形猛地搖晃，連退五、六步，每退一步，足掌都陷入地下數寸之深。

他痛苦地一笑，顫聲對木圓道：「木圓，你快回去告訴掌門人，就說回天劍客石砥中已和本門作對，請他立即下令火焚崑崙。」

他顫抖地說出這幾句話之後，狠狠盯視石砥中一眼，胸前氣血上湧，身子緩緩倒了下去。

木圓熱淚直流，大吼道：「師兄，師兄……。」

一陣冷削的寒風帶起鵝毛似的雪片，灑落在地上那些僧人的身上，木圓在木珠身旁哭了良久，茫然自地上站起來，搖搖晃晃地向雪地裡行去。

東方玉神色微動，道：「留下他！」

石砥中黯然長嘆道：「讓他回去報信吧，崑崙和少林的事已經鬧大了！」

那個道人急忙跑上前來跪在地上，惶悚地道：「師叔，掌門人請你回去，弟子玄松找你老人家已經數日了，連日來遭受少林寺的追殺，僥倖才找到你……。」

「你該回去了！」

石砥中喃喃低語一陣，一揮手讓玄松爬了起來。他黯然一聲長嘆，一顆心早已飛到崑崙山上。

第三章　金鼎大師

靜謐的崑崙山在一片白雪下沉寂了，高聳的玉柱峰斜插雲端，飄落的雪花掩去了山上的綠色……。

雪白的山崖後，玉虛宮冷清地覆上一片白皚皚的雪花，幾枝寒梅吐著新蕊，開放的花瓣散放出一片清香。

回天劍客石砥中驟然回到這個老地方，心裡突然湧出一股激動，這裡曾在他的心底留下深刻的印痕，那過去的一切，立時恍如在他眼前浮現出來。

他曾在這裡力鬥七絕神君，血拚天龍大帝東方剛，也曾痛創幽靈騎士而解救崑崙滅門之禍。

如今那些輝煌的事蹟已被無情歲月掩去，在他的心裡只留下無窮的回憶及揮不去的惆悵，絲絲縷縷扣住他的心弦。

峰頂上刮著冷寒的大風，一個高聳的大石牌孤零零地豎在峰頂，拱起的墳墓平添無數淒涼……。

玄松目中含淚，悲涼的一指石牌，道：「師叔，那就是護衛崑崙、血抵少林的七十五名死難弟子。」

石砥中沉默地走了過去，眼前彷彿浮出少林血洗崑崙玉虛宮的一片慘景，那英勇的崑崙弟子個個拋棄自身性命，用鮮血保護自己的師門。

他黯然掉下兩滴淚水，喃喃道：「這到底是為什麼，要用這樣的代價發動兩派的凶殺？」

當他目光抬起，忽然瞥見在石牌左側有一個大理石雕成的石像，神威凜凜凝立在雪地裡。

他心中一愕，只見一個翩翩如生的雕像手裡捧著一柄長劍，斜指穹空，目光凝視遙遙遠方……。

他怔了怔，道：「這像是誰的？」

「那是師叔。」玄松肅然起敬道：「掌門人為了激勵本門弟子上進，將師叔的雕像放在這裡，讓門中弟子知道一個永垂不朽的英雄是如何受人景仰，是如何開創自己的生命！」

石砥中露出一絲苦澀的笑容，道：「我是英雄嗎？掌門人也太看得起我了！我哪裡值得成為同門的偶像，唉！蜉蝣人生，朝露似的剎那……。」

自古英雄皆寂寞，石砥中何能逃過寂寞的煩惱呢！雖然他有過無數英雄事蹟，可是他所剩下的只是無涯的回憶和痛苦的心靈。在這庸庸碌碌的人生旅途上，他飽嘗人世的苦澀，永遠享受不到一絲甜蜜的溫馨……。

玄松態度恭敬地道：「你是英雄，是我們心裡永遠不敗的英雄！」

回天劍客石砥中惟恐再增加無限傷感，他向始終沉默不發一語的東方玉望了一眼，緩緩道：「怎麼，我們來了這麼久，還沒看到一個人？」

玄松黯然道：「我也不知道，我下山時正好遇著少林犯山，逃出以後，便處處躲避少林寺的追擊。」

正在此時，一聲沉重的鐘響自玉虛宮裡迴盪起來，那低沉的鐘聲依舊，石砥中只覺心頭一酸，沒有想到崑崙會突然遭此大變。嫋嫋鐘聲輕躡過山頂，回盪在山谷裡。

突然一聲大笑傳來，石砥中臉色大變，陡地拔起身來，道：「來者何人？」

「阿彌陀佛！」一聲低沉的佛號響起，只見一條灰濛濛的人影疾落而下。

玄松驚呼一聲，連著倒退兩步，顫聲道：「他是少林金鼎大師！」

那個大和尚濃眉舒捲，目中神光暴射，手裡提著一根黑溜溜的大禪杖，他單手打了個問訊，道：「施主可是崑崙弟子？」

石砥中冷冷笑道：「是又怎麼樣？」

金鼎大師在少林寺輩分極高，故從沒有一個人敢如此對待他，他神情略變，道：「施主是誰？怎麼這樣無禮！」

石砥中冷漠地道：「你身為佛門中人，當知因果循環相報之說，崑崙何故竟遭貴寺殺死如此多弟子，我回天劍客如不替崑崙出口氣，少林寺恐怕不知要做出多少傷天害理的事情！」

「石砥中！」

金鼎大師對回天劍客石砥中的大名仰慕已久，他驟見這個男子便是名震遐爾的回天劍客，心裡著實吃了一驚，雙目一凜，緊緊投落在他身上。

他口宣佛號道：「施主妄動無名，對這兩派間發生的重大變故並不瞭解，便橫論敝派之不當，老衲對施主頗感失望。」

石砥中一怔，道：「這麼說，是崑崙不對了！」

金鼎大師深長地嘆了口氣，道：「這事只有等敝派掌門人到了以後，才能知道始末。」

石砥中一愕，沒有想到竟連少林寺金鼎大師都不知道兩派大動干戈的原因，他哪知這事牽連太廣，除了兩派掌門外，鮮有人知道其中真正內幕。

他深吸口氣，冷冷道：「大師手持鐵杖上我崑崙，不知是何居心？」

金鼎大師在回天劍客面前，始終保持冷靜緩和的態度，他低宣一聲佛號，將大禪杖輕輕一點地面，道：「施主問得好，老衲太失禮了！」

語音甫落，突然響起一陣冰屑濺地之聲，那根沉重的大禪杖恍如疾矢般穿射入地，僅留大禪杖的上半截在地面上。

一代佛門高僧微微一笑，單掌倏地掄起，對準那根大禪杖頭上擊去，「砰！」的一聲，整根禪杖沒入地底。

這一著內家功力的顯露，使石砥中和東方玉同時大驚，尤其是玄松，更驚得連一句話都說不出來。

石砥中冷笑道：「大師好功力，可惜崑崙不稀罕這根東西！」

他伸出兩指，挾著那個僅露在地面上二寸餘長的禪杖上，緩緩拔了出來，等那禪杖拔出一大截時，金鼎大師大叫一聲，滿臉駭異地往山下撲去。

回天劍客石砥中望著金鼎大師逃去的影子，面上泛起一絲不屑的笑意。

正在這時，自玉虛宮裡並排走出二十餘個手持長劍的道人，在玉虛宮前，排開一個劍陣，俱沉默凝立，恍如在等待什麼人似的。

玄松大驚道：「不好，掌門人擺出『金輪劍陣』，今日少林必然又要大舉犯山了。」

話音甫逝，曇月大師和本無禪師神色凝重地自玉虛宮裡走出來，兩大道門高手黯然望著門下二十四名弟子，臉上浮現一片悲意。

墨羽年少英武，將那劍陣排開後，走至本無禪師面前，恭聲道：「掌門人，弟子墨羽願以死禦敵！」

本無禪師黯然道：「全靠你了，玄松和玄影遠去大漠找你師叔石砥中還沒回來，看來是沒有希望了，今天在這生死存亡之際，本掌門人惟有把希望放在你身上。」

墨羽眼中一亮射出異彩，道：「玄松和玄影如果找著師叔必會及時趕回來，只要師叔一到，少林寺準大敗而回！唉，但願師叔能及時回來。」

本無禪師和曇月大師見墨羽提起回天劍客石砥中，同時精神大振，在絕望中好像抓住一線生機。

曇月大師露出苦笑，道：「幽靈大帝西門熊血屠崑崙的時候，石砥中像個幽靈似的出現，解救本門的一次大難，唉！這次恐怕沒有那樣的奇蹟出現了。」

突然，遠處傳來玄松的一聲大叫，道：「掌門人，師叔在這裡！」

本無禪師和曇月大師心神劇震，趕忙遠遠望去，只見回天劍客和東方玉並肩馳來，玄松恍如飛一樣跑了過來，向本無禪師連磕三個響頭。

墨羽迎上前去，緊緊抓住石砥中的手，道：「師叔，你回來的正好！」

石砥中見這個一心尚武的年輕人那種激動的樣子非常感動，他淒然一笑，輕輕拍著墨羽肩頭，道：「墨羽，在路上我已聽玄松說起你的近況，難得你有這樣的毅力，將來成就絕不在我之下。」

本無禪師望著風塵滿面的石砥中，心裡突然湧起一股辛酸的激動，他恍如又看見石砥中在玉柱峰頂力鬥幽靈大帝，那種豪氣奔放、神勇無敵的威武，雖然事隔數年，至今猶在他的腦海之中。

他身上泛起一陣輕顫，道：「砥中……。」

他一時不知該說什麼，僅僅大喊一聲，便噎住聲音，在那激動的聲調裡，可知他的感情是多麼豐富。

石砥中連忙一揖，道：「掌門人，崑崙遭此大變，到底和少林寺間發生什麼解決不了的事情，而弄得雙方非用武力相對……。」

「唉！」本無禪師發出一聲沉重的嘆息，在那茫然無神的目眶裡閃現淚光。

一縷思緒在腦中盤旋，他黯然道：「崑崙和少林本來甚為友善，雖無深交也無大惡。在三個月前，本門子弟靈木在伏牛山嶺發現四十三卷舊經書，其中有達摩祖師手笈『練武經真解』一套，靈木得此古笈後連夜趕回師門，哪知在第二天，少林掌門慧情便領著藏經樓三老遠上崑崙……。」

他語音一頓，沉思一會，又道：「慧情一代宗師，本掌門趕忙迎下山去，哪知慧情不分青紅皂白便要我交出靈木，由他發落……。」

石砥中一愣，不知少林掌門慧情到底因何事要本無大師交出靈木，而由少林寺發落。

他不解地問道：「靈木到底做出什麼事情，值得慧情親自遠上崑崙……。」

本無禪師長嘆一聲，道：「壞就壞在那本『練武真解』上！少林掌門硬說那本『練武真解』是靈木偷盜少林寺藏經樓十大秘本之一，本掌門不信靈木會做出這種事情，自然不會承認，雙方在爭執之下，竟然動起手來，使門下弟子死去了五個……。」

他深吸口氣，緩緩道：「雙方動手之下，少林掌門慧情和藏經樓三老沒有得到便宜，憤怒地跑下山去，當天晚上，少林寺接應的弟子通通趕到，原來慧情在來這裡之前已預知必動干戈，暗中調派寺中高手隨後趕至。那一夜崑崙派死傷甚重，而慧情言明三日之內必得交出靈木和『練武真解』，否則不計任何犧牲，務必毀滅崑崙……。」

「哼！」石砥中愈聽愈怒，在那豐朗的臉上立時浮現出殺意，他冷哼一聲，氣得重重對空擊出一掌。

他不屑地笑道：「我倒要看看少林寺有何本事能夠毀滅崑崙！天下之事

不能沒有真理，慧情一代宗師竟做出這種蠻不講理之事，可見少林寺沒有一個好人。」

本無禪師低宣佛號道：「今日是三天期限最後一天，日落之前，慧情便會來本門拿書要人，本掌門寧為玉碎也不願交出靈木，那樣崑崙派將永遠不能在江湖立足。」

墨羽滿臉悲憤地道：「師叔，我們要拚到底！」

石砥中深吸口氣，冷笑道：「慧情如果真敢上門來欺人，我會不顧一切殺死他，不過，這裡面確實有值得研究的地方……。」

墨羽年少氣盛，不服道：「我們已死傷那麼多弟子，這都是慧情老禿驢一人之過，為了維護本派的盛名，我們必須給少林一點顏色。」

「我不是這個意思！」石砥中冷靜地道：「第一，靈木得書之後連夜趕回，少林寺何以會知悉得那麼快？在第二天就追蹤而來？第二，靈木在伏牛山怎會發現少林寺失竊之物，像這等秘笈神書如何會跑到伏牛山去？這裡面顯然是有人暗施詭計，故意引動兩派火拚，而坐收漁翁之利……。」

曇月大師雙目奇光一射，道：「分析得對，這裡面確實有許多漏洞。」

× × ×

「噹！」

清脆低迴的鐘聲突然大響起來，嬝嬝鐘鳴曳著極長的尾聲緩緩消逝，玉虛宮前的二十四名道人臉色同時大變，俱神色緊張望著山腳下。

在山腳下，出現七條靈捷的人影，這七個武林一流的高手行動如風，不多時便奔上山來。空際連著響起數聲嘿嘿冷笑，那冷漠的笑聲便是發至少林掌門人身旁的一個面目陌生的中年文士身上。

石砥中見金鼎大師去而復回，鼻子裡透出一聲重重的冷哼，金鼎大師和其餘六人神色俱是一變，詫異地望著回天劍客石砥中。

墨羽緩緩走回便陣裡面，長劍一伸，高聲喝道：「日輪金輪，衛我崑崙。」

那二十四名道人刷的一聲，身形陡地四散，劍光斜指，將那六僧一俗擋在前面，只聽他們大聲同喝道：「晨光天光，傲然自狂。」

喝聲甫落，使陣中的黑羽緩緩將長劍一顫，霎時一道青濛濛的劍幕湧起，二十多支長劍全指在那七個一字排開的高手身上。

本無禪師自從回天劍客石砥中出現後，心裡的驚慌已減去不少。他大袖一拂，對黑羽道：「先不要發動，這裡由我和你師叔作主。」

慧情驟見崑崙擺出這等陣勢，心裡也是暗吃一驚，詫異地掃視那劍陣一眼，低宣一聲佛號，道：「本無禪師，請你把靈木和那二十三卷古笈交出來吧！如果真要再這樣演變下去，我們可能兩敗俱傷……。」

本無禪師冷冷地道：「掌門人講話好沒有道理，靈木是本門弟子，怎會交給少林寺，他不管在外面做出何事，惟有本掌門才能發落！」

慧情大師臉色微變，怒道：「這麼說，崑崙是決心和少林一拚了！」

「嘿！」站在慧情身旁那個藍衫中年文士突地嘿嘿冷笑，目中寒光一湧，滿臉不屑地笑道：「真想不到一個小小的崑崙派也敢這樣耀武揚威……。」

「住嘴！」

石砥中滿面殺機大喝一聲，向前連跨三步，怒沖沖瞪著那個目中無人的中年文士，冷冷地道：「你是什麼東西，也敢在這裡亂發狂言？」

「嘿嘿！」那中年文士笑道：「你又是什麼東西？」

金鼎大師忙道：「他是回天劍客石砥中。」

回天劍客石砥中幾個字一出，使少林掌門人慧情大師和那個中年文士同時大驚，不由得對這個曾隻手掀起江湖軒然大波的男子注意起來。

中年文士凝重地收起不屑的笑意，冷漠地道：「怪不得崑崙敢這樣目中無人呢！原來請來這麼一個好幫手，嘿……我能會見江湖第一高手也不算白來這裡。」

石砥中見這個不知來歷的中年文士如此狂妄，頓時一股怒火自胸間衝了上來，暗中將全身功力運轉一匝，在那冷煞的眼睛裡，突然有一股凜然神光射出。

他冷冷地道：「以閣下這種狂妄的態度，若不給你一點教訓，你將不知道天下的能人異士多得不可勝數。」

「嘿！」那中年文士冷笑道：「你好像比我還狂妄，嘿嘿！」

慧情大師到底是一方宗主，他見雙方正題還沒解決便生出無謂的糾紛，連忙走出來，對那文士道：「鮑明，你先退下！」

他目光朝石砥中身上一瞥，冷冷地道：「施主是否是崑崙門下？」

石砥中朗朗笑道：「那位仁兄是否是少林門下？」

他學的口吻極像，慧情大師不覺一怔，旋即氣得臉色鐵青，怒哼一聲。

慧情大師低哼一聲佛號，道：「施主不知兩派之間的事，就橫加插手，將來是非曲直施主得負全部責任，那時休怪老衲……。」

石砥中冷漠地道：「你這個糊塗大掌門，本派靈木盜取貴派秘笈古書，貴派可有證據？」

「這……」慧情大師愣了愣，道：「盜書人功力極高，自然抓不著證據。」

石砥中斜睨了本無大師和曇月大師一眼，道：「既然沒有證據，掌門人為何會疑心到本派靈木身上？」

那個中年文士冷笑一聲，道：「東西已在崑崙，那就是證據。」

石砥中雙目寒光一逼，冷冷地道：「我不是問你，閣下最好滾開些！」

「嘿！」那中年文士一聲怒喝，道：「我西域飛龍手還沒遇見像你這樣不講理的人物，來來來！我們兩個口頭上多說沒有用，還是手下見功夫。」

他身子一弓，通體響起一連串密響，巨靈似的手掌在空中一揚，陡地有一股強大的勁風湧出——

氣勁旋激的掌風澎湃狂湧，空中響起一聲疾嘯。

石砥中長嘯一聲，怒道：「是你自找苦吃！」

他深知西域飛龍手功力極高，身形一移，那蓄滿掌心的渾厚勁力向外一吐，撞向擊來的那股掌風。

「砰！」雙方剛猛的掌勁一接，發出一聲震天巨響，兩人各自一晃身形，俱倒退三步，臉上同時流露出駭異之色。

西域飛龍手凝重地道：「石砥中，你知道我是誰？」

石砥中一怔，道：「我不需要知道，閣下還是出手吧！」

西域飛龍手臉上忽然現出一陣痛苦之色，他長吸一口氣，右掌斜斜伸出，向前大跨三步，道：「我妹妹碧眼魔女初來中原，是你把她逼回西域，而使她抑鬱而死，我是前來報仇的。」

回天劍客石砥中心頭一震，想不到百毒門百毒尊者之徒碧眼魔女氣量如此窄小，只因一招挫敗竟負氣而死。

他想著想著，心裡就一陣難過。腦海中疾忖道：「真想不到一個少女又因我而死，我這輩子情孽獨多，幾乎每一個曾和我在一起的女孩子都沒有好下場……。」

意念未逝，西域飛龍手又撩起手掌拍了過來，這一掌沒有絲毫風聲，恍如是虛晃一掌似的。

石砥中看得大駭，暗道：「這是化功血掌，我如果不施出『斷銀手』，勢必會全身化血而死，但如果施出霸道的『斷銀手』，他則必傷無疑……。」

時間已不容他多想下去，在這個間不容髮之際，一股炙熱的狂飆流灩射起，如火一樣的閃過。

「呃！」西域飛龍手雖然在西域是頂尖高手，練就一身詭異莫測的功夫，但「斷銀手」是集宇內各宗派內功之精華，他那化功血掌一遇上這種神功頓時顯不出威力來。

他痛苦地哼了一聲，自嘴裡突然噴出一蓬血雨，點點飄落。

慧情大師大驚，上前道：「你……你傷得如何？」

西域飛龍手急促地喘了兩聲，道：「沒有關係！」

他連咳兩聲，一股血水自嘴角湧出，他拭了拭留在嘴角的血漬，恨恨地道：「石砥中，我會再找你比試！」

石砥中一掌擊傷西域飛龍手，心裡暗嘆了口氣，他冷漠地笑道：「我等著你，不管什麼時候我都奉陪。」

慧情大師一探西域飛龍手的腕脈，突然一抖衣袍，自空中躍了過來，他將手中大鐵杖在地上一頓，道：「你竟然這樣嗜殺成性，本掌門倒要領教……。」

石砥中有意給少林寺一個警戒，腦海中一轉，突地有一個念頭湧出，他將那柄銳利的長劍緩緩拔了出來，在空中一抖，閃現出一片冷寒的光芒，腦海中疾快忖道：「金鵬秘笈上有一招『揮戟四野』，專門用於對付人多之時，我何不激怒少林群僧，再以一招嚇走他們。」

他將神劍高高舉起，不屑地道：「你們通通上好了，我如果不在一招之內擊敗你們，便把靈木和四十三卷經書交給你們帶走。」

本無禪師和曇月大師一驚，同聲叫道：「砥中！」

石砥中有意激怒慧情大師，朗朗笑道：「掌門放心，像這種不知天高地厚的禿驢們，假如不給他們一點真本領看看，他們還以為人家怕他呢！」

這種諷譏的語氣果然氣得少林群僧大怒，他們一晃身形，紛紛掄起大禪杖，把石砥中圍困起來。

慧情大師勃然大怒，大吼道：「好狂傲的小子，少林寺雖然不行，但也不會以多勝少，施主只要能擊敗老衲，我們的事便一筆勾消……。」

金鼎大師慢慢道：「掌門，像這種狂徒，你還跟他廢話什麼！他既然說要一招打敗我們，我們就接他一招試試！」

他大吼一聲，手中的大鐵杖在空中一掄，顫起一道黑溜溜的光弧，有如電光石火直劈而下。

鐵杖遞進一半，突然收手一退，道：「你怎麼不還手？」

石砥中冷冷道：「你們如果不一起來，我是不動手的。」

慧情大師見這個冷漠的青年如此高傲，暗地裡搖搖頭，他以掌門之尊自然不會加入，低宣一聲佛號默默退了回去。

金鼎大師嘿的冷笑一聲，道：「你自己找死，怨不得我們！」

他招呼一聲，五道沉重如山的杖影分自不同的方向朝石砥中劈來。

這五大佛門高手俱有一身幻化無比的功夫，這時聯手攻敵，端是威勢嚇人。

哪知他們身形才動，只覺眼前一花，一道耀眼的光華閃過。回天劍客陡地躍出圈外，慢慢將長劍放回鞘中。

慧情大師顫聲道：「『揮戟四野』，這是失傳之藝！」

此言一出，金鼎大師和另外四僧同時一驚，低頭看去，只見每人胸前俱被削下一塊袍角。

金鼎大師狂吼一聲，沒命地往山下逃去。

慧情黯然一揮手，道：「施主神功蓋世，老衲自取其辱。」

他黯然一聲長嘆，步履踉蹌往山下行去。

一場血劫被回天劍客石砥中化於無形，使歷百年之久的崑崙依然鶴立在武林之中。

第四章 寒山大筆

雲天射出一束柔和的光暈，透過雲層斜落而下，接連幾天大雪使地上更加泥濘了，那輕柔暖和的陽光灑落，地上的積雪漸漸溶化……。

遠遠的雪地上，清澈的傳來一陣蹄聲，陽光下，一紅一白兩匹健騎結轡而行，朝這裡慢慢行來。

東方玉看了看天色，道：「石兄，少林寺這次鎩羽而歸，慧情那老和尚必不會默默承受，這次回去可能還會再上崑崙……。」

石砥中搖頭道：「這件事還不須多慮，唯一令人頭痛的是那個西域飛龍手，他膽量不小，日後恐怕會惹出更大的麻煩……。」

東方玉自從見到回天劍客石砥中力挫少林僧眾，掌傷西域飛龍手後，對他那身武功當真佩服得五體投地。

他神色一振，大笑道：「諒他一個人也做不出什麼大事！江湖上最難鬥的該算是幽靈宮，我真擔心萬一這些敗於你手裡的人通通投奔幽靈宮，從此接受幽靈大帝的指使……。」

石砥中想起自己結仇遍天下，心裡就有一股說不出的辛酸，他茫然望著淡淡的雲天，長嘆了口氣，落寞地搖了搖頭。

「唉！」石砥中淒涼地道：「將來的事誰也無法預料，我們只有等待命運的裁判了……。」

東方玉一怔，道：「你也相信命運？」

石砥中苦笑道：「一個人在無依無靠孤獨的情況下，往往會把最後一線希望寄託在命運上，事實上，命運是要人自己去創造的……。」

東方玉怔怔出了一會神，像是突然領悟到什麼似的，他聳聳肩頭，那麼多日來的愁情在這一剎那忽然淡去了不少。一句無心之語，卻使他振作起來，倒出乎石砥中的意料之外。

東方玉指了指前面，道：「渡過那條河，就是『浪人莊』，那裡有我一個多年前結識的朋友，我們不妨去看看傳聞中江湖上浪人會聚之處。」

×　×　×

他倆輕輕一踢馬腹，兩匹驃騎長嘶一聲，如電射到河岸邊，只見在那冰屑初溶的河上，孤零零的有一隻小船。

東方玉一招手道：「船家，船家！」

船上的舟子輕輕搖櫓，分開殘碎的冰塊向這裡划來。

東方玉突然一怔，想不到這渡河的船上早已坐著一個冷漠的漢子。那漢子背朝船頭，使人看不清他的面目。

那船雖然不大，但足可容下二騎，東方玉和石砥中將馬牽上船去，各尋一個位置坐下。

船家望著東方玉比了比手勢，伸出兩根指頭。

東方玉一笑，腦海中陡地一轉，疾快忖思道：「敢情這船家是個啞吧！」

他笑道：「銀子少不了你的，快搖船吧！」

船家點點頭，將船向前划去，船行一半，那船家忽然停了下來，打了一個手勢，指了指汗血寶馬。

石砥中一愕，道：「你怎麼不划了？」

只聽一個冰冷的聲音，道：「他看上你這匹馬，希望你能拿這匹大宛汗血寶馬充當船資，否則他就不划了。」

語音之冷，不下於冰天雪地吹來的寒風。那個坐在船頭的漢子雖然人在說話，卻連頭都不回一下，東方玉和石砥中一愣，想不到這隻船上竟有這樣一個冷傲之人。

「混蛋！」東方玉大聲道：「天下哪有這樣貴的船資！」

那個啞吧船夫恍如聽懂這句話一樣，哇啦哇啦怪吼幾聲，作勢要向東方玉撲來，狀似想要拚命。

船頭上的漢子冷冷笑道：「他又沒有請你們來坐，是你們自己叫他船的，他的船資就是這麼貴，給不給隨你們便。」

這時船行一半停在河心之中，距離河岸尚有一段距離，石砥中和東方玉看了看河岸，頓知這船家和那不知名的漢子有意刁難。

「哼！」東方玉冷哼一聲，道：「朋友，真人不露相，你到底是誰？」

那個漢子驀地回頭，冷冷地道：「在下住西山落碧處，我姓房……。」

「西山落碧處！」東方玉大驚道：「你是六詔山大煞手房登雲！」

東方玉家學淵源，對江湖上各門各派都知之甚詳。他腦海有如電光石火想起這個人，不禁驚得神色大變，全身泛起輕微的顫抖。

那漢子臉上沒有任何表情，冷冷地道：「你果然不錯，竟一眼便認出我來了。你爹爹能有你這樣一個兒子，便算不錯了。」

東方玉神色略定，一指船家道：「這位大概就是啞僕韓文通了！兩位不在六詔山納福，跑到這個鬼地方來，不知有何事情？」

大煞手房登雲嘿嘿笑道：「所謂無事不登三寶殿，我從大漠一直追蹤到這裡，始終沒有機會和二位見見面，現在我斗膽想向這位大名滿天下的回天劍客石砥中大俠商量一件事……。」

說完，目光始終落在石砥中身上，那種冰冷的目光有如利刃般射進石砥中的心裡。他心神一震，從對方的目光裡，已知道大煞手房登雲不是個簡單的人物。

石砥中冷冷問道：「你有什麼事情不妨說出來，如果事情有商量的餘地就談談，不能商量就各走各的。」

「嘿！」大煞手房登雲輕喝一聲，道：「好說！在下有一幼弟，已得六詔山祖傳秘學真傳。有人說將相難求，神兵利劍又何嘗好求，在下之弟神藝已成，可惜沒有一件順手的兵器，我走遍天下，發現只有一柄寶劍才能配得上我弟弟……。」

東方玉頗感興趣，問道：「是什麼樣的兵器才能入得了六詔山的眼裡？」

大煞手房登雲哈哈大笑，指著石砥中道：「那就是這位石兄的天下第一煞劍——金鵬墨劍，所以要請石兄忍痛割愛，成全我小弟。」

「那怎麼可以？」東方玉幾乎要跳起來，他憤憤地道：「劍是武人的靈魂，石兄的劍專為蕩魔護身之用，他給了你們六詔山，他自己用什麼？」

大煞手房登雲嘿嘿笑道：「我知道他不會割愛，不過，我有一個最簡單的方法，那就是把他殺了丟在這河裡，他既不難過，也不用再保護自己了……。」

「什麼話？」石砥中沒有料到六詔山大煞手房登雲竟會說出這種不近情理的要求，他怒氣上湧道：「你簡直不是人！」

大煞手房登雲雖然從未出現過江湖，但六詔山始終留給人們神秘的印象，江湖上僅知六詔山武功詭奇莫測，卻誰也沒有真正見過。

他嘿嘿冷笑兩聲，道：「我本來就不是人，我也不需要人家稱我好人，只要他們稱我是仙就行了！你不要以為我真正看上你那柄寶劍，其實在我手上就有好幾柄威震天下的利器，只是我小弟只想要你的那柄劍，否則……。」

他向那個啞船夫一施眼色，啞僕韓文通身形一蹲，便自船艙裡拿出十二、三柄古色斑爛的長劍，放在大煞手房登雲的面前。

大煞手房登雲隨手掣出一柄長劍，在那冷清的河上立時閃過一條長虹，濛濛劍氣泛體生寒，他輕輕一抖，但見劍刃上青光繚繞一片龍吟之聲，端是一柄好劍。

他不屑地冷笑道：「這是彩虹劍，雖比不上你的墨劍犀利，倒也是一件不多見的神器……可惜我小弟不喜歡。」

他隨手一擲，彩虹劍化作一縷寒光向河中射去，霎時沉於河底。

他一連拿出七、八支長劍，通通擲落江底，使東方玉和石砥中大愕，想不到這人如此古怪，竟對這些前古神器毫不珍惜，一一甩落江底，江湖上能有此壯舉的恐怕僅有他一個！

當大煞手房登雲又掣出一柄神劍，但是沒有再甩落河中，他冷漠地哼了一聲，嘿嘿冷笑道：「我一連甩了這麼多的神器正表示我的決心，今天如果得不到你的金鵬墨劍，我誓不回六詔山！」

石砥中自得到天下第一煞劍——金鵬墨劍，踏入江湖之後，還沒遇上過這樣一個怪人，他冷笑道：「你的心機恐怕白費了！」

大煞手房登雲一怔，冷冷地道：「不會，我做任何事都沒有失過手，像這些東西我只不過花了三日時光，每至一處，他們就雙手把劍獻上，惟有你不給我面子……。」

「呸！」東方玉不屑地啐了一口，怒道：「你這簡直是敲詐！」

大煞手房登雲當真臉皮厚得很，東方玉這樣譏諷他，他非但沒有生氣，反而處之泰然地道：「江湖本來就是機詐的世界，想當初你老子闖進六詔山的時候，如果不是我放他一條生路，他哪還有今天！你老子被我一招嚇得倉皇逃去，再也不敢上六詔山……。」

「胡說！」東方玉上前一步，道：「我爹爹怎會栽在你手裡……哈哈，原來六詔山是靠吹牛混吃騙喝，我東方玉不屑理會你。」

大煞手房登雲冷冷地道：「你不信，可以回去問你老子，他必不敢對你說出這件事情，你如果想洗刷你老子的恥辱，可先與我僕人動動手，就知我所言非虛了。」

東方玉出道至今，在江湖上早已博得非常響亮的名聲，他見大煞手房登雲如此瞧不起他，頓時一股怒火衝了上來。

他氣得全身輕顫，濃濃殺意彌漫布起，身形向前一欺，單掌斜斜抬起，大喝一聲，怒叱道：「我先殺了你再說！」

一掌斜劈而出，掌影如山，當空罩下。

哪知他身形甫動，掌勁尚未吐出，陡覺有一股暗勁自旁側襲來。那股暗勁極大，恍如一座山移來一樣，他心中大駭，嚇得連退兩步。

啞僕韓文通連著比了兩個手勢，嘴裡發出一連串怪聲，指了指東方玉，又指了指自己的鼻子。

大煞手房登雲冷冷地道：「他說你先和他鬥上一鬥，如果能通過他那一關，你才有資格和我交手，否則你甭想……。」

「哼！」東方玉受到大煞手房登雲的冷嘲熱諷，氣得大吼一聲，從鼻子裡透出一聲重重的冷哼，怒道：「我先收拾他再找你算帳！」

一道掌影排空擊出，那股沉猛的勁風立時迴旋激湧，好似濤天巨浪般的向啞僕韓文通劈去。

啞僕韓文通怪叫一聲，身形陡然疾轉，黑色大袍一陣抖動，身形便已躍在空中，輕輕彈出一指。

強勁的指風如電，劃過空際一閃而去。

東方玉想不到一個默默無聞的僕人竟擁有一身幻化無比的功夫，心裡一驚，腳下立時一旋，脫出指風的範圍。

他大喝道：「你有種接我一掌！」

他暗中已將全身勁氣蓄於掌心之中，等到啞僕韓文通身形一落之時，迅快地一掌劈出——

×　×　×

啞僕韓文通一點也不含糊，身形甫落，右掌如電迎上，輕鬆地一聲怪笑，恍如夜梟啼嗚一樣難聽。

「砰！」

沉重的一聲大響，震得小船都幾乎要翻了過來。東方玉只覺手臂一麻，通身劇烈地一震。

啞僕韓文通揚手大叫道：「喀！喀！」

他身形如風，一下子便衝了過來，未容東方玉有變招的機會，伸出一指，疾快點將過去。

石砥中心頭大震，急喝道：「東方玉，小心！」

但時間上已晚了一步，東方玉只覺全身顫抖，身上已著實被他點中一指，僵死在地上，連動都沒法動一下。

石砥中一掌把啞僕逼退，伸出一手在東方玉身上點了幾下，哪知啞僕韓文通點穴手法怪異，以石砥中所學，一時竟無法解得開。

大煞手房登雲冷漠地笑道：「你若能解開六詔山獨門的點穴手法，六詔山怎能配稱天下最神秘的地方，嘿！」

石砥中冷笑道：「六詔山並非什麼了不起的地方，閣下自信六詔山的人都可天下無敵，那可是太小看天下人了！」

「嘿！」大煞手房登雲低聲道：「現在該解決我們兩人之間的事情了，我知道你的功夫不錯，如果我們也像俗人那樣動手未免太無趣了……。」

石砥中神色凝重深吸了口氣，道：「隨你怎樣，我都奉陪就是。」

大煞手房登雲嘿嘿冷笑兩聲，我這裡有個小小的玩意，我倆各吃進一個再動手如何？」

石砥中朝他手中一望，只見有兩個鮮紅的桃子托在掌心中，那桃呈紫紅色，皮上泛起一種紅色的光芒。

大煞手房登雲陰險地一笑，道：「這雖像是桃，卻不是桃，這是『奪命紅豔果』，服下之人會在半個時辰之內發作，我倆各服一個再動手拚鬥，看看誰能克服劇毒，等我倆拚完，你也差不多要死了！」

石砥中冷哼道：「你想得倒周到，我死了之後你好拿劍就走……。」

大煞手房登雲冷冷道：「這個自然，雖然我也無法抗拒『奪命紅豔果』的劇毒，但我自信我那啞僕一定會把我背回六詔山，只要給我服下一種解毒的藥草便會好了，而你……。」

石砥中一生之中從未向任何人低過頭，他見大煞手房登雲以一種挑戰的姿態向自己，登時大怒。

他一把搶過一個「奪命紅豔果」，道：「一個小小的果子豈能毒死我……。哼！」

他明明知道「奪命紅豔果」服下之後無藥可救，但是為了維護一世的英名，他不惜下一次生命的賭注，張口一咬就將那「奪命紅豔果」服下。

一股清涼的甜液順喉而下，石砥中急忙運起神功，施出苦修的先天真氣克制住那才咽下去的劇毒。

他一拭嘴角，只見大煞手房登雲也吞了那「奪命紅豔果」，兩人互相望了一眼，各自都冷哼一聲。

大煞手房登雲冷冷地道：「拿出你的劍來，我的目的就是要得到它，如果你不交出它來，我六詔山大煞手的陰毒手段，你會很快就領略到……。」

「哼！」石砥中將全身勁力運轉一匝，那無窮的勁道倏地布滿全身，他目中寒光上湧，冷笑道：「閣下的嘴上功夫不錯，你只要有本領，我自然會把金鵬墨劍雙手奉上，遺憾的是閣下恐怕沒有這個本領。」

「嘿嘿！」大煞手房登雲嘿嘿兩聲冷笑，陡地自空中躍了過去，他右掌斜斜一舒，五指突然抓向石砥中。

石砥中只覺一陣目眩，竟無法看清他這一抓是從何而來。他心裡寒悚大驚，足下連退三步，單掌一揚劈將出去。

大煞手房登雲咦了一聲，道：「你的功力比我估計的還高，這樣看來，我們必須做一次公平的決鬥，你才會輸得心服口服。」

語音稍歇，他向那啞僕韓文通道：「給我拿傢伙來！」

石砥中見大煞手房登雲的功力超出意料之外的高，頓知今日遇上生平勁敵。他以為大煞手房登雲的兵器必是一件前古罕見的神兵，哪知啞僕韓文通拿出來的是一枝銅桿大筆，和一盒研好的墨汁。

大煞手房登雲將筆拿在手中一揮，道：「我生平與人空手慣了，沒有什麼稱手的兵器。今日你是我罕見的勁敵，只好將我多年未用的『寒山大筆』拿出來應個景。」

他臉上陰險地一笑，又道：「你如果能在『寒山大筆』下走過一百招，已經難能可貴了。」

他向啞僕韓文通施了一個眼色，啞僕韓文通立刻又拿出一塊絲絨白綾，鋪在大煞手房登雲的腳前。

石砥中從未見過這樣古怪的兵器，暗中不禁大凛，雙目緊緊投落在那筆上，冷冷地道：「閣下不要再拖延時間了，我那位朋友還等著解救呢！」

大煞手房登雲斜睨了東方玉，道：「他死不了，你快拿出金鵬墨劍……。」

「鏘！」一聲龍吟般的劍嘯響起，空中立時閃過一道淒迷的劍芒，冷寒的劍氣一湧，使那河上的冰屑又凝結一層薄冰。

「好劍，好劍！」大煞手房登雲連聲讚美道：「面對如此好劍，我房登雲更加技癢了……。」

語音甫落，他突然盤膝坐在那塊長綾之前，「寒山大筆」沾了沾墨汁，陡地向空中一點。

一點墨汁化作一縷黑光倏地向石砥中面門上射來，石砥中一愣，沒有想到大煞手房登雲會如此攻擊自己，他心中大驚，疾快掄劍迎上那點墨汁。

「叮！」石砥中只覺手臂一震，劍刃上響起一聲脆響，逼得他身形連晃三晃，他詫異地疾忖道：「這人功力難道真的已達到出神入化之境，僅僅一滴墨汁便能以內家真勁傷人，看來我非小心不可。」

大煞手房登雲點出一滴墨汁後，便低頭在那條長綾上揮筆寫下兩個字，他恍如作詩對詞一樣，對石砥中連正眼都不瞧一眼。

良久，他方抬頭冷冷地道：「你怎麼不動？」

石砥中冷哼一聲，長劍一抖，道：「你準備接招吧！」

他深知房登雲敢這樣悠閒地振筆疾揮，定有過人功力，深吸口氣，一縷劍光陡地彈射顫出。

第五章　大風教主

大煞手房登雲輕輕一揮「寒山大筆」，一滴墨汁射出，擊在回天劍客石砥中的長劍上。石砥中只覺勁力沉重，震得他臂上一麻，劍刃上響起一聲清脆的叮噹聲。

石砥中心神劇震，暗驚對方武功高強。他冷哼一聲，長劍微抖，幻化成一縷寒光，朝大煞手房登雲的身上劈去。

大煞手房登雲低頭揮筆疾書，對劈來的長劍連看都不看一眼。等那冷寒的長劍離身不及五寸之時，他忽然手臂輕抬，「寒山大筆」揮了過去。

這一揮之勢甚大，只聽噹的一聲，石砥中手上長劍便被封了回去。數點墨汁化作縷縷寒光，朝他身上疾射而至。

石砥中身形疾晃，險險避過這疾射而至的數滴墨汁。他冷哼一聲，長劍反臂抖出，一縷劍光陡地斜削而去。

哪知他的劍勢甫發一半，陡覺丹田中升起一股涼意，那股涼意逐漸擴散開來，使得全身勁力消散無形。

他心中大駭，腦海中疾快忖思道：「這一定是『奪命紅豔果』發作了，現在勝負未分，此毒已經發作，看來我今天真是該命喪於此了。」

石砥中急忙運起神功，以與體內鬱藏的劇毒相抗，但「奪命紅豔果」產自六詔山，是舉世七大異果之一，所含毒量足夠殺死一條巨蟒，石砥中雖然已達三花聚頂、玄關通神之地步，也無法和這種劇毒相抗衡。

大煞手房登雲冷冷地望了他一眼，不屑地道：「怎麼樣，是不是沒有力氣了？」

石砥中冷冷地道：「閣下也不見得比我好多少，現在你我機會各半，誰也不能妄下斷語。」

大煞手房登雲顯然也是中毒已深，額上泛現出晶瑩的汗珠，他勉強笑了笑，一副不在乎的樣子，道：「我與你不同，『奪命紅豔果』產自六詔山，我自有解毒之法，而你卻只有枯等死去，憑本領，你確是罕見的勁敵，論經驗，我可比你高出太多……。」

石砥中突然哈哈大笑，道：「智者千慮必有一失，你雖籌劃縝密，卻忘了我在臨死之前還有一次殺死你的機會。」

大煞手房登雲搖搖頭，道：「有一點你也忘了，我有一個功力蓋世的啞僕，他是否能在你將殺我之前先殺死你，我想你的心裡比我還明白。」

石砥中心神劇震，不禁斜睨了啞僕韓文通一眼，大煞手房登雲果然說得不錯，啞僕韓文通正目光炯炯、神色緊張地監視著石砥中，顯然自己只要在臨死前妄圖掙扎，他便會不顧他自身危險先殺死自己。

石砥中不屑地道：「你原來是有這一條毒計，早知這樣，我也不會服下那顆『奪命紅豔果』，而處處落入你的算計中……。」

大煞手房登雲得意地笑道：「攻敵先攻心，我在未來之前早已想好對付你的方法了。」

石砥中這時雖然怒不可遏，可是全身勁氣凝而不聚，竟然無法發出最得意的劍罡功夫，他連著暗自運了幾次氣，始終不能逼出那存於丹田中的毒氣。

他黯然嘆了口氣，臉上流露出悲憤的神色，冷漠地道：「你用這種卑鄙手段殺了我，我永遠也不會心服……。」

大煞手房登雲嘿地笑道：「衝著你這句話，我更應該殺死你！服我者生，逆我者死，我大煞手遇人無數，沒有一個人敢在我面前逞勇鬥狠，連東方剛都對我客氣十分，而你……。」

石砥中冷冷地道：「可惜我不是那種要人憐憫的軟骨頭！」

大煞手房登雲道：「你自認你是天下一等的硬漢，嘿……話不要說得太滿，一個人在未完全斷絕生機之前，什麼事都做得出來。我曾親眼看見過一個極負盛名的高手，為了求得性命，將自己的妻子獻給別人，任別人在他面前姦辱其妻……。」

石砥中見他說得極為逼真，不禁一怔，道：「天下竟有這種貪生怕死之人？」

大煞手房登雲嘿嘿冷笑兩聲，又道：「這種人多如河泥，有何值得奇怪！」

石砥中默默地沉思一會兒，只覺大煞手房登雲語含譏諷。他面色一沉，目中閃過煞芒，冷冷地道：「閣下不要多費唇舌了，我倆的比試尚未結束呢！」

他深知自己此時所中之毒已深入肺腑，若拚著性命不要，或仍有殺死對方的機會，可是啞僕韓文通虎視在側，正在覓機給自己致命重擊，自己如果一擊不成，恐將命喪黃泉，首先遭到毒手。

大煞手房登雲有恃無恐，絲毫不為對方威勢所懼，他好整以暇斜睨了回天劍客石砥中一眼，淡淡地道：「你還能動手嗎？」

石砥中振劍一抖，堅決地道：「只要你敢和我再作一場公平的決鬥，我相信很快就會有勝敗之分。」

大煞手房登雲想了一想，道：「我幾乎有點動心，不過，我不會給你這個機會。你若想留個全屍，乖乖地將金鵬墨劍留下，我解開東方玉的穴道，由他背著你，找尋一個景色絕佳的地方了此殘生……。」

回天劍客石砥中見對方全然不把自己放在眼裡，登時一股怒氣湧上胸間。他氣得怒哼一聲，道：「假如我不呢？」

大煞手房登雲面色陡地一沉，道：「我自有辦法對付你。」他向啞僕韓文通一施眼色，道：「給我拿下他來！」

啞僕韓文通雖然不會講話，耳朵卻是非常靈敏，他怪異地笑了笑，身形如風搶攻過來。

他咧嘴神秘地一笑，伸出碩大的手掌朝回天劍客抓了過來。這人雖啞，功力卻是非常的高明，指風過處，正好罩向石砥中胸前死穴之處。

石砥中臉色大變，怒喝道：「你敢！」

這時他雖然中毒極深，全身的勁力消散無蹤，可是一種潛在的意識，使他揮劍在胸前劃一大弧，身子斜斜向後一仰，險狀萬分避過這一掌之厄。

啞僕韓文通見石砥中在受傷之餘，尚能避過這凌厲的一擊，不禁一怔。他怪叫連聲，雙掌掌影紛飄，幻化無比連擊三掌。

石砥中沒有想到對方攻勢如此猛烈，他連劈二劍，可是劍發無聲，勁力消逝，就像一個普通人一樣，哪能和對方那渾厚的掌勁相抗。叮噹聲中，長劍突地化作一縷寒光擦過甲板，落向河心。

啞僕韓文通一見大急，顧不得傷敵，身形如電一掠而起，隨著長劍之後，伸手抓去，又快又疾。

「噗！」的一聲，金鵬墨劍穿過河面的冰層，射進了河中，水花濺起，一柄千古神兵霎時沒有蹤影。

大煞手房登雲臉色大變，道：「老韓，你是怎麼搞的？」

啞僕韓文通也知此劍關係重大，奮不顧身就打算一頭往水中撲去，他身形方動，水中突然浪花翻捲，一個虬髯赤身的漢子自水中冒頭上來，朝啞僕韓文通咧嘴一笑。

啞僕韓文通一愣，倒被這個突然出現的怪客驚愣住了，怪吼數聲，連著比劃幾個手勢，像是嚴厲叱責這個虬髯赤身的怪漢。

這個虬髯赤身的怪漢在水中正好將金鵬墨劍接在手中，他一抖神劍，陡地一陣淒厲的狂笑，道：「浪人莊前無情河，你們是些什麼人？」

大煞手房登雲冷漠地道：「虬髯鬼，你何必與我打啞謎，誰不知我們六詔山武功冠天下，憑你們浪人莊還不在我眼裡……。」

虬髯鬼雙目一瞪，叱道：「你是什麼東西！不管是誰，只要來到我浪人莊前都得投帖拜莊，你姓房的自恃六詔山那點門道，便不把天下浪人瞧在眼裡，嘿……那可是你自己找死。」

他雙臂在水中一分，冰屑四濺，倏地向前划了過來，一聲高吭的長笑劃過空際，迴蕩在這條冷清的河上。

大煞手房登雲雙目如芒，在各處一掃，突然拿出一顆綠色的藥丸放進口中，他向石砥中輕輕瞄了一眼，道：「現在你我之事暫且擱置一邊，眼下浪人雲集，勢必有一場大戰，這些浪人都是江湖一流的狂人，是不講任何道義的……。」

果然，不多時，自河畔兩岸中傳來一陣狂亂的嚻叫，只見一群赤身跣足的大漢，耀武揚威暢聲大笑，恍如世間之人都不放在這些浪人的眼中。

虬髯鬼呵呵大笑，唱道：「我們都是浪人，無憂無慮天涯飄泊。」

「誰說我們癡，誰說我們狂？」

兩岸的浪人隨著也唱和起來，只聽歌聲震天，怪笑厲叫雜亂交響在一起，可是從他們那種狂態上，可看出這些人都是不近人情的狂徒。

×　×　×

隨著鏗鏘如鐵的歌聲，這些浪人不畏冬天的寒冷，一個個跳進水中，俱朝停立在河中的小船游來。

虯髯鬼揮了一揮手，大聲道：「浪人莊前無狂人，姓房的，你還不跪下示敬？」

大煞手房登雲自服下「奪命紅豔果」的解藥之後，功力已經恢復大半，他深吸一口氣，沉聲道：「石砥中，你我命運這時一樣，我們先退敵之後再作打算，如果你不和我合作，無情河死的不單單是我一個人。」

他運指輕輕一彈，一點綠光射向回天劍客石砥中的身前，石砥中疾快地伸手一接，將一顆綠珠子般的藥丸接在掌心之中。

石砥中輕瞥手中解藥一眼，暗忖道：「大煞手房登雲心計太多，這是不是『奪命紅豔果』的解藥實在很難猜測，不過這時浪人雲集，危難已燃眉睫，他縱想害我，也不該揀在這個時候才對……。」

他一口服下之後，暗暗運氣化解藥力，大煞手房登雲斜睨了石砥中一眼，冷煞地笑道：「三個月內，『奪命紅豔果』不會發作效力，我為了安排你我的決鬥，希望你在三個月內上我六詔山一趟。你剛才所服的綠珠丸，最多只能維持你一百天的時間，若是屆時不來，休怪我事先沒有告訴你！」

石砥中冷哼道：「三個月內我一定親自領教六詔山的絕學，那時鹿死誰手殊未可知，希望令弟也能不吝指教！」

「好說，好說！」大煞手房登雲乾笑數聲，又道：「我兄弟倆人在六詔山恭候大駕！」

一陣擊浪排水之聲傳來，只見這隻小船的四周已圍滿那些浪人。

虬髯鬼神劍一揮，道：「房登雲，我只要一聲令下，你就要沉沒水中，你假如識相，就先向浪人莊莊主陶大海請罪！」

大煞手房登雲不理會虬髯鬼的囂叫，他返身拍活了東方玉的穴道，冷冷地道：「你我生死與共，我希望你能和我合作擊退這些浪人。」

東方玉舒活筋骨，心裡正憋了一肚子氣，他冷哼一聲，左掌倏地斜伸而出，向房登雲的身上抓去。

啞僕韓文通雖然在監視這些蠢蠢欲動的浪人，眼睛卻不停注意這邊，他一見東方玉斜掌向大煞手房登雲擊去，他大吼一聲，伸手抓起一支木槳，對準東方玉的背後擊了過來。

東方玉身形疾挫，飄身落在石砥中的身側。啞僕韓文通正待追來撲打，一眼瞥見有一個赤身大漢爬上船頭，他顧不得再和東方玉動手，手臂一抖，木槳斜點而去，這一招是臨時變化出來的，又快又疾，血影一現，空中登時傳來一聲慘呃，那個漢子頓時沉沒於水中。

一片血水染紅了河中大半，分外觸目心驚。

啞僕韓文通在舉手彈指之間，擊斃一個浪人，立時激怒這群不顧性命的張狂之徒。

他們在水中怪叫怒吼，一連串難聽不易入耳的話通通罵將出來，使冷清的河道上恍如陷入兵荒馬亂之中，正像拚命交戰一樣。

虯髯鬼怒吼一聲，道：「你殺我們兄弟，我們找你賠命！」

這些最令江湖人頭痛的浪人，是不懂得什麼仁義道理的，他們只憑一時的喜怒哀樂做出隨心所欲的事，誰只要讓他們狂亂的獸性發作，他們必會以十倍的鮮血來換取對方的生命，不死不休……。

霎時，浪人如潮，紛紛游來。

那隻渡江的小船搖搖晃晃，像是就要沉入河底一樣。大煞手房登雲施出千斤墜，先穩住搖晃不定的小船，右手運指如風，疾快點向剛要跨上甲板的浪人。

虯髯鬼是這群浪人的首領，他一見船上人人俱有一身超絕武功，不禁冷哼一聲，狂笑道：「你傷我們的人，我毀你們的船！」

這些浪人和海盜行徑一樣，虯髯鬼一聲令下，各自從身上抽出一柄鋒利彎薄的奇形匕首，紛紛向船底扎去。

他們手法怪異，啞僕韓文通和大煞手房登雲一時竟無法阻止，不多時，這隻堅牢的小船被鑿開無數的小洞，冰冷的河水很快就灌了過來，眼見小船就要沉下去。

虬髯鬼狂暴的一聲大笑，揮了揮手，那批浪人呼嘯一陣，紛紛向兩岸游去，他們在河岸上分列而立，像是要看著這些人溺死水中一樣。

石砥中雙眉緊鎖，輕輕道：「東方兄，我們要不要躍上岸去？」

東方玉輕嘆一聲，道：「浪人莊前無勇士，這些人實在惹不起！」

但這時情勢危急，若起步稍遲，便會隨船沉入河底，東方玉和石砥中正在忖思如何脫困之時，船已沒及水中一半，眼看河水就要淹過他們的靴子。

大煞手房登雲雖然不諳水性，但卻絲毫不驚，他冷冷地一笑，運掌擊碎船上一塊甲板，伸手向河中撤去。

身形一躍拔起，在空中一個大盤旋，射出二丈之外，腳尖略略一點飄蕩在水上的那塊木板，已到達對岸之上。

啞僕韓文通緊隨主人之後，也躍身而去。

石砥中正在焦急是否也該一樣到達對岸，船上的汗血寶馬長鳴一聲，闖了過來。

石砥中一拉東方玉，道：「走！」

兩人跨上神駒，汗血寶馬壯烈的大叫一聲，馱著兩人撲進水中，牠神威天生，在水中如履平地一樣地泅上對岸，石砥中和東方玉身上竟沒有點到絲毫水漬。

「嘿！」

大煞手房登雲因為對方毀了他的船隻，深恨這群浪人的狂傲，他低喝一聲，和啞僕韓文通衝進這些人中間，出掌連傷五、六人。

東方玉輕輕一扯石砥中，道：「陶大海和我有一段交情，我們不如協助浪人把大煞手趕跑。」

他不等石砥中說話，已搶入人群之中，對著啞僕劈出兩掌。陡地，沉重的銅鑼聲響徹整個河谷，激鬥的浪人聞聲之後，紛紛躬身退立兩旁，歡呼之聲大作。

大煞手房登雲一愣，怒叱道：「你們搞什麼鬼？」

心中卻暗自奇怪，這震人心弦的銅鑼之聲為何會發生這樣大的力量，連這些從不服從人的浪人都約束得住。

銅鑼連響數聲，一隊手持大旗的漢子，擁簇一個頭戴銅罩、身著灰色盔甲的人正向這裡緩緩行來。

×　×　×

在這隊手持杏黃旗子的大漢之前，兩個手持銅鑼的大漢不停敲著，鑼聲震耳欲聾，那個身著銅甲的人像是大將般威風凜凜。

東方玉一眼瞥見一個身著藍衫的漢子，正和這全身銅甲的人走在一起，不由得大聲叫道：「陶大哥，你還識得小弟？」

陶大海只是微笑不語，但在神色間不免流露出對這銅甲人的恭敬與畏懼，急忙回頭看了看銅甲人。

銅甲人長得是什麼樣子沒有人知道，他僅僅露出兩隻黑而亮的眼睛在外面，冷冷地望了石砥中一眼，身子似是一震，微微晃了晃，緩緩將目光投落在大煞手房登雲的身上，冷冷的目光像是在說話一樣，在眼睛裡幻化出極為不屑的神色。

「咄！」大煞手房登雲冷喝道：「你是誰？」

銅甲人冷漠地道：「你自己沒長眼睛，不會看看那旗上的字！」

大煞手房登雲向上一望，顫聲道：「你是大風教教主？」

銅甲人冷冷地道：「不錯，你們六詔山在望日峰頂，答應在飄蹤無影沒有歸劍退隱之前，絕不踏進江湖一步，你破壞我們的約定，我已有權殺死你。」

原來在四十年前，六詔山妄以武學宗師身分，參加盛傳武林的八劍合修大會，那時參加的江湖上的八大門派掌門，都是一方之霸。六詔山連鬥八大門派，並揚言要合武各家為一派，共尊六詔山。

這事引起一個隱身山林間的怪人大怒，連夜趕上六詔山，大鬥六詔山之主房子承，逼得六詔山從此退出武林，永遠不准再踏進江湖一步。世人只知那個怪人是飄蹤無影，從此卻沒有人曾再親眼見過他。

房登雲心中震怒無比，道：「飄蹤無影還沒死？」

大風教主冷笑道：「死了也輪不到你們六詔山出來搶風頭。」

大煞手房登雲冷哼一聲，道：「閣下不要拿那個死老頭子嚇唬人，我房登雲雖然沒有與飄蹤無影動過手，總覺得他不會強過六詔山多少，時時都想替六詔山爭回那一劍之恥……。」

大風教主不屑地一笑，道：「你爹都不敢說這種話，想不到你倒狂妄起來了，我知道你心中不服，想先和我較量較量，很好，我索性讓你們六詔山死了這條心，如果你能打得過我，不但江湖上各門各派都要共尊六詔山，連我也降服於你。」

虯髯鬼得到金鵬墨劍，正想獻給教主，一見教主要和大煞手房登雲動手，忙雙手托劍，道：「教主，這個獻給你。」

大風教主伸手接過金鵬墨劍在空中一抖，顫起一蓬劍花，他朝石砥中輕輕一瞥，冷冷地道：「我不要，還是還給他好了。」

說罷，便將金鵬劍緩緩遞給回天劍客石砥中，石砥中面上一陣黯然，有一股懊惱的淒涼感覺，他正要說些感激的話，大風教主已經轉身離去。

大煞手房登雲怒叱道：「我得來的東西，你竟敢送人！」

大風教主冷冷地道：「你只要勝得過我，我會再給你搶回來。」

大煞手房登雲實在無法忍下這口悶氣，他怒吼一聲，向前大踏一步，以臂當劍揮了出去。

陶大海身形一穿而過，斜掌劈出，大喝道：「你是什麼東西，也敢和教主動手？」

他人長得威武，掌勢一出斷金裂石，「砰！」的一聲大響，雙方都被對方那渾厚勁力所懾，出手之間，不若先前那樣大意。

大風教主冷喝道：「大海，你給我回來！」

陶大海恍如對大風教主非常畏懼，聞聲之下，虛空一拳，悻悻地走了回來，但心中卻猶有未盡之意。

大風教主冷冷地注視著大煞手房登雲，道：「你心中定是十分不服，現在讓你先打三拳，如果你能傷得了我，江湖上將是你們六詔山的天下，我和浪人莊近百的英雄通通聽命於你……。」

大煞手房登雲所畏懼的僅是神龍見尾不見首的飄蹤無影一人，心中雖然懷疑大風教主是飄蹤無影的傳人，可是多少只是懷疑而已，他存心一試，冷笑道：「閣下不要太猖狂了，這可是你自己找死！」

他暗暗將全身勁力提聚於雙掌之上，身形一蹲，曲掌化拳，一拳筆直的向大風教主的身上捶去，拳風勁強，隱隱含有風雷之聲，端是凌厲異常。

哪知大風教主不閃不避，只是冷哼一聲，傲然凝立在地上，竟敢硬接對方這沉猛如山的一擊。

「砰！」

大風教主身形微顫，屹立在地上未動分毫，大煞手房登雲臉色大變，痛苦之色泛上他的臉上，他怔了怔，幾乎不相信世間當真有人敢硬接他一拳。

大風教主冷漠地笑道：「還有兩拳，你再進招吧！」

他笑聲悠揚，話音清脆，使石砥中不由一怔，只覺這個教主行蹤詭秘，那身功力足可當天下第一人。

大煞手房登雲怒吼一聲，揮掌而出，但一觸到對方那身銅甲上，便覺有一股強勁的反震之力湧來，他暗駭之下閃身暴退，非常懊喪地嘆了口氣。

他仰天狂笑，道：「罷了，六詔山再不出江湖就是！」

大風教主冷哼道：「如果我再發現你在江湖上行走，下次必然殺你！」

大煞手房登雲不吭一聲領著啞僕韓文通行去，他走至回天劍客石砥中的身前，冷冷地道：「三個月後，我依然在六詔山等你。」

石砥中見他說完飛馳而去，望著他那逝去的背影，朗聲大笑道：「屆時我定當拜訪！」

話聲未逝，已瞥見大風教主身子搖搖一顫，一股血水自他銅罩裡滴落出來。

石砥中心中大驚，道：「教主，你受傷了！」

大風教主語音略帶抖顫道：「房登雲主僕功力太高，這裡沒有人是其敵手，我雖然穿有寶甲護身，依然被對方拳勁震傷，如果我不這樣將他嚇走，整個江湖沒有人能治得了他……。」

他語音一頓，深長地嘆了口氣，道：「這雖然能暫時瞞過他，可是日後他難免會發現我是借寶甲之利而勝他，說不定數日之後會再次尋來……。」

石砥中怔了怔，道：「教主功力無敵，怎會懼怕一個房登雲？」

大風教主搖搖頭道：「你哪知六詔山絕藝天下無敵，真若動起手來，我不出十個照面便會敗將下來。這次我是冒了九死一生之險才將他嚇走，否則浪人莊的英雄通通要死在他的拳腳之下。」

他突然喘了一口氣，道：「石大俠功力無敵，本教主早就聞名已久，這次我是奉了一個病友所託，在這裡恭請石大俠隨我前去一會……。」

「病友——」石砥中一愣，道：「是誰？」

大風教主神秘地一笑，揮手將那些浪人遣走，領著石砥中和東方玉兩人向浪人莊行去。

第六章　飄蹤無影

回天劍客石砥中和天龍星東方玉，隨著大風教主繞過這條無情河，漸漸走進一個荒涼的山谷，那些浪人紛紛退避，由陶大海率領走回浪人莊去。

山頂上覆蓋著皚皚白雪，在柔和的陽光照射下，泛現出一片銀白色的光芒，分外耀眼……。

一座拱形的大墓孤立在山谷之後，大風教主步履輕移，在那碩大的墓碑頂上輕擊三掌，那個墓碑陡地移向旁去，露出一個黑黝黝的大洞，三人沿著石階走入，石砥中只覺一股陰風撲面，冷煞的寒風使他打了個寒顫。

一聲痛苦的呻吟自墓裡傳來，大風教主急快地走了幾步，燃起兩支松油火把，照得這個神秘墓室通明。

一個枯瘦如竹的老人斜臥在一張石床之上，他全身糜爛，通身無血，雙目無神的朝大風教主望了一眼，緩緩閉起雙目。

這個老人低垂雙目，軟弱地道：「孩子，那個大煞手走了嗎？」

大風教主躬身輕道：「全依你老人家指示，大煞手心存畏懼的只有你老人家，可是……可是……。」

他一連說了幾個可是，下面的話始終沒有說出來。

那個老人一擺手，說道：「你不說我也知道，六詔山爭雄武林已非一日之事，我知道再也沒有辦法收服六詔山了，這人一出，天下無人是其敵手，江湖可能要更加紛亂了……。」

大風教主焦急地道：「前輩，你總要想辦法呀！」

飄蹤無影黯然嘆了一口氣，道：「江湖狂瀾豈是單單一人之力所能挽回，我這許多日子來默思推算，當今武林中惟有一顆彗星能和六詔山相抗頡，只是這人情劫太多，非得練成忘去未來與過去不可……。」

他緩緩睜開雙目，凝注在回天劍客石砥中的臉上，一股炯炯神光雖然凝而不聚，卻也懾人心神。

他偏頭向大風教主問道：「你所說的就是這個人嗎？」

大風教主頷首道：「是的，他就是石砥中。」

飄蹤無影苦澀地一笑，道：「你看人絕錯不了，他內功渾厚已達三花聚頂的階段，不錯，不錯，三個月內，我要讓他真正達到武林第一人的身手，惟有這樣才能阻止六詔山的狂焰……。」

他伸出一隻手掌在石砥中身上摸了摸，突然驚詫地啊了一聲，一絲淡淡的笑意在他臉上掠過，道：「你會『斷銀手』，這倒是出乎我的意料……。」

石砥中沒有想到在這裡會遇上仙流般的曠代武林異人，他一聽飄蹤無影連自己練的武功都能摸得出來，不禁暗奇不已，忙道：「前輩請多指教！」

飄蹤無影搖搖頭道：「我生平淡泊名利，不求聞達於江湖，那次雖然力鬥六詔山上代山主房子承，但江湖上真正看見過我面目的人，除了其他五、六人外，就只有你們了……。」

陡地一陣沉重的步履聲隱隱傳來，飄蹤無影神情間流露出不豫之色，伸手揮了揮，大風教主忙將石砥中和東方玉領進一個大屏風後面，輕聲道：「他的徒孫來了，我們暫時避一避。」

那陣足履漸漸接近，不多時，一個人影閃現出來。

石砥中看得心頭大震，沒有想到幽靈大帝西門熊竟會是飄蹤無影的徒孫，那個老人年齡豈不是已達二百歲以上？更令他心驚的是飄蹤無影和幽靈宮扯上關係，幽靈大帝西門熊功力已是一代大宗師，那這個老人的神光絕藝豈非是達於不可想像的地步。

西門熊雙手托住一個木盒，跪下去恭敬地道：「師祖！」

飄蹤無影冷冷地道：「你來做什麼？」

西門熊非常有禮地道：「師祖身患半身不遂重疾，徒孫特別自金沙鎮尋得白羚羊角一對，以療治師祖身上的不治重疾。」

飄蹤無影冷冷地道：「我已不是你的師祖，當初我傳你爹爹武功後，才發現找錯了對象，你爹爹心懷不軌，造成滔天大禍，我已將他逐出門牆……。」

西門熊不敢答話，連聲道：「是！是！」

飄蹤無影冷笑道：「你爹爹僅僅得到我一椿神功便已天下無敵，我知道他必不甘默默終身流連於山水之間，暗地裡傳了天龍谷的東方雲，想使兩家並駕武林，誰也不敢做出逆天之事。誰知東方雲忠厚老成，並不想和你爹爹爭雄，使我當初所想的以強制強的方法陡然失策，直到傳在你和東方剛手裡，雖然尚能保持均勢，可是你已存了吞霸江湖之心……。」

東方玉在旁邊聽了心中一跳，想不到這個老人會是傳給父親武功的老師祖爺，他還是初次聽到這件武林隱事，不禁傾耳凝神聆聽著。

西門熊惟惟諾諾地道：「家父當年雖有不是之處，可是徒孫並沒有錯處，希望師祖能讓徒孫略盡棉薄，奉養你老。」

飄蹤無影冷漠地道：「你走吧，我不願再提起那些往事，我如今也沒辦法約束你們了，反正眼不見為淨，我死了，你們愛怎麼樣就怎麼樣……。」

西門熊緩緩將木盒啟開，露出一對潔白如玉的羚羊角，這並非是普通羚羊之角，而是一種產自天山絕頂的羚羊。此物善解奇毒，只是鮮有人能得到，傳聞天山也僅不過有五對而已。

西門熊雙手托上，道：「師祖，請你趕快施出『羚羊打穴』功夫，或真如傳言一樣，能使你走火入魔之體恢復原狀。」

飄蹤無影冷冷地道：「不用了，我並不稀罕這種東西。」

西門熊知道求告無用，他來時早已想好萬全之策，雙手將一對羚羊角抓起來，大聲道：「師祖既然不讓徒孫孝敬，做徒孫的活著有什麼用處，我不如一頭撞死在你面前！」

他扮相逼真，作勢要往石壁上撞去。

飄蹤無影看得暗暗感動，連忙揮手，道：「你這是幹什麼？」

他黯然嘆道：「我走火入魔已快二十年，縱是大羅神仙投世也難救治得好，念你一片孝心，我就試試……。」

西門熊欣喜道：「師祖暫且試試，也許會出現奇蹟。」

飄蹤無影伸手拿起一個羚羊角在空中一晃，全身衣袍隆隆鼓起，額上泛汗，他斜伸羚羊角在自己身上三十六處穴道上輕輕敲打，每敲一下便有一聲輕響發出。

哪知飄蹤無影在敲至第三十二下之時，神色突然大變，身軀劇顫，脫手將手中羚羊角向西門熊身上擲去。

他雖然武功蓋世，無奈被病魔相纏，這一擲之力減弱不少。西門熊早料到有此一著，身形疾晃，陡地飄退而去。

「喀！」那羚羊角去勢如矢，擊在石壁上發出一聲重響，只見一個羚羊角全都嵌進石壁裡面。

飄蹤無影怒叱道：「你在羚羊角上做了手腳……原來你比你爹爹還要可惡，我飄蹤無影真是有眼無珠，誤認你們一家惡徒……。」

幽靈大帝西門熊目中凶光大盛，哈哈笑道：「老雜種，我爹受你的壓制已經夠了，你一天不死，我們幽靈宮一天抬不起頭來！嘿……我爹所以會這麼快的死去，完全是你逼他走上死亡之路。」

飄蹤無影厲聲道：「這話是誰說的？」

西門熊一怔道：「大煞手房登雲親口告訴我的，你還想賴！」

飄蹤無影冷哼道：「我早該想到你去投靠六詔山了，否則你也不會找到這裡了，哈哈……我雖然不能行動，殺你卻是易如反掌……。」

他作勢欲撲，奈何身子行動不便，況且潛在體內的傷勢發作疾快，只覺後勁不繼，連一個普通人都無法殺死，不禁想起自己往昔那股力鬥六詔山房子承的雄威，深感遲暮之年，已是日薄西山，生命就要結束了。

但西門熊卻不知他此時已命若游絲，不堪一擊，他一見飄蹤無影作勢欲撲，不禁嚇得退出門外。

他嘿嘿笑道：「我在羚羊角上已塗上『蝕骨化神散』，你功力雖然蓋世，卻無法抗拒自穴道上傳進的劇毒，在三個時辰後我再來收屍，那時嘿嘿……。」

說完閃身而去，亡命般的逃走。

石砥中和東方玉親目所睹，見幽靈大帝殺弒師祖的殘酷事實，不覺血脈賁張，氣血直湧，幾次都想衝出去時，卻被大風教主示意阻止，這時見西門熊離去，忙閃身躍出。

飄蹤無影淒厲的大笑，道：「我自作孽，怨不得人，這也許是劫數，當時只因一念之仁，留下無窮的禍事，哎……。」

石砥中輕輕扶住飄蹤無影，道：「老前輩，你請歇歇！」

飄蹤無影搖搖頭道：「三個時辰後，西門熊必會來搜索我的東西，他曉得我神功絕藝必不會絕傳於世，定有秘笈之類東西留下，他雖然猜對了，可是我的主意卻變了。」

說著，自身後拿出五、六本手抄的秘笈，對大風教主道：「拿火來！」

大風教主忙拿過一支松油火把，不解的道：「前輩，你要做什麼？」

飄蹤無影悲傷地道：「我已經給世上留下無窮的禍患，心中實在心灰意冷，這些東西雖然花了我無數心血，可是每一本只要落入壞人之手都可遺害萬世，這些東西留著還不如燒掉的好……。」

這個老人悲淒地說至這裡，聲淚俱下，拿著那些秘笈的手都禁不住發抖。

他像是決定了一件什麼大事一樣，隨手拿出一本交給東方玉，道：「拿著，交給東方剛，在三個月內，你要勤習上面的武功，這些都是你爹爹沒有學過的，希望你……。」

東方玉一愕，連忙跪下，恭恭敬敬磕了三個頭，道：「師……祖……。」

飄蹤無影拿出一本「天雷掌笈」交給石砥中，道：「你如果練會這上面的東西，江湖上再沒有人是你的敵手，將來六詔山為惡江湖，你要義不容辭去對付他……。」

他像是覺得時光寶貴，惟恐生命驟然逝去，伸手拍了拍回天劍客石砥中，恍如將一副重擔託付給他一樣，連石砥中想要說出的話，也被對方那種肅穆的神情逼得咽了回去，整個古墓陡地一冷，有如死寂一般寧靜。

飄蹤無影拿起火把默默將那些秘笈點燃，只見火光一閃，熊熊烈焰騰空燒起，那些秘笈遇火即燃，黑煙冒處，霎時化為灰燼。

大風教主暗自嘆了口氣，道：「前輩，你這是何苦？」

飄蹤無影目含淚光，顫聲道：「我不能再害人，在我學藝之前，我師父曾告訴我許多做人的道理，我始終都依照師父的話去做，可是每一件事都失敗了，現在我才瞭解，人世多變啊。」

他說得悲痛淒涼，使石砥中都不覺黯然無語。

東方玉憤憤地冷笑一聲，重重擊出一拳，道：「西門熊太令人氣憤，等會兒我必鬥鬥他……。」

石砥中冷煞地道：「我們等他回來，在這墓中將他殺死！」

飄蹤無影深深嘆了口氣，道：「他氣數未盡，你們想殺他恐怕不易……。」

× × ×

時間在默默沉思中溜走，三個時辰彈指間逝去。

飄蹤無影雖然中毒已深，由於他多年的苦修精練，尚能保持一口氣，只是嘴裡不時地傳出呻吟之聲，陣陣痛苦在他臉上顯現出來。

突然，一聲高亢的大笑由墓外傳來。

石砥中神色微異，凝神仔細聆聽了一會，揮手道：「我們暫時避一避，西門熊進來之時，你們守著出口，由我先對付他。」

那陣笑聲愈來愈近，三人身形方隱藏好，進口處已出現兩個人來。

西門熊毫無忌憚拉著西門錡的手，緩緩行至飄蹤無影的跟前，嘴裡發出一聲冷哼。

他冷酷地道：「老雜種，你得意的時候已經過去了，幽靈宮的武學將要因我而發揚光大。嘿嘿，我想看看你在死前到底留下了些什麼好東西，錡兒還需要你的那些絕技……。」

西門錡冷冷地斜睨飄蹤無影一眼，道：「爹，你說的就是這個老混蛋壓制幽靈宮，逼死我爺爺嗎？」

西門熊點點頭道：「不錯，這個老雜種總算要死了，你爺爺若在地下有知，也當含笑九泉，死而瞑目了！」

西門錡冷笑道：「這個老混蛋太可惡，讓我先教訓他一頓。」

他血氣方剛，又自恃幽靈宮的武功天下無敵，上前連跨三步，揚起手掌在飄蹤無影臉上重重地摑了三個耳光。

飄蹤無影此刻正以生命交休的一口殘餘勁力，抵抗由穴道傳進體內的烈毒，根本沒有抵抗的力量。

「劈啪」之聲一起，飄蹤無影的嘴角已流下一條血漬，他做夢也沒想到臨死前會遭到一個小輩如此侮辱！

陡地，一聲冷笑響起，只聽石砥中冷笑道：「閣下該住手了！」

西門錡心頭大驚，只覺這個聲音非常熟悉，在暗影浮動中，隱隱有三個人閃了出來。

他回眸一瞥，冷哼一聲，嘿嘿笑道：「爹，你瞧，有人來送死啦！」

當他看清來人是回天劍客石砥中時，他的話聲不禁一噎，想將剛才說出的話硬生生咽了回去，臉上疾快掠過一層陰影，不覺退後兩步。

西門熊一愣，道：「好呀，原來老雜種請了幫手啦！」

石砥中冷冷地笑道：「你們父子所做所為，實在令人齒冷！」

大風教主和東方玉雙雙一晃身形，擋住墓口，各自掣出一柄長劍，環抱胸前，冷煞地注視著西門熊父子。

西門錡怔怔道：「東方兄，你也要與小弟為敵？」

西門熊這時表面上雖然鎮定如常，心裡卻不禁一陣焦急，單單一個回天劍客石砥中已夠他對付，再加上東方玉和那個滿身銅甲的怪人，他縱有通天之能也無法同時和這三大高手相抗，暗暗將全身勁力凝聚在雙掌之上。

他冷冷地道：「錡兒，你還套什麼交情，人家又不會賣這個面子。」

東方玉不屑地道：「我以前還把西門兄當成一位仁義兄弟，哪知今日所睹，使我大大的失望。」

「可笑呀，可笑呀！」西門錡詭計多端，層出不窮，他一見東方玉和石砥中在一起，不禁大笑，道：「想不到東方兄也變節投敵了！」

東方玉一怔，道：「你胡說什麼？」

西門錡哈哈笑道：「以前東方兄恨不得殺死石砥中，雙方水火不容，誰又料到，你們會化敵為友，共同對付幽靈宮。」

他笑得極為勉強，掩飾不了心中駭懼，劍光如水灑出，緊緊靠在幽靈大帝西門熊的身旁，父子兩人顯然要聯手對付他們。

西門熊斜睨了東方玉一眼，輕聲道：「錡兒，你先攻東方玉和那個銅甲人三招，三招一過，不論勝負都得回來，速去速回！」

西門錡點了點頭，身形如電疾射出去，手中長劍一顫，電快猛伸長劍，向東方玉的肩頭刺出。

東方玉冷哼道：「錡玉雙星，今日可要分出個高下！」

他身形一晃，腳下連移三步，手肘下沉，長劍如電劈出，這一招不但避過對方斜刺之勢，反而去勢傷敵，當真是又快又狠。

西門錡滑溜無比，一劍落空，收勢反轉，劍勢轉一大弧，在迅雷不及掩耳之下，運劍襲刺銅甲人身上。

銅甲輕叱一聲，道：「你找死！」

聲音甫出，頓時使西門錡一呆，只覺對方口音婉轉，美妙有如女子，使人捉摸不出這個銅甲人到底是男是女？

他正在出神之時，對方的長劍已自左側斜攻而至，心中劇震，劍光轉動間，連擋兩招才將對方逼退半步。

西門錡覺得眼前兩人無一不是平生罕見的勁敵，不敢戀戰，急忙拔起身形，脫身退回西門熊的身旁。

西門熊自始至終不瞬地看著雙方動手的情形，他雙眉緊鎖，臉上立時有一股悒鬱掠過，猜測不出那個身形如風、手法怪異的銅甲人到底是何方神聖？

西門錡出手退回都是眨眼間事，幾個動作都在電光石火間，是故西門熊在這剎那間對場中形勢有個大致瞭解，暗中籌思脫身之策。

回天劍客石砥中深吸了口氣，胸中那股沉悶的濁氣通通發洩出來，他目光一冷，冰冷的道：「西門熊，我們可以動手了。」

西門熊嘿地一聲，道：「姓石的，你不需和老夫轉彎抹角，你們縱是一起上老夫也不懼，只是……嘿……過了今天之後，幽靈宮會以十倍之力報復。」

他實在懼駭這三個人一起對付他們父子，是故先拿話扣住石砥中等，剛才西門熊冷眼觀察，發覺那銅甲人的功力比東方玉還高，如果三人一起出手，他們父子雖有通天遁地之能，今日也休想安全走出這個古墓。

石砥中突然有一股莫名的激動湧上心頭，多少日來，他儘量忘卻感情的創傷，忘掉那些足以使人頹唐喪志的銘骨恨事。由於西門熊父子的出現，一時又勾起那些無涯的往事，使他陷於痛苦的回憶中。

他豪氣干雲一聲大笑，道：「西門熊，我們是老規矩，還是由我和你單挑，不論誰生誰死，絕不要別人幫忙，這下你可放心了。」

他雙臂一屈，手掌緩緩抬起，一股清瑩的光華自掌心吐出，空中立時閃過一道白虹。

西門熊駭然驚顫，道：「你要用『斷銀手』和我動手……。」

石砥中冷冷地道：「不錯，我們已經不能兩立，殺你只是早晚之事！」

幽靈大帝西門熊氣得怒吼一聲，幽靈功已布滿臂上，隨著右掌一推之勢，一股渾厚的掌勁恍如風雷迸發般的湧了出去！

石砥中雖然已得蓋世之武功，但面對這樣一個強敵，也不敢絲毫大意，他冷煞地一聲長笑，道：「你的幽靈功又進步不少！」

他身形一移，「斷銀手」陡地劈出，雙方動作都快逾閃電，掌勁一合，頓時交結在空中，撞在一處。

「砰！」一聲大響，震得古墓壁一陣顫動，陳積的塵埃與石屑紛紛抖落，呼嘯的掌風旋氣成渦，使西門錡和東方玉俱被這威烈的拚鬥所震懾。

飄蹤無影也輕輕睜開雙目，不瞬地注視兩大高手拚鬥，在他的臉上幻化無數的表情，低頭沉思兩人出手的招式，時而搖首嘆息那一招的不當，一代武學宗師雖然病勢堪危，也受不了這場罕見的拚鬥所吸引，打足精神，凝神的注視場中。

幽靈大帝西門熊和石砥中身形都是快得眩人耳目，在每一出手之間都孕藏著無數的變化，雖然這時看去功力匹敵，不分軒輊，但在明眼人看來，幽靈大帝西門熊早已面臨危機，生死存於一剎間之事。

幽靈功本屬柔勁，傷人於無形，而斷銀手則係純陽之氣，兩大異功相較之下，幽靈功便如遇著剋星一樣，威力始終不能完全發揮出來。西門熊愈鬥愈駭，不禁氣得長嘯連連，掌影紛飄，氣勁如刃，雙方又互換數掌。

所謂父子連心，西門錡一見爹爹處於危險境地，心中又駭又懼，一顫長劍，斜劈而出，大喝道：「石砥中，我和你拚了！」

他劍勢一顫，一股冷芒自劍刃上泛射出來，東方玉冷笑一聲，閃身揮劍追蹤而至，不屑地道：「西門錡，我們兩人的事還沒完呢！」

西門錡心中一凜，急忙沉腰擰身，飄出三尺，他雙目赤紅如血，大吼一聲，和東方玉鬥將起來。

陡地，場中響起幽靈大帝西門熊慘呃之聲，人影分處，西門熊緊撫胸前，臉上泛起一陣抽搐，他踉蹌地倒退幾步，哇地吐出一口鮮血。

西門錡揮劍退步，大聲道：「爹，你怎麼了？」

西門熊恍如未聞一樣，輕輕拭去嘴角上的血漬，他全身顫抖，臉色愈來愈難看，雙目怒睜，吼道：「石砥中，我們的事永遠沒完……。」

石砥中雖然以斷銀神功擊傷了幽靈大帝西門熊，可是斷銀手耗力最巨，胸前起伏，喘息不定，他冷冷地道：「你今天要想走出這個墓外可不是簡單之事……。」

「嘿！」西門熊低喝一聲，大笑道：「你還想留住我們，哈……你簡直是在作夢……。」

石砥中冷笑一聲，緩緩地掣出斜插於肩上的長劍，一片耀眼的劍華顫振而出，劍光所指，正是西門熊的咽喉之處。

他滿面殺氣地道：「我今日縱是冒了不義之名也要將你除去！」

傍立的西門錡駭得臉色大變，悶聲不吭的揮劍自回天劍客石砥中的背後襲去。

石砥中背後恍如長了眼睛一般，身形微移，斜劍撩出，鏘的一聲，西門錡被震得連退兩步，一柄長劍立時斷為二截，墜落在地上，愣愣地一句話也說不出來。

西門熊曉得石砥中是不會放過自己的，他趁著石砥中回身劈劍之際，大喝一聲，一掌劈了過來。

石砥中怒笑一聲，道：「你們父子兩個都不要想活著出去！」

一道劍幕瀰空而起，立時將西門熊父子圈進劍光之中。

石砥中正要痛下煞手，突然有一縷怪異的聲音響起，還未會過意來，西門熊的掌勁已如錘擊來。

這一掌強勁如浪，比剛才兩人交手之時還要威烈。

石砥中一愣，急忙錯身躍開，心中不覺在奇怪西門熊何以會有如此大的力勁？

西門熊伸手一拉西門錡，大喝道：「錡兒，我們走……。」

他一掌把石砥中逼退，身子如風地躍了過來，右掌在空中劃一半弧，一股渾厚如刃的力道直把東方玉和大風教主震退五、六步。

石砥中正待追去，飄蹤無影突然呻吟一聲，道：「不要追了，大煞手房登雲正以『無相神音』助他增加功力。這時西門熊力大無窮，和剛才判若兩人，他若存心拚命，誰也阻擋不了他……。」

在這剎那間，西門熊已闖過大風教主和東方玉的阻攔，和西門錡並肩馳出，眨眼消逝不見。

東方玉恨得一跺腳，道：「可惜，可惜，如果不是那怪異的聲音，西門熊今天豈能留得命在！」

飄蹤無影黯然道：「一切都是天意註定，那大煞手房登雲定是和西門熊遇上，知道我已命在旦夕，如果不是你們在這裡，大煞手可能早就進來將我殺了……。」

他似是非常勞累，說話的聲音細弱短促，像是快要斷氣一般。他揮了揮手，喘息道：「砥中和玉兒都去休息吧！明天開始，你們就要好好練功，準備三個月之後六詔山之會……。」

石砥中和東方玉應了一聲，急忙向後行去，兩人心境不同，面上俱露出一種令心迷惘的神色。

飄蹤無影目注兩個男子離去，不禁嘆道：「江湖後浪推前浪，一代新人換舊人。萍兒，你的眼光不錯，如果不是你告訴我世上有這麼一個人，我百年心血都要白費了……唉……但願石砥中能為天下武林伸張正義，我雖然死去，也不會再有什麼牽掛了……。」

大風教主全身抖顫，目中立時閃現淚影，她將銅罩徐徐拿了下來，露出滿頭銀髮，正是石砥中日思夜念、追蹤無影的東方萍。

東方萍淒涼道：「以我心，換他心，兩情相憶深……。」

飄蹤無影嘆了口氣，道：「你這孩子，怎麼不乾脆以真面目和他相見……。」

東方萍搖頭道：「我要造就他為武林一代大俠，倘若我和他相見，他必不會好好練你的絕世神功，現在我哥哥已追隨他了，什麼事都不必再想它了……。」

語音淒涼，柔情似水。

飄蹤無影搖搖頭，輕輕撫著東方萍的縷縷銀絲，非常感傷地道：「你真不想和他見面？唉！此情留待夢中憶，回首前塵已不堪……算了，算了，三個月內，你不要見他，讓他們兩個人去闖天下吧！」

東方萍眸裡淚水泉湧，伏在這個老人身上輕泣起來，一切的一切都在這哀泣聲中表露無遺……。

第七章　追屍鬼王

冬天漸漸遠去，春之神像個披薄紗的少女，緩緩馭著輕風，躡跡在山谷、林梢、溪流……。

鬱馥的花香，隨著春日降臨而散射開來，青綠的山嶺，蒼鬱的叢林，使大地抹上一層綠色，為塵世間帶來無限生機。

噠噠的蹄聲輕緩傳來，為這春日的黃昏平添了些許的音符。

東方玉精神抖擻，輕輕跨騎馬上，遠眺群山層峰，恍若隔世一樣，三個月的墓中生活已悄悄過去了。

他深深吸了口氣，道：「大哥，我真懷疑那個大風教主，他行動譎秘，不似一個江湖男兒，扭扭捏捏倒像個女人……。」

石砥中哦了一聲，濃眉一豎，道：「我也有這種感覺，這次我們出墓，他都避不見面，也不知是什麼原因，最使人困惑的是他那身銅甲終日不解，據我猜測，這個人不是面容奇醜，便是另有什麼隱情。」

他哪知大教主便是愛他情深似海、堅逾金石的東方萍，如果東方萍露出自己的身分，回天劍客石砥中縱是鐵石心腸，也會揮馬疾馳，回去和她相見。

在將近三個月的苦練絕藝之下，石砥中心中沒有點滴雜念，這時驟然重見天日，不禁又想起遙遙無蹤的東方萍，臉上逐漸泛現出一縷愁苦……。

「噹！」

在這空曠的山谷前，突然響起扣人心弦的巨鑼之聲，嬝嬝餘音逐漸散去，使得田野裡那些終日操作的農夫愕然抬起頭來，朝大道上望去。

當這些農人的目光才掃及大道上的人影，紛紛大吼道：「殭屍，殭屍，趕屍的來了！」

無知的農民驚駭得像亡命的逃生者，向四處奔跑……。

石砥中雙眉一鎖，詫異地道：「這鑼聲好怪，怎麼有股懾人心神的怪異……。」

東方玉突然神色大變，顫聲道：「不好，我們遇上趕屍的了！」

他像是遇見鬼魅似的，掉轉馬頭背道而馳。

石砥中急忙伸手一把拉住東方玉，非常奇怪地問道：「東方兄，你難道也相信鬼……。」

東方玉搖搖頭道：「大哥，你哪知湖南辰州『殭屍門』的厲害，這些人都是沒有血性之人，只要有人敢偷窺他們趕屍的秘密，他們務必追殺滅口，逢人便殺……。」

石砥中冷笑一聲：「江湖上門派羅列，卻還沒有一家敢有這種規矩。湖南辰州『殭屍門』雖沒有聽過，想這種詭異門派必不是好東西，東方兄，我們去看看！」

東方玉苦笑道：「大哥，我們何必去沾惹這些人！」

正說之間，一個農夫因跑得太慢，突然和那個敲鑼的灰衣人迎面遇上。灰衣人全身上下都用灰巾裹住，左手拿著一面銅鑼，右手握著一個銅錘，他發出一聲怪笑，錘頭向那農夫頭上一點，立時那農夫腦漿四濺，死於非命。

石砥中看得心中駭然，怒道：「好狠！」

他正要飄身躍出，東方玉忽然施出一個眼色，只見一排灰衣人在大道盡頭上出現。這些僵硬著身子的屍體接續行走，竟然沒有一絲聲息，步履之間，躍水跨石，恍如個個都是武林高手一樣。

手持銅鑼的灰衣人看了看天色，突然低聲喃喃念了一陣咒語，那些殭屍紛紛倒臥在地上，整齊地排列在一起，遠遠看去像是一隊久經訓練的軍隊。

那趕屍的人目光朝這裡略略一瞥，發出一聲淒厲的哀笑，輕輕一伸鑼錘，對那個排列在最前的屍身一指，大聲道：「那兩個與你有仇，你去把他們抓來！」

這殭屍恍如聽懂他的話一樣，自地上一彈躍起，行走如風，朝石砥中和東方玉行來。

東方玉顫聲道：「不好，他發現我們了！他發現我們了！」

殭屍來得很快，身形一晃而至，只見他枯爪一伸，陡地向東方玉的身前抓來。

他運指如風，不下於武林高手，指影未至，銳利的指風已經襲來。

東方玉心裡有種莫名的恐懼，慌亂中彈身躍起，右手在空中一翻，對那殭屍身上拍去。

「砰！」這一掌擊在殭屍身上，有如擊中敗絮一樣。「砰！」的一聲，那殭屍只不過是略略一晃身形，在地上一蹦一跳，又逼了過來。

石砥中看得心裡暗驚，冷哼一聲，怒道：「殭屍也敢作怪！」

他見這殭屍身手雖然靈活，腿腳關節之處卻是非常遲鈍，在殭屍躍身彈起之際，他斜劈一掌，劈向這殭屍的膝蓋骨地方，只聽喀啦一聲，那殭屍迎面而倒，一雙腿骨整個被劈斷，站不起來，倒在地上動也不動。

趕屍人怒哼一聲，飛撲而來，道：「原來是兩個練家子！」

他將頭上灰巾一掀，露出一個濃眉、尖腮、削瘦的老人臉龐，陰森森地道：「你毀我殭屍，可知這是誰買來的屍體嗎？」

石砥中一愣，沒有想到殭屍也有人買，他不知這些殭屍可做何用？怔怔地出了一會神，詫異地道：「你說什麼？」

那個老頭嘿嘿笑道：「我從湖南趕屍到這裡，沒有一個人敢在我湖南辰州『殭屍門』追屍鬼王面前撒野，想不到你們兩個小子竟敢毀我殭屍，這些殭屍都是幽靈宮訂去之物，你毀了一個，我可要你賠一雙……。」

石砥中一聽這些殭屍是運往幽靈宮，不禁沉思起這些殭屍的用途。

他雙眉緊蹙，煞氣盈眉的道：「幽靈宮，那閣下是受西門熊所邀……。」

追屍鬼王得意地一聲大笑，道：「好說，承西門熊瞧得起我老頭子，邀我『殭屍門』的弟子加盟幽靈宮，我老頭子知道他極需訓練一批幽靈騎士，特別遠走江湖搜獲這些各派高手，只要經他略一訓練，無異是這些人再生，足可擊敗江湖各派。」

他嘿嘿乾笑數聲，陰沉地道：「你們兩個後輩是何人門下？如果和幽靈宮有關，老夫看在西門熊的面上，或許可以饒了你倆。」

石砥中冷冷地道：「西門熊是什麼東西，我石砥中正愁找不到他，想不到你在這裡替他千里送殭屍！你們『殭屍門』邪門異功，害世禍人，少不得先要把你毀去！」

追屍鬼王一聽石砥中三字，臉色突然大變，他像夜梟似的一聲怪笑，連著倒退兩步，道：「我好像聽西門熊說起過你，雖然有人說你如何如何厲害，心裡卻始終有點不大服氣，正好鬥鬥你。」

正在雙方劍拔弩張，一觸即發之時，遠處傳來一聲厲笑，笑聲淒厲，蕩人心魄，只見一個蓬頭散髮的老太婆，手裡提著一柄長劍，如電向這裡奔來。

追屍鬼王冷笑一聲，道：「好呀，原來你們是她邀來的幫手！」

他急忙從懷中拿出一個笛子吹了起來，那些殭屍忽然自地上站了起來，身形飄動，攔住那個老太婆的去路。

老太婆揮舞長劍，厲喝道：「還我兒子來！」

這個老太婆功力甚高，出手招式深厚渾實，儼然已是一派宗師。

她晃身在殭屍中間，雖然劍法神妙，卻似有什麼顧忌，每當將要刺著殭屍身上的時候，她就撤回長劍，像是只求能將這些殭屍逼退，使石砥中和東方玉都看得大惑不解。

追屍鬼王一聲怪笑，道：「你這死婆子，還不給我過來！」

他這話竟是十分鬼魅，那個老太婆身形一陣晃動，搖搖擺擺地走到追屍鬼王的面前，先前那種拚鬥的凶焰驟然斂逝，茫然僵立在追屍鬼王的身前。

追屍鬼王嘿嘿大笑，道：「你也跟他們在一起，我送你回家鄉去……。」說罷，便拿出一塊長巾覆蓋在這個老太婆的臉上，老太婆像是著魔一樣，踉蹌地走向那些殭屍。

石砥中心頭大駭，雖不知追屍鬼王施出何種魔法迷失了老太婆的本性，泯滅她心中的靈智，可是卻曉得「殭屍門」詭異多端，邪法冥術層出不窮，這老太婆若非中了他的道兒，決不會變成這個樣子。

東方玉一掌推出，大喝道：「你這個趕屍的不要走！」

追屍鬼王冷笑道：「誰走了？」

他身形一晃，銅錘直搗而出，對著東方玉「氣海穴」上點來，這一招狠辣兼具，手法怪異靈巧，凌厲無比。

東方玉心中大凜，沒想到「殭屍門」中竟會有如此高的身手，急忙一移身形，橫裡揮掌向追屍鬼王的手腕切來，招式遞出一半，倏地化掌為抓，又快又疾。

追屍鬼王何曾料到有一個如此年輕的青年會有這樣身手，變招不及之下，縮手一腿踏出，饒是他縮手得快，腕脈上被東方玉抓得皮破血流，五個長長的抓痕。

他怒吼一聲，道：「小狗，你是何人？」

東方玉怒吼道：「老狗，你連東方大爺都不認識，還敢來害人！」

追屍鬼王嘿嘿笑道：「原來是東方剛的寶貝兒子，嘿嘿，西門熊正愁無法對付你爹爹，嘿嘿……真是給我一個好機會！」

他雙目突然圓睜，有一股異采射出。

東方玉全身驚顫，竟茫然呆立在地上。

追屍鬼王嘿嘿乾笑一聲，又道：「你爹正在天龍谷等你，我送你回家！」

東方玉茫然點了點頭，忽然閉起雙目，向那群殭屍行去。這個變化來得太快，連石砥中都被震愕住了。

石砥中臉色大變，大聲道：「東方兄！」

東方玉竟是充耳不聞，緩緩走到殭屍行列，果然如泥塑似的僵立在那兒，跟其他殭屍的樣子一模一樣。

石砥中心頭大懼，連問道：「東方兄，你怎麼啦？」

追屍鬼王冷冷地道：「你吼破喉嚨也沒有用，他已中了本門無上大法『失魂術』，除了聽老夫指揮外，連他爹爹都不認識了。」

石砥中氣得冷笑數聲，喝道：「你這個害人的東西，我非殺了你不可。」

他一怒之下，伸手掣出金鵬墨劍，輕輕一抖，劍刃上立時射出一股冷灩的光華，逼得追屍鬼王倒退兩步。

追屍鬼王驟見對手手持神劍，擺出一派宗師的架勢，心裡登時大駭。

他冷笑一聲，暗忖道：「這小子的功力相當深厚，我和他真動起手來恐非其敵，看樣子非得再施出本門的『失魂術』不可，只是這種功夫最耗真元，我已連施兩次，精神恐怕無法凝聚。」

要知這種「失魂術」全憑意志力迷惑對方的心神，使其喪失神智，而聽命自己的擺布，如果施功者本身意志無法集中，便不能控制對方。

忖念一逝，追屍鬼王雙目倏地一睜，一股異光湧射而出。

石砥中的目光方觸及對方的眼神，心神劇顫，心中大凜，頓時想起東方玉和那個不知來歷的老太婆便是如此被這追屍鬼王所迷惑。

他心中大駭，急忙避開對方的雙目，腦海之中卻不由驚忖道：「他的目光好厲害，這個追屍鬼王邪術太厲害，我既然無法和他的邪術相抗，只有先避一避，晚上再說……。」

他伸臂揮出一劍，將追屍鬼王逼得連退數步，由於適才遭受對方「失魂術」的襲擊，腦海中渾渾沌沌，有種力不從心的感覺，故劍勢發出，沒有往常凌厲。

追屍鬼王雙目異光四射，大喝道：「石砥中，你看看我，我送你回家鄉。」

石砥中一怔，正待向對方望去之時，腦子裡突然有一個意念提醒他，使他急忙低下頭去，身形一弓，斜躍而去。

他駭顫地暗忖道：「好厲害，好厲害，我差點中了他的道兒！」

他曉得自己此時無法和追屍鬼王相鬥，身形躍起，急忙輕嘯一聲，汗血寶馬一閃躍至，石砥中腦中一清，急忙躍上馬背如飛馳去。

追屍鬼王冷笑道：「不知死活的東西，算你今天命大！」

× × ×

「噹！」

銅鑼之聲震空響起，清脆的鑼聲飛散於空際，那一列殭屍在暮色中排列成行，向山林之間行去。

這時夜色愈來愈濃，但見滿天烏雲密布，清冷的風呼嘯刮過，吹起那些殭屍的衣袂，簌簌作響。

追屍鬼王領著這群殭屍漸漸走向荒涼的小路，他一路行來，嘴裡不停喃喃念著咒語，只聽他念道：「凶鬼、煞鬼、惡鬼，我鬼王行屍四方，全憑諸鬼幫忙，今夜諸鬼上門來，我鬼王只有送路錢……。」

說完，便從懷中拿出一疊銀箔紙線，燃上三枝香頂空膜拜，燒起那一疊冥錢，但見火光一閃，冥錢通通化為灰燼，消逝於空中。

追屍鬼王伸手一揮，那些殭屍通通又臥倒地上，一列殭屍整齊而臥，此時雖然天色剛黑，也不禁令人毛骨悚然，冷風淒淒……。

追屍鬼王似是作法已畢，向南方望了望，身形快速拔起，如飛馳去。

在這烏雲密布，寒風颯颯的夜裡，石砥中悄悄奔了過來，他見追屍鬼王離去，心裡不禁輕鬆了不少。

他目光朝那些殭屍略略一瞥，輕喊道：「東方兄，東方兄！」

這一列殭屍通通用灰巾掩面，石砥中根本無法分辨出哪一個是他極欲尋找的東方玉，他雖然藝高膽大，但面對這麼多殭屍，也不禁惴惴不安，冷汗直流。

他連叫數聲，不由焦急地道：「這怎麼辦，難道我要一個個將這些殭屍的頭巾揭下來……。」

正在這時，在他對面那個殭屍身後，忽然像幽靈般地出現一個人影。

這個人影的行動詭秘，奔行於殭屍之間，伸手揭去一個殭屍的面罩，他像是尋人一般，揭開一個又一個。

石砥中看他動作純熟，不禁大駭，急忙將身子躲在兩個殭屍中間。

那個人在黑夜裡發出一聲冷笑，只聽他叫道：「大師姊，大師姊！」

石砥中一聽此人不是追屍鬼王，心神不由一定，他爬起身來，輕聲道：「前面是誰？」

那個人驟然看見一個自殭屍堆裡坐了起來，不禁嚇了一跳，他啊了一聲，倒退數步，怒吼道：「你這鬼王竟敢來嚇我！」

一個碩大的手掌如電伸出，對準石砥中胸前抓來。

這一抓快得出乎石砥中預料，使他駭異地翻了個身，可是對方一抓不中，第二抓又接踵而至。

石砥中怒吼道：「慢著！」

對方冷笑一聲，身子整個向前撲來，掌指之間，全指向石砥中的要害，顯然是想立時把他毀在掌下。

「嘿嘿！」

一連串冷笑聲自那人嘴裡發出，像夜梟般令人心悸，但見他掌影如山，斜揮而去！

回天劍客沒有想到這個身形飄忽的人影，功力竟是如此渾厚，在舉手投足之間，都是致人死命之處，登時一股怒火自他胸中衝了上來，嘴角上漾起一絲淡淡的冷笑。

第八章　失魂秘術

冷寒的夜風無情地拂在林梢，響起一陣陣簌簌抖動之聲，穹空沒有一點星光，黑得像墨一般，大塊的烏雲堆集遮住了半邊天，斜月藏在雲朵後偶而露出月華……。

回天劍客石砥中冷笑道：「閣下是誰，怎麼這樣不講理？」

這個人像是有什麼顧忌似的，悶聲不吭，一蹲身形，左掌在空中兜一大弧，發出一股勁風，右掌化拍為點。

斜舒一指，點向石砥中手肘之處，這一招二式功夫凌厲異常，尋常人就算躲過左掌，也躲不過右掌這一指。

石砥中看得心中大寒，挫腰擰身疾飄而出。

他冷哼一聲，趁著那個不知姓名的怪人招式用盡之際，陡地一曳袍角斜躍而來，右掌搶在刻不容緩之中猛然削出！

那個人恍如受到驚駭一樣，稍微愣了一愣，隨即身形弓起，拔高數尺，左足向前一跨，石砥中倏地飛踢過來。

石砥中怒喝道：「閣下再不說話，休怪在下不客氣了！」

他見對方一腳來得突然，不覺驚呃了一聲，疾伸右掌，對著那人腳踝抓去。

這幻化無比的一著使這人一驚之下，竟是避不過石砥中這迅捷的一抓。

石砥中大喝一聲，手臂抬起，已將那人連腳帶人甩向空中，拋了出去……。

那個人身子在空中輕輕一躍，竟拔高了幾許，在空中一個大迴旋，像一片棉絮似的飄落在地上。

那人嘿嘿笑道：「你這小子的功夫不錯！」

石砥中一怔，竟覺得這人的話音好熟。

他惟恐兩人再不明不白拚鬥下去，連忙上前道：「閣下是誰？聽口音頗像在下的一個老朋友……。」

哪知對方只是冷笑，根本不理會他的解釋。

回天劍客石砥中也是性情高傲之人，一見對方恍如在嘲笑自己，頓時一股怒火湧上胸頭。

他冷冷地道：「有什麼事值得閣下如此好笑？」

「嘿！」那個人低喝一聲，怒道：「本君一路自湖南辰州追趕到這裡，始終沒有機會下手。小子，你藏身於殭屍堆中，是不是和追屍鬼王一路的？」

石砥中冷漠地道：「在下有一好友誤中追屍鬼王的邪術，趁那個玩弄鬼術的東西離去之時，正欲將敝友救出來……。」

「哈！」這個人目光在黑夜中一閃，射出一股炯炯神光。

他哈地一聲大笑，依然沒有減去絲毫敵意，猶疑片刻，在回天劍客石砥中身上一打量，黑夜中大地如漆，雙方都沒法看清對方的容貌，在黑暗中僅能看到一點輪廓。

他冷冷地道：「這麼說將起來，你和我不謀而合……。」

他沉思片刻，雙目陡地大張，一股神光疾射而出，怒道：「你若想在我七絕神君面前玩花樣，那可是找死……。」

「什麼？」回天劍客一怔道：「你是七絕神君？」

七絕神君冷冷地道：「不錯，我相信你在江湖上也有過耳聞，本君做事素來不講交情，如果你妄想插手管本君的事，嘿！後果如何？你該比我還清楚。」

石砥中哈哈笑道：「神君，你連我石砥中都認不出來了？」

七絕神君哦了一聲道：「小子，是你！」

顯然雙方都未預料到會在這裡相遇，七絕神君雖然有些激動，卻掩不住臉上顯現出來的焦急之色。

他急道：「砥中，我師姊是否已遭追屍鬼王的道兒？」

石砥中想了一想，道：「神君說的可是一個老婆子？」

七絕神君驚道：「不錯，她在哪裡？」

回天劍客石砥中驟見七絕神君那種失魂落魄的樣子，不禁一怔，腦中不由忖道：「這個老太婆不知和七絕神君有什麼關係？我怎麼從沒聽說過七絕神君有個大師姊？看神君那種焦急的樣子，莫非兩人有深厚的感情……。」

要知一個歷盡情海波濤的人，對於男女間的事情特別敏感。

石砥中半生歲月中，幾乎每一件遭遇都涉及女人，是故憑著一種直覺，意識到七絕神君和那個蒼顏白髮的女人必定有著不平凡的關係。

他伸出一指，指向第七個殭屍，道：「如我料得不錯，第七位便是你要找的人。」

七絕神君未等石砥中說完，身形一拔躍起，撲向第七個殭屍。

他激動地一掀灰布，只見那個老太婆靜靜地側臥在那裡，雙眸緊閉，除了一絲微息尚可察覺出外，與死去的人並無兩樣。

他伸手摸了摸那老太婆的鼻息，輕輕呼喚道：「大師姊，大師姊！」冷寒的夜風，冰涼如水，他的呼喚聲清楚地傳了出去，媳媳不絕，可是那老太婆始終低垂雙目，恍如死去一樣，七絕神君搖動她的身軀，依然毫無動靜。

七絕神君急得怒吼一聲，眼角一掠，瞥見石砥中正抱著東方玉斜飄而落，七絕神君詫異地道：「怎麼！連這小子也著了那個趕屍的道兒？」

石砥中寒悚一顫，道：「湖南辰州『殭屍門』的失魂術當真厲害無比，不但東方玉抗拒不了對方那一雙怪眼，連我也幾乎重蹈東方玉的覆轍。」

七絕神君雙眉緊蹙，嘆口氣道：「本君自信在這方面頗有研究，可是自從我和追屍鬼王交過三次手後，我才發現辰州『殭屍門』的邪門異術，與江湖各派的詭秘異功完全不同，它是專找偏激的路子，而在無形中傷人。說句良心話，本君實在不敢和這鬼王正鋒交手，因為在對方那雙詭異的目光裡，我竟能看見以往最令我痛恨的事。」

石砥中哦了一聲，道：「他的眼睛竟會如此邪門！」

他斜睨倒在懷裡的東方玉一眼，像是忽然想起什麼事情一樣，道：「神君，我們總得想法子先把他們兩個弄醒再說。」

七絕神君搖搖頭道：「沒有那麼簡單，凡是中了『失魂術』的人，在二十個時辰內不會清醒，除非你我施出本身功力，替他倆推宮逼穴，將留存於腦中的一點靈智引發出來……。」

石砥中斜伸右掌，輕輕按在東方玉的「氣海」穴上，一股大力泉湧過去，東方玉輕輕一顫，長長吸了一口氣，但卻仍未醒過來，只是臉色稍稍紅潤些而已。

七絕神君雙眉微皺，道：「砥中，你縱是將全身功力貫注他的體內也沒有用處，因為他的意志全集中在追屍鬼王身上，除了聽命追屍鬼王，任何人都無法驅使他們。眼下之計，只有以藏土『神魂大法』才能將他們的那一絲靈智喚醒過來，你將東方玉交給本君，我要試試藏土『神靈大法』到底能不能鬥得過『殭屍門』的『失魂術』，不過，這全憑本身的精神意志施功，你必須為本君護法……。」

說完，便將東方玉接了過去，和那個老太婆並肩臥倒地上。

七絕神君身上的衣袍陡地簌簌抖動，高高鼓了起來，他單掌斜指穹空，臉色逐漸凝重。

他深吸口氣道：「我施功之時，若那追屍鬼王回來，你和他相鬥之時，切忌和他目光相接，這在逼得沒有辦法的時候，你不妨閉起眼睛和他相鬥。」

話音甫逝，雙目倏地一睜，兩股怪異的湛然神光像兩盞明燈似的射將出來，逼射在東方玉和那個老太婆的臉上。

不多時，七絕神君額上泛現出顆顆汗珠，鼻孔裡並吐出二道白霧，像煙一樣地繚繞不絕……。

回天劍客石砥中當下不敢鬆懈，急忙收斂心神，注視四周動靜，惟恐追屍鬼王這時闖了回來。

× × ×

「咚！咚！咚！」

更鼓三擊，自遠處遙空傳來，黑夜中更鼓聲清晰可聞！恍如三道響箭劃空際一樣。

石砥中心神陡地一顫，目光緩緩投落在小道上走來的那個黑影。

在這荒涼的鄉間小道上，一個黑影搖晃著身子行來。

他像是一個迷失歸途的夜行人一樣，嘴裡嘰哩咕嚕說個不停，一股酒氣隨風飄進石砥中的鼻息中。

石砥中心裡一陣嘔心，不禁忖思道：「追屍鬼王難道喝醉了……。」

人影漸近，石砥中已可清楚看到那人的樣子。

只見這人斜戴一頂大盤帽，手裡拿著一個大酒葫蘆，他搖搖擺擺舉起葫蘆灌了一口酒，嘴裡罵道：「他媽的，老劉那老小子真不是東西！自己他媽的向窯子窩裡一躺，卻要我這麼晚了回來看守這些死人！呸！真他媽的晦氣……如果他不是我的師兄，嘿！我老五才不會聽他的呢……。」

他嘴裡一陣嘀咕，恨恨地又道：「也算我老五倒楣，銀子花去不少，卻沒有一個娘兒們看上我，早知這樣，乾脆抓一個來睡，管他什麼東西。」

當他正在自言自語的時候，陡然瞥見石砥中像個半截寶塔似的凝立在他身前，這個漢子酒意未醒，嘿嘿笑道：「老劉那個爛汙鬼也真糊塗，竟忘了讓這個殭屍睡到地上……。」

他嘿嘿一聲低笑，朝石砥中喝道：「喂！給老子好好躺下！」

石砥中冷冷地道：「閣下是追屍鬼王的什麼人？」

這個漢子驚得啊了一聲，連著倒退幾步，頓時酒意全消，隨手將酒葫蘆甩在地上。

他定了定神，道：「你是誰？我老五乃是『殭屍門』的驅鬼使者。」

石砥中冷笑道：「你既然稱為驅鬼使者，我便讓你變成名符其實的厲鬼，你要問我名字，只須記住石砥中三字。」

驅鬼使者一聽對方便是名震四海、雄霸大漠的絕世高手石砥中，登時駭得大叫道：「原來是你！」

霎時，一股冷煞的怒氣在石砥中臉上瀰漫布起，在那彎彎菱形的嘴角上，含著一絲冷笑，他緩緩抬起手掌來，自掌心泛射出一股流灩的光芒，由淡而濃……。

他冷漠地笑道：「你如果能接下我這一掌，我便放你逃生。」

驅鬼使者雖然有一身詭異莫測的驅馭殭屍的本領，他對真正的功夫卻沒有太深的研究，他一見石砥中掌心泛射出一股晶瑩的光華，不禁畏懼得連退兩步。

他陰沉地嘿嘿冷笑兩聲，道：「石砥中，我知道不是你的對手，所以我並不想和你動手，傳言你已練成金剛不壞之身，本使者想馭使那些死在你手中的孤魂野鬼，和你在這裡相會……。」

「嘿！」的一聲怪吼，半空中陡地響起一串鬼嗥之聲。

霎時，陰森森的幽風自各處吹來。

石砥中只覺心中一顫，驅鬼使者竟不知何時已隱身不見，他曉得湖南辰州殭屍門的詭秘功夫天下無雙，急忙蓄功運氣於雙臂之上，注意黑暗中的動靜。

陡地一聲怪嗥劃空曳逝，在這淒涼的山谷中，突然浮出無數人影，這些人影如真似幻，隱隱約約中無法看清楚這些人的面貌，但都是那種披頭散髮、猙獰恐怖的樣子，與傳說中的孤魂野鬼那種淒厲形像頗為近似。

這些鬼影身形如煙，在一片黑暗中或縱或躍，作狀要撲向石砥中。

回天劍客石砥中雖然不信世間有鬼魂之說，但這時也不禁驚出一身冷汗。

他沉聲大喝道：「什麼東西敢扮鬼嚇人？」

他揮臂擊出一掌，擊得那些鬼影立時四散，可是沒過多久，這些被擊敗的鬼影又凝聚在一起，像茫茫的薄霧似的，稍分即合，始終無法徹底擊散他們。

正在他駭懼畏顫之時，有一個聲音恍如自幽谷深淵底下發出般的在他耳際響起，這聲音來時飄渺無蹤，去時戛然消逝，沒有絲毫形跡可尋，但可清楚分辨出這是個女人的聲音。

只聽一個女人尖銳淒厲的話聲，道：「石砥中，你這個薄情的男人，還記得我是誰嗎？」

石砥中一怔，只覺這話聲非常耳熟，恍如曾在哪裡聽過一樣，他冷煞地望著四周鬼影幢幢，昂然發出一聲清悅的大笑，喝道：「驅鬼使者，你這一套伎倆還是收回去吧！」

「哈哈！」

夜空裡響起一連串淒厲的笑聲。笑聲突斂，兩個披頭散髮的女人緩緩走來，左邊一個胸前斜插一柄長劍，殷紅的血液汩汩流出，覆在長髮之下的是兩隻冷寒無情的眼睛。

石砥中全身陡地一顫，手腳突然變得冰冷。

他顫聲道：「羅盈，羅盈……。」

在他的腦海中，立時浮現出羅盈慘死在西門錡手中的那一幕，記憶猶新，羅盈死時就是這個樣子。

羅盈冷漠地笑道：「石相公，羅盈現在已在枉死城，此世永不得超生，今日我和西門姊姊求得閻王允許出來片刻，特地來看你……。」

回天劍客石砥中盯著隨羅盈所指之處，果然發現另一個女人便是被自己誤殺的西門婕。饒是石砥中膽大包天，也不禁冷汗涔涔而落，腦中立時一片茫然。

西門婕嘴角含血，臉色蒼白，輕輕拂理額前的髮絲，冰冷的眸光緩緩落在石砥中的臉上，冷冷地道：「砥中，你在陽間可還快樂？」

石砥中這時已陷入迷亂之中，只感到胸間空蕩蕩的，連那惟有的一絲靈智都不知溜往何處。

他搖搖頭道：「人生有悲歡離合，生就是聚，死就是離，在這聚散離合之間，各有各的際遇，你認為如何？」

西門婕冷笑道：「你倒說得輕鬆，我們之死都與你有密切的關係，追根究底，因果在你，你若是一個有情有義的人，該追隨我倆冥域之中走一遭。」

石砥中見這兩個隱隱浮現的人影，恍如幻化的一道霧影，那隱隱約約的輪廓雖是好像是羅盈和西門婕，卻覺得不出一絲鬼氣。

一絲靈光在他腦海中一閃而逝，迷亂的神智不由一清，腦海中疾快忖思道：「世上雖然無奇不有，卻鮮有鬼魂顯靈之說，這莫不是驅鬼使者故弄虛玄，施出『殭屍門』的惑人之術。」

他神智清醒，目光如電射出，怒喝道：「妖魔鬼怪，何足道哉！」

斜掌陡地一翻，一股渾厚的氣勁排空擊出，四周羅列的鬼影恍如雲霧似的，統統散了開來。

令石砥中不解的是，羅盈和西門婕依然凝立原地，只是身法靈巧，移形換位之間，便已避過那斜劈而去的掌風。

石砥中目睹這種情形，連那無鬼神之說的一點信念都幾乎動搖了，他愣了一愣，冷笑一聲，右手緩緩放在斜插在肩頭上的劍柄上，只見青芒一閃，金鵬墨劍如水灑出，微微在空中一顫，劍刃上泛射出一股冷灩的寒光。

劍芒一動，鬼影突然自動消失，連羅盈和西門婕都消逝不見，只見驅鬼使者一人獨坐地上，像一個喪失了神智的瘋子一樣，髮絲凌亂，身上的衣衫破碎，臉上漫布起一種極為恐怖的神色，手指上流出滴滴血漬。

石砥中冷笑一聲，劍尖陡地指在他身上，道：「閣下還有什麼絕技，不妨統統拿出來！」

驅鬼使者猙獰地大吼道：「你破了我的『馭魂大法』，我已遍告『殭屍門』同門兄弟，誓和你難能兩立，現在你不要逼我，我已不需要你動手，因為我的元神遭你劍刃所傷，已活不了多久……。」

要知驅鬼使者雖能以幻術變化出敵對之人心中所難忘之事，或指揮死去的那些難忘之友，但此種巫術最耗元神，全憑本身凝聚的意志，猜測出對方心事才能施展邪術。

驅鬼使者不知金鵬墨劍是天下第一煞劍，專破幻影異術，無形中傷了驅鬼使者的元神，而使他傷重，頃刻就要死去。

石砥中冷冷地道：「你作法自斃，怨不得誰。」

驅鬼使者鬼嗥一聲，道：「你不要神氣，我大師兄已知道你來了，他馬上就會趕到，你縱然有絕世神功，也不是我大師兄的敵手。」

石砥中詫異地道：「你大師兄怎會知道我來了？」

驅鬼使者嘿嘿一聲低笑，得意地道：「你懂什麼？我們殭屍門有種心靈傳音之術，只要本門中一人遇難，同門中人都有感覺，眼下不但是我大師兄已經知道，就是遠在湖南的殭屍門弟子也統統知道。」

「哈哈！」石砥中無法置信的哈哈大笑，怒道：「鬼話，江湖上奇門異術雖然多得不勝枚舉，卻還沒有聽過有這種怪異的事情，你死到臨頭……。」

話音未落，他的話陡地噎在喉間，只覺在淒涼的草野中，颳起一陣陰冷無比的寒風，那陣寒風來得怪異，一個龐大的人影隨著這陣陰風曳空而來。

驅鬼使者大叫道：「大師兄，小弟元神已破，不能助你殺死他了！」說完，連著噴出三口鮮血，遍灑在草叢間。

他通體一陣顫抖，劇烈喘著氣，猙獰地望著追屍鬼王。

追屍鬼王陰沉地一聲大笑，道：「你得道升天，我正要慶賀你，大師兄在你死前沒有什麼送給你，只好助你證道而去。」

驅鬼使者連忙伏在地上，顫聲道：「謝大師兄宏恩！」

追屍鬼王冷冷地一笑，手臂一抬，自寬大的袖袍之中，突然飛出一道白光，騰空射向驅鬼使者的頂門之上。

只聞一聲慘叫盪空而起，血影迸濺，驅鬼使者的頂門靈臺之處，突然碎成四片，登時腦汁溢出，氣絕死去。

回天劍客石砥中本是性情中人，雖然覺得這些玩鬼弄魂之徒死有餘辜，可是同門之中也不該下此毒手。

他氣得熱血沸騰，眉角掠過一絲濃濃的殺機，冷冷地道：「閣下心腸似乎太毒了一點……。」

他哪知殭屍門中有一個迷信的傳說，凡是進入殭屍門中，臨死之時必須要門中弟兄擊碎天靈蓋，讓一縷靈魂迎空脫殼飛出。

傳說這樣才可以使死去的人投胎轉世，重回殭屍門，若用佛家語，就是因果輪迴，重新做人之意。

追屍鬼王嘿嘿一陣怪笑，道：「小子，你殺我師弟，偷窺殭屍門的秘密，本鬼王非活活抓住你，讓你嚐嚐本鬼王所練就的五陰鬼爪不可！」

石砥中長劍一抖，一縷劍光躍彈顫出，大喝道：「拿命來！」

追屍鬼王深知這個男子那身出神入化的功夫，自己還非是其敵手，欲想擊敗對方，只有施出「失魂術」方可奏功。

他身形一飄疾退，沉聲喝道：「石砥中，你看看我眼睛裡有誰？」

回天劍客石砥中驟聞這聲大喝，不禁一怔，手上長劍一緩，不自覺朝對方雙目望去，只見在對方眸瞳裡射出一股奇異的目光，深深將他吸引住。

他正在出神注視對方雙目之時，腦中倏地記起七絕神君的叮嚀，他心中大凜，急忙揮劍撩出，一點寒光在電光石火間向追屍鬼王的胸前射去。

「呃！」

追屍鬼王沒有料到自己所施的「失魂術」會突然失效，那時他正全心全力凝功在雙目之上，根本沒有想到石砥中會反應如此快速，在一瞬間，劍尖已斜劃而至，只覺胸前一痛，頓時慘呃一聲，翻倒地上。

石砥中正待揮劍再上的時候，背後突然伸來一隻手掌，在他肩頭上輕輕一拍。他猛然一個翻身，神劍已平胸環抱，目光寒芒如戟，正投落在七絕神君的臉上。

七絕神君淡淡一笑道：「我大師姊有話要問這個人，你可不要殺死他。」

東方玉和那個蒼老的老太婆一躍而至，同時飄落在追屍鬼王身旁。

那個老太婆伸手摑了追屍鬼王一記耳光，道：「我兒子被你弄到哪裡去了？」

追屍鬼王冷冷地道：「這次趕屍並非獨有老夫一人，我這一批是最後一批，你兒子究竟在哪裡，連我也不知道。」

「哼！」這老太婆冷哼一聲，怒道：「你若敢隱瞞我，立刻要你的命！」

追屍鬼王冷笑道：「信不信由你，我又何必騙你！」

七絕神君臉上浮現出憂慮之色，濃眉深鎖，道：「大師姊，你可曾見過另外兩批經過這裡？」

這個老太婆驟聞關山萬里追尋不著的愛兒不在這裡，那老態龍鍾的臉上，立時顯出一片痛苦之色。

她悽然搖了搖頭，痛苦地道：「我只查過一批，想我兒子必在另一批了……。」

七絕神君將追屍鬼王提了起來，怒喝道：「你們將這些殭屍運往何處？」

追屍鬼王冷笑道：「你何必那麼凶，有種去向幽靈宮要人好了，你只要敢在幽靈宮頭上動手，那可是你自找死路……。」

「嘿！」七絕神君氣得將追屍鬼王往地上重重地一摔，一足陡地踢出，恨恨地道：「西門熊是什麼東西，也值得你這樣囂張。」

追屍鬼王這一腳挨得不輕，痛得在地上連翻兩個滾，身上被劍劃傷處，登時血流如注，像泉水般滲出。

他咬緊牙根恨恨地道：「有種便把我殺了，這樣折磨我，算哪門子英雄！」

那個老太婆像是十分絕望一樣，她長嘆了口氣，眸裡立時湧出一片淚影，她輕輕拭去臉上的淚痕，嘴角上含著一絲冷酷的笑意。

她冷冷地道：「我要拿出你的心，替那些死去的人報仇……。」

說完，身形陡地向前一躍，電光石火間，拿出一柄銳利的匕首在追屍鬼王胸前輕輕一劃，一顆鮮紅的人心顫躍跳出，追屍鬼王慘嚎一聲，氣絕而死。

她冷漠地笑了笑，道：「柴倫，我要去幽靈宮了！」

身形恍如急矢流星，轉瞬間已躍出數丈之外，空中響起她的大笑，震撼著每個人的心弦。

七絕神君急道：「大師姊，我陪你去！」

這個老太婆走得絕快異常，對身後傳來的話聲恍若未聞一樣，連頭都不回一下，儘自獨行而去。

七絕神君苦笑道：「我這個大師姊任性倔強，什麼事都不願意求人。砥中，你以後行走江湖可要當心，趙韶琴不會放過你的……。」

他急促地說完了話，拔起身形一曳而去。

石砥中和東方玉望著這個老人逝去的背影，心頭突然泛現無限感觸。在夜色下，兩人佇立在地上，良久不曾說出一句話。

第九章　黑衣童子

六詔山。

原本默默無聞的六詔山，自從大煞手房登雲現身江湖之後，變成江湖上人人皆知的地方。

誰都知道六詔山絕藝天下無雙，連年輕的一代高手石砥中都僅和他打成平手，於是許多武林高手紛紛投靠六詔山。

六詔山就像一塊眾人嚮往的聖地一樣，各門各派都希望和六詔山扯上一點關係，以提高自己在江湖上的地位。

然而另一個人在江湖上獨樹一幟，給予六詔山極大的威脅，這個男子——石砥中正像一顆閃爍的彗星，在穹空綻放冷灩的寒芒。

誰都知道三個月後六詔山之會，關係著武林中各大門派的興衰。有的人希望六詔山能在這一戰中大獲全勝，也有的人希望石砥中能將六詔山的凶焰壓下去。

三個月的時光彈指而過，平靜的江湖掀起濤天巨浪。

石砥中依然是輕騎簡行，冷寒的目光清澈如昔，他始終沒有開口，不發一言。

東方玉的心情和他一樣沉重，心曉這次約會關係到今後自己在江湖上的名聲，所以兩人一踏進六詔山便覺得步履沉重，心情逐漸下沉。

這是一段漫長的路，在這段路上只有清脆的蹄聲飄蕩在山間，迴旋在深谷。

六詔山不算大，但要在這樣空曠的山區尋找一個人也不是一件容易的事。

兩人攀上了半山，也沒有發現大煞手房登雲的住處。

正覺尋找不易難以繼續的時候，空中突然響起一陣「叮！叮！叮」的聲音，恍如象牙敲在玉盤上，清脆悅耳。

東方玉和石砥中聞聲一怔，不覺抬頭望去。

只見在那白雲繚繞的山頂上，四個身穿薄紗的少女正自山道上緩緩走了下來。

在這四個身覆薄如蟬翼的粉紅色羅衫的少女之後，大煞手房登雲有如帝王似的氣勢，坐在一頂扛轎裡。

他手中拿著一柄墨骨玉扇，逍遙地揚聲大笑，四個扛轎的漢子抬著他健步如飛，輕靈無比地向山腰之處行來。

東方玉冷笑一聲，道：「好大的氣派……。」

他的聲量不大，卻清晰地傳進大煞手房登雲的耳中。

大煞手房登雲淡淡一笑，手搖玉扇，輕聲道：「我在這裡無異是一方之王，如果沒有點派頭，怎能顯出我們房家世代居住六詔山的威風。」

東方玉冷冷一笑，和回天劍客石砥中並肩凝立。

石砥中此時反而變得非常冷靜，冷傲地抬頭望著空中悠悠飄過的白雲，腦中立時陷入沉思中。

大煞手房登雲哈哈笑道：「石兄真是信人，我還以為你有事不能來呢！」

這是嘲笑，還是揶揄，只有他心裡明白。

石砥中雖然心裡怒火大熾，但絲毫不動聲色。

他淡淡一笑，非常平緩地道：「山主說哪裡的話，在下受山主寵召，感激都還來不及，哪敢不來！」

表面雖然說得謙虛，內心卻大不以為然。

大煞手房登雲冷笑一聲，道：「六詔山不輕易招待外客，今日若不是看你石砥中在無情河上能和我平分秋色，我也不會來接你。」

石砥中冷冷地道：「這麼說，山主是特別瞧得起在下了！」

大煞手房登雲嘿嘿冷笑兩聲，道：「好說，好說，石兄請上山吧！」

他輕輕一揮手，四個身穿羅衫的少女突然揚起玉腕在空中一陣搖晃。

石砥中凝目細瞧，只見這四個明眸皓齒的少女，手腕上各套著兩個金環，搖晃之間，發出一陣叮叮之聲，聽來非常悅耳動聽。

清脆的叮叮聲在空中迴盪不絕，空中突然垂下一條長索，在那索上吊著一個方形大車，裡面正好可容下兩個人。

大煞手房登雲伸手一擺，道：「二位請登上本山特製的空中吊車，我那裡進出不易，本山中人上下山都是靠這個代步，否則我這裡也不會被稱為神秘之谷了。」

石砥中雙眉微皺，冷冷地道：「多謝山主盛意，在下只好叨擾了！」

他心裡雖知大煞手房登雲有意刁難自己，卻故示大方地坐了上去。

東方玉猶疑片刻，有些不自然的也躍了進去，兩人在那吊車上坐定。

大煞手房登雲嘿嘿笑道：「兩位在上面可得老實點，當這空中飛車懸於半空之際，稍有不慎便會粉身碎骨。」

他朝左面那個長得最美麗的少女一笑，道：「秀韻，你陪兩位貴客先上山等我！」

這個少女輕輕一笑，一躍身形，全身像一塊棉絮似的浮在大車的邊緣，單足側立，姿態倒是輕靈美妙，空中吊車在皮索上緩緩滑行，霎時便消逝在雲霧之中。

石砥中和東方玉坐在吊車之上，御行於空際，六詔山一切景物盡收眼底。山林飛瀑、河川奇巖，一一飛過。這時臨空數百丈，俯視腳底，驚險萬狀，萬一長索中斷，當真會摔得粉身碎骨，魂斷九幽。

東方玉見秀韻單足斜掛車緣，整個身軀都凌空飄起，惟恐她不慎失手。他忙道：「姑娘小心，這可不是鬧著玩的！」

秀韻輕輕拂理額前髮絲，笑道：「東方公子放心，婢子曉得！」

在她那雙水汪汪的眼睛裡突然現出一片異彩，深情地瞧了東方玉一眼。這一眼使東方玉一怔，不由自主將頭偏過一邊。

呼呼的風嘯輕輕響起，雲霧漸濃……。

空中吊車陡地一盪，戛然劃空而止。

回天劍客石砥中目光斜飄，只見自己停身在半空之中，距離對面峰頂上尚有一段距離，峰頂上站滿無數江湖人物，俱抬頭望向他們。

秀韻輕輕笑道：「兩位佳賓請上去吧！許多朋友都等著呢！」

說罷，身形一晃，雙袖一揮，身軀像隻沙鷗似的向雲中撲去，蓮步踏在聳立的峰頂，回頭嫣然一笑。

石砥中冷笑一聲，身子如一隻大蒼鷹似的拔飛起來，一躍之間，橫行五丈有餘，輕輕一聲長笑，東方玉也追蹤穿雲而至。

那翻騰的雲霧只是薄薄一層，石砥中穿雲而落，足尖已踏在峰頂之上。

由於他和東方玉身法輕靈妙曼，峰頂上那些武林豪客俱不由自主地發出一聲暴喝，同時讚道：「好，這種登雲身法，天下恐怕再也找不出幾個……。」

秀韻的臉色非常難堪，她在六詔山自負輕功已達登峰造極，哪知在對方兩人眼裡，依然差上一截，雖然這僅是雙方交鋒的第一回合，卻在暗中已輸了一籌。

她冷哼一聲，淡淡地道：「二位請在這裡等上一會兒，山主很快就來！」

石砥中和東方玉並沒有料到峰頂上竟會聚集了這麼多人，在這些正邪雜集的人群裡，有見過面的，也有許多生面孔。可是不管雙方是友是敵，卻無人出來招呼，僅是冷眼對望一下，再也沒有任何表示。

但其中有兩個人卻深深地吸引住他，那是東方剛和趙韶琴。兩人獨據一桌，正目光炯炯望著他。

他急忙撞了一下東方玉，悄聲道：「你爹在那裡！」

東方玉急忙在人群中搜尋，乍然和東方剛的目光相遇，他全身竟泛起一陣輕微的顫抖，正想出聲招呼，卻被一聲佛號所震懾。

只見少林寺金鼎大師含笑走來，道：「阿彌陀佛，此乃是非之地，二位何苦來哉！」

石砥中淡淡地道：「是非只為多開口，煩惱皆因強出頭。在下身不由己，只好多管幾件閒事，弄得無法不登六詔山。」

金鼎大師似乎還想再說什麼，卻被緩步行來的秀韻姑娘瞪了一眼，他急忙合十收口，默默退了下去。

秀韻領著他們找到一個空桌子，端上一盤水果。沒有說一句話，她已身子輕移，招呼別人去了。

參加六詔山之會的人似是都不願開金口，各自獨坐一旁，冷眼觀察到來的各派高手，彼此連招呼都不打一聲。

東方玉終於按捺不住，起身呼道：「爹，你怎麼也在這裡？」

東方剛面容略見消瘦，但精神卻是極好，淡紅的臉上透出一片銳氣。他四顧無人，和趙大娘聯袂移了過來。

雙方見面第一句話，已含怒氣。

東方剛道：「還不是為了你們兩個，現在江湖上正醞釀大變，此中是非皆因你倆而起。六詔山將今天之會看得特別重要，發柬邀請各派高手，齊聚六詔……。」

石砥中聞言一怔，道：「這關我什麼事？」

東方剛寒著臉道：「你們在無情河浪人莊前惹下的大禍，難道這麼快就忘了！這件事在你們眼裡可能微不足道，可是在人家眼裡可不同了，不但將六詔山今後在江湖上的地位全擲了進去，還要以性命作賭注，換取你倆的首級。」

東方玉全身劇顫，道：「爹，有這麼嚴重？」

東方剛冷笑一聲，道：「怎麼不嚴重！大煞手房登雲欲將其弟變成為天下第一高手，就在一個月前，他連夜遍訪各派，拿著寒山大筆，連敗七十二名高手，要他們共尊六詔山。在六詔山的眼中，石砥中是他們唯一的勁敵，是故將全部精神都用在對付你的身上。」

石砥中哦了一聲，道：「這麼說來，東方老伯當真曾經敗在六詔山上代主人的手裡……。」

東方剛目光一凜，道：「你怎麼知道？」

石砥中淡淡笑道：「在下和東方兄遇上飄蹤無影老前輩，他曾將這其中恩怨略提一二，是故知道當年那些事情。」

東方剛詫異地啊了一聲，激動地道：「你這小東西愈來愈不簡單，連天龍谷和海心山的授業祖師都遇上了！他只要一日不死，六詔山一日難逞心願，只是……唉！他可能也不會管這件事了。」

趙韶琴一翻白眼，道：「石砥中，萍萍可和你在一起？」

石砥中聞言，心中一酸，幾乎掉下淚來。

這幾個月以來，他雖然儘量壓抑住自己的感情，無奈心中始終沒法淡忘東方萍的一顰一笑。每當午夜夢迴，他都會含淚驚醒，可是情景依稀，人蹤飄渺，不知流落何方？

他黯然一聲長嘆，道：「大漠分手，至今未見其人。」

趙韶琴冷冷一笑，怒道：「你連自己的情人都保護不了，還當什麼英雄豪傑！我想起你這樣的無能，心裡就有氣！」

石砥中聞言之後，陡地一股怒氣湧上來，正待起身發作，東方剛卻忽然在他肩頭輕輕一拍，道：「事情都過去了，還談這些做什麼？」

石砥中長嘆一聲，搖搖頭道：「她已是唐山客的妻子，而我……。」

趙韶琴依然是那種火爆脾氣，一聽「唐山客」三字，氣得揮掌在石桌上重重一拍，立時一蓬石屑迸激散射，只見她怒容滿面，恨恨地道：「那個畜生，我白養了他一場！」

石砥中和東方玉俱是一怔，不知趙韶琴何以會這樣憤怒。

石砥中雖然滿心怒氣，總覺得她是前輩，不由道：「前輩，你怎麼生氣了？」

趙韶琴怒氣衝衝地道：「那個畜生學得白龍湖武功後，竟為了一個女人投靠海神幫，今天不來便罷，來了！哼！」

「嚐！」半空中突然響起一聲金鑼。

清澈的鑼聲響亮震耳，四下立刻恢復平靜，一個個都肅默地抬頭望向雲霧處，臉上現出緊張之色。

東方剛輕聲道：「大煞手房登雲的弟弟馬上就要出現，這個人誰都沒有見過，僅知六詔山的絕藝全傳給了他。你等會兒動手的時候，精神絕不能稍有鬆懈。據我側面觀察，房登雲所以要邀請這麼多武林名家來此，主要是想顯赫一下六詔山的武功。」

鑼聲嬝嬝消逝，一片細樂之聲隨即布滿空中。

石砥中心裡更緊張了，因為他已得知今日之約，主要的對手馬上就要出現，這個人始終在他心中形成一道陰影⋯⋯。

在霧封雲鎖處，突然出現一隊人影。

大煞手房登雲依然坐在轎子裡，那枝寒山大筆斜掛在轎門上。

不過最引人注意的還是西門熊，他健步如飛，黑髯輕飄，臉上含著一絲笑容，跟隨在大煞手房登雲的身邊，倒像個當差的似的。

八個身著粉紅色羅衫的少女捧絲竹樂器開道，看來倒像是一列娘子軍，這隊人馬來得太過輕靈，使各派武林高手都不得不仰首眺望。

所不解的是大煞手房登雲的弟弟始終沒有出現，從各種跡象看來，六詔山主似乎是存心讓他們等一會。

大煞手房登雲伸手輕輕一揮，轎子突然煞在當地。他頻頻向各派人物點頭，目光流過石砥中時，似是停了一會，然後又看了東方剛和趙韶琴一眼，臉上有種詫異之色。

他朗聲大笑，道：「很好，各位都能如約趕來，確實使六詔山增光不少。本山主在高興之餘，衷心感激各位捧場！」

突然場中響起一聲大吼，震得地上沙石濺射。吼聲如雷，只見一個身穿蒙古裝束的漢子，露著雙臂大步向場中行來。

他嘿嘿兩聲大笑，道：「房登雲，你將本勇士從蒙古約來，怎麼還不趕快動手。本勇士是天下第一大力士，除了你曾摔我一跤外，本勇士還沒有失手過一次……。」

他的話音含混不清，有許多字音令人聽不懂。但從他那虯結的筋肉上，可知這個人必是力大無窮、有勇無謀的蒙古高手。

房登雲哈哈一陣大笑，道：「哈赤，你不要太急了！本山主約來的並不是你一個人，動手可有先後，要按規矩來。」

哈赤大眼睛一翻，大吼道：「本勇士說動手絕不遲延，誰要跟本勇士搶第一個，我就給他一拳，要有不服的人，儘可上來！」

他本就是個四肢發達，頭腦簡單的渾人，出口之間，無意中得罪了場中參與此事的所有人，只是大家都曉得他是個沒有心機的渾球，倒也沒有人會和他計較。

不過，這一來卻激怒了另外一個人，他是來自藏土的博雷，曾經力舉銅塔，腳踢雄獅，在藏土也是一個以勇力出名的人物。他在地上重重一跺腳，地面上竟波起一陣顫動。

身形一晃，博雷拿著大鐵棍走了出來，沉聲喝道：「看馬的野小子，你在神氣什麼？」

哈赤回頭一瞧，只見一個鐵塔般的漢子，手提大鐵棍搖晃著走了過來。不禁怒笑一聲，掄起鐵拳在空中一晃，立刻響起一聲嘯風。

他哈哈大笑道：「你敢看不起馴馬的！嘿嘿，我讓你吃一拳試試！」

原來他在蒙古因為力大無窮，許多牧場都請他看守馬群，但他最忌諱人家提起這件事，是故博雷一說他是馴馬的，頓時大怒，揮拳斜搗而去。

拳風力能穿石，勁風所至，博雷急忙掄起大鐵棍迎了上去。

只聽砰的一聲，哈赤這一拳正好搗在大鐵棍上，發出一聲大響，大鐵棍竟被這一擊打得彎曲起來，成了半弧形狀。

博雷氣得髮髯根根倒豎，大鐵棍隨手一擲，張開雙掌，對著哈赤的身上劈去。

他哈哈大笑道：「我在藏土還沒有遇上過你這樣厲害的人物，哈哈！房登雲或許真有東西，不過我們兩個也不差。」

他一掌劈在哈赤的身上，僅將哈赤劈得一晃。

哈赤也是初次會見這樣一個高手，斜拳一揚，道：「好！我在蒙古怎麼沒聽過你這一號人物？」

「砰！」這一拳擊在博雷身上，響起一聲巨響。

兩人都是以硬對硬的徒手相搏，居然不閃讓對方的拳掌，這種打法最是危險，由於兩人力能穿石，誰也不敢輕易將他們分開，眼看各中了數拳。

石砥中還是初次遇上這種不要命的漢子，看得雙眉緊皺，深覺這樣拚下去，非兩敗俱傷不可。

他搖搖頭道：「這兩個笨東西，怎麼在這裡動手？」

東方剛輕輕地道：「大煞手房登雲遍邀高手，目的就是要懾服各派，眼下這兩個渾人只顧相拚，卻忽略了對付共同的敵人。」

話音尚未消逝，大煞手房登雲突然一揮手，一個黑衣童子自人堆裡輕掠而出，躍進哈赤和博雷的中間，舒指向兩人的身上疾點。

這兩個渾人雖然正在拚命，卻耳目靈敏，同時大吼一聲，雙雙向後躍去。

那個黑衣童子冷笑一聲，提高嗓門道：「在山主沒有允許之前，不准任何人在這裡動手，你們兩個首犯山規，該當跪下受罰！」

這個黑衣童子的功夫，真是出人意料的高強，手掌一翻，一股大力突然湧出。

哈赤和博雷身形未定，大力已如山推倒，兩人大吼一聲，平空飛了出去。

這黑衣童子以電光石火之速，舒指在兩人身上輕點一指，哈赤和博雷還沒弄清楚是怎麼一回事，已雙雙跪倒在大煞手房登雲的身前。

哈赤大喝道：「媽巴子，這是什麼玩意！」

他試著躍起幾次，都未能站立起來，不禁氣得面色鐵青，和博雷兩人破口大罵，那黑衣童子只是冷笑。

大煞手房登雲冷冷地道：「還沒過年就磕頭了，本山主不敢當！」

他像是非常客氣，連忙命座下一個少女扶著哈赤和博雷起來。

哈赤和博雷俱怒目以對，隨著那個少女往後山行去。

自古英雄要名不要命，黑衣童子這樣羞辱那兩個渾人，不期而然引起多數人的不滿。

趙韶琴第一個就按捺不住，她冷哼一聲，大步走出去。

她朝大煞手房登雲瞪了一眼，怒衝衝地道：「你教的好徒弟，我老婆子可要替你管教管教！」

黑衣童子也曉得來了勁敵，以訊問的眼光瞄了房登雲一眼。

大煞手房登雲冷冷笑道：「你是誰？我好像沒有邀請你！」

趙韶琴雙眸寒光一湧，道：「我姓趙，天下沒有行不得的路，你雖然沒有下帖子給我，我老太婆卻不請自來了。山主如認為我老婆子不該來，儘可再找那小毛孩子捧我一跤。」

目光輕飄，狠狠瞪了那黑衣童子一眼。

大煞手房登雲哈哈笑道：「好姓，趙為百家姓之首，天下第一家！」

他面上陡地一寒，霎時罩上一層寒霜，嘿嘿笑道：「癩皮狗長了一張好利的嘴，我如果不是看你年紀一大把，現在就將你趕下山去。」

趙韶琴怒火更熾，氣得全身顫抖，怒叱道：「滿嘴狂言的小子，你敢說老娘！」

她性子最烈，輕易不肯吃虧，大煞手房登雲雖然損了她一頓，卻反遭她討了一頓便宜。

四周與會的人大多是好事之徒，聞言之下，不禁轟然大笑，弄得大煞手房登雲臉上非常掛不住。

大煞手房登雲目中閃過一絲凶光，身子幾次想要搶撲出來，都強忍下來。他突然大笑道：「你這個女流之輩，我不和你鬥嘴！」

趙韶琴得理絲毫不讓人，大聲道：「女人又怎麼樣？哪一點比你們男人差！」

她像是還不能發洩出心裡的悶氣，回手一掌向那個黑衣童子胸前劈去。

那個黑衣童子手臂一抬，卻沒能擋住這掌，悶聲不吭向後一仰，突然吐血死去。

這一著非但出乎場中各人的預料，連趙韶琴都不覺一怔，因為這一掌不但很輕，而且根本沒有使出力道。不要說掌勁並沒有擊到他的身上，就算是擊在他的身上，也不至於立時吐血而死。

大煞手房登雲怒叱一聲，道：「好呀！我處處讓你，想不到你手段竟如此毒辣，連一個小孩子都不能放過。六詔山可不是好欺的地方，我縱有心饒過你，恐怕這麼多武林豪客也不能輕放你！」

果然，趙韶琴此舉觸怒了場中各派人物，俱氣憤地怒視著她。

趙韶琴呆了一呆，大笑道：「你不要胡說，他可不是我打死的！」
大煞手房登雲冷冷地道：「這裡有目共睹，我難道還會賴你？」
他目光朝場中輕輕一瞄，大聲道：「各位你們評評理，這事是誰幹的！」
這次參與其會的各種高手，有一半以上是六詔山房登雲暗中安排好的人物。
大煞手房登雲語音甫落，人群中立時暴起數聲怒喝，道：「老太婆打死人還要賴，真是不要臉！」
「她看來是個人物，呸！他媽的，簡直是個潑婦！」
趙韶琴實在忍受不了這麼多人的喝罵，她向四處張望，又不知是哪個罵她的，目中寒光一閃，怒喝道：「哪一個敢亂說話，有種站出來！」
大家的眼睛都望著她，卻沒有人敢走出來。並非是大家怕她，而是那些汙穢的話，誰也不願承認是自己罵的。
大煞手房登雲冷冷地道：「你到底是承不承認？」
趙韶琴冷笑道：「承認又怎樣？不承認你又能怎麼樣？」
大煞手房登雲斜睨西門熊一眼，道：「西門兄，請你立刻將這個可惡的老太婆拿下來！」
「嘿！」西門熊以幽靈大帝之尊，竟唯命是從輕躍而出。
他陰沉地笑了一聲，突然一掌向趙韶琴身上抓來！

「住手！」

這聲暴喝聲音不大，卻有一種蕩人心弦的威力。

幽靈大帝西門熊身形一飄，已見回天劍客石砥中寒著臉走出來。在他那冷煞的眉梢上，透出一股殺氣，西門熊雖然心黑手辣，也不覺心中一凜。

西門熊嘿地冷笑一聲，道：「又是你，閣下管的事太多了！」

石砥中冷冷地道：「閣下剛才那一手瞞天過海當真高明，殺了一個童子以便激起公憤，你以為沒有人知道！」

西門熊神色大變，道：「你滿嘴胡說！」

石砥中冷哼一聲，道：「我親眼所見，絕錯不了！閣下以金針透穴之法，擊中了那個小孩子的『氣海穴』上，然後嫁禍趙韶琴前輩。這事除了你能幹得出來，天下恐怕還找不出第二個！」

趙韶琴聞言一愕，身形像一道輕煙般溜到那黑衣童子身邊，伸手將那童子翻過身來，在「氣海穴」上略略一掃，大喝道：「好呀，原來是你玩的花樣！」伸手輕輕一拔，手中已多出一根小針。

一根細如牛毛的銀針挾在趙韶琴的雙指上，泛射起一道銀光，這就是證據。

幽靈大帝西門熊可沒話說了，他的臉色非常難看，嘿嘿兩聲冷笑，道：

「你看錯了，這不是本大帝所為。」

石砥中不屑地道：「是不是你，你心裡明白。」

趙韶琴手持銀針，氣得往地上重重地一甩，返身拿起手杖奔了過來。她寒著臉，悶聲不吭的一杖揮了過來。

大煞手房登雲從轎子裡輕輕一拂袍袖，便有一股勁氣將趙韶琴撲過來的身軀擋了回去。

他冷酷地道：「這事我已不再追究，你也該放手了！」

他轉移目光，怨毒地盯在回天劍客石砥中的臉上，冷冷地道：「你強出頭的時候還沒有到，閣下似乎可以先下去休息一會兒，等下動手可不像無情河上那樣輕鬆，這一次可是拚命！」

忽而半空中傳來一陣急促的鐘聲，嗡嗡地震人心弦。

大煞手房登雲神色大變，抬頭向雲中翹望。

西門熊也是神色大變，道：「這個時候怎會鳴起急救鐘呢？」

大煞手房登雲急急嚷道：「可能是上面出了事很棘手！這是最後一關了，只要這一關通過，六詔山便可穩坐第一，只是我那小弟不知怎樣了。西門熊，你快陪我上去看看！」

他急急忙忙說完，身形凌空自轎中飄出，雙袖一擺，兜起一股風浪，身形疾快地向東邊峰頂上撲去。接著躍去的是西門熊，兩人的身形都是一般快速輕靈。

石砥中看得不禁一怔，腦中疾快忖道：「這到底是怎麼一回事？難道房登雲約了這許多人來，竟同時在進行兩件陰謀，這是極不可能的事，六詔山房家世代傳宗莫非……。」

他眼光輕輕一瞥，突然發現東方剛早已不在場中，急忙退回東方玉的身邊，輕聲問道：「令尊呢？」

東方玉焦急地道：「我爹正要去見房素青，要你也趕快趕去！」

石砥中像是突然發現什麼事情一樣，陡地拔起身形，化作一縷輕煙，朝東邊山峰上撲去。

秀韻一見大寒，隨後追躡而去，嬌聲道：「你不要亂跑，那裡去不得！」

石砥中展開輕身馭空之術，對身後傳來的嬌呼連理都不理，他一躍飛上了石壁。

秀韻竟不敢追來，她揚聲大呼道：「你這是何苦，自己去找死！」

第十章　修羅七式

石砥中輕躡飛躍，轉眼已穿入峰頭雲霧之中。

但見峰頂上風和日麗，瓊草瑤樹，全無一絲寒意。

石砥中一路奔去，只見一片松林，枝椏參天，蔥翠墨綠，林中闢出一條小徑，直往峰頂通去。

松林的盡頭是一片廣大的草坪，細草如茵，直通一座金碧輝煌的大屋之前。

四個光燦的大字：「歸真返虛」，橫在牌樓上，老遠就可看見。

在草坪上有兩人在對峙著，一個青衣少年和一個身著丹衣的白髮老嫗相對而立。他們各持一柄長劍，相對移步，偶而劈出一劍，卻是劍氣流瀉，勁風泛體。

大煞手房登雲和西門熊緊張地望著場中，連氣都不敢喘一下。而東方剛卻和一個黑衣老人凝神觀戰，沒有人注意到石砥中奔來。

石砥中輕手躡足移身走到東方剛的身邊，輕聲道：「這兩個是什麼人？」

東方剛苦笑道：「這是房登雲的大姊，她為了阻止其幼弟下山，兩人正在拚命。這兩人都是六詔山頂尖高手，單看那種沉穩的劍勢，就知道在劍道上下過苦功！」

大煞手房登雲突然發現石砥中也在現場，不由恨道：「你怎麼也來了？」

石砥中目不轉瞬注視場中的比鬥，整個心神都被這幻化如神的劍勢所吸引住，他冷冷地笑道：「我來是赴你的死亡約會！」

房登雲嘿嘿笑道：「你敢上這裡，可別打算能活著回去！因為這裡除了本山之人外，任何人都不得踏進一步。」

石砥中淡淡地一笑，道：「很好，我來了就沒打算回去，待會兒我們好好拚上一場！」

場中兩人又換了五、六招，在他們互相攻守中，石砥中忽然領悟許多技擊之妙，對從前許多疑惑不解的劍道之秘，全都有了更深切的瞭解。

那個老嫗始終佔著上風，但並沒有立下殺手。

而那個少年卻顯得心焦氣躁，攻敵之間，往往不顧性命。

他似是被逼急了，大聲道：「大姊，請你不要再刁難小弟！」

白髮老嫗冷冷地道：「你不要像你哥哥那樣亂來，我只要不死，決不讓你下山一步。今天你想在武林中一舉成名，那可是作夢！」

傍立的大煞手房登雲焦急地道：「小弟，你施出『修羅七式』，崖下的人都在等你，你千萬不可放棄爭取天下第一的機會！」

白髮老嫗氣得怒叱道：「你滾開！若不是看在姊弟間那一點情分，我早就殺了你。小弟，你若施出『修羅七式』，我今天就算拚了命也要毀了你！」

她說得非常傷心，最後竟流下淚來，而劍法也因這一陣激動亂了章法，顯然她已傷透了心。

那少年劍勢陡漲，大喝道：「大姊，我要出手了，你要留意！」

白髮老嫗似是也知道「修羅七式」的厲害，急怒之下，腕中長劍突緊，化作一縷寒光，像蛇一般絞了過去。

在電光石火間，那少年突然一聲哈哈大笑，劍走中宮，由上而下，只聽鏘鋃一聲，將白髮老嫗的長劍挑飛出去。

白髮老嫗傷心地大吼道：「小弟，我們拚了！」

那少年並沒有因此而收劍，見她沒命似的撲了過來，一劍斜斜穿空而去，在她身上連著劃出兩道傷口。

他叱道：「我已手下留情，你最好不要再攔我！」

白髮老嫗搖頭泣道：「爹爹當初把你交給我的時候，曾要我拿命來照顧你，現在你學會了六詔山的武功，受到你沒有良心的哥哥誘惑，竟想要做天下第一人，你難道忘了本門還有一個大對手飄蹤無影在世嗎？」

一旁的大煞手房登雲嘿地冷笑一聲，道：「鬼話，那老東西都快死了，還怕什麼？」

石砥中聽到後來，已摸出一點眉目。

他見那少年雖無傷這老嫗之心，卻有羞辱之意，頓時自心底裡漾起一股無名怒火，嘴裡發出一聲冷笑。

他身形一飄，厲喝道：「慢著，你如此欺凌你的姊姊，算是什麼東西？」

那少年不屑地瞟了他一眼，道：「你是打哪裡來的臭小子，敢管我房文烈的事情？」

石砥中冷哼道：「在下石砥中，是令兄邀請來的！」

房文烈將長劍一收，回頭問道：「哥，他是個什麼樣的人物？」

大煞手房登雲不屑地道：「一個江湖浪子，妄想以單薄之力獨霸江湖，我們道上有許多人都吃過他的虧。」

房文烈像是極感興趣，在石砥中身上仔細打量一會，滿臉都是不屑之色。

他輕狂地斜劍一指石砥中，大笑道：「哥，你看這小子在我手下能走過幾招？」

房登雲想了一想，道：「勉強可湊足二十招，不過還要看他的運氣。」

回天劍客石砥中沒有想到這兩個兄弟狂傲得根本沒把自己放在眼裡，他雖覺房文烈技擊之術確是罕見的高手，可是卻也絲毫不懼。

他冷哼一聲，自背後拔出寒光流灩的金鵬墨劍，在空中一顫，發出一聲輕嘯。

他冷冷地道：「蠢材，你動手吧！我就算打不過你，但憑心中一點正氣，也足以拚個你死我活。」

敢情他自己知道這戰勝來不易，要想和對方打成平手幾乎都不可能，所以心一橫，已將性命置於度外。

房文烈不禁脫口讚道：「好劍，哥哥，你怎麼不幫我將這柄劍奪來！」

在他嘴裡巧取掠奪都是天經地義之事，場中諸人聽來逆耳異常，那個老嫗恨恨地在地上跺了跺腳。

大煞手房登雲嘿嘿笑道：「我不是已將他約來了嗎！老實說，若不是他那柄劍不俗，我也不會那樣看重他。小弟，劍人都在這裡，奪劍殺人全看你的了！」

房文烈嘿嘿笑道：「哥哥倒是想得妙，一切事都已為小弟作主。好！要劍不要人也太是無理，我就取他的性命就是！」

石砥中這時當真是怒不可遏，長劍上斜，劍刃上泛射出一道青濛濛的寒光，他冷煞地道：「你出手吧！」

房文烈不屑地道：「你這話又說差了，應該是你先動手，在六詔山我好歹是個主人，哪有主人先動手之理！」

石砥中憤不可抑，不再發言，凜然一揮長劍擊了出去。手中三尺長劍，寒芒吐出半丈之長。

房文烈冷笑著一劍劈出，雙方都用的攻勢。

寒光一閃而逝，兩人腳下都倒退一步。

房文烈的臉上泛起一絲驚詫，因為石砥中所用的劍式，竟出乎他意外的高明。

這輕輕揮來一劍，輕靈空遠，恍如浮光掠影，靜潭沉壁，兼得動靜二態之真諦，卻又容合一體。

場中都是識貨之人，驟見石砥中這神奇幻化的一劍，發出連聲驚嘆，暗讚這一劍的神奇。

房文烈看得神色略變，大聲道：「這是什麼招式？」

石砥中冷冷地道：「『漠野孤鴻』，這是我自己在大漠裡領悟出來的。」

房文烈搖搖頭，道：「好小子，我把你看得太簡單了！」

他這時已收斂適才那種狂態，全心全意貫注在長劍之上，但見他長劍斜撩，輕靈地飛出一劍。

這一劍看似輕鬆，實在是殺機四伏，在那嘶嘶劍氣聲中，連續飄出三點寒芒，成品字形向石砥中身上飛來。

石砥中這時滿面嚴肅，緊緊地盯住疾射而來的三點劍光，等那三點寒光不及胸前一尺，他才反手撩出一劍。

這一劍更是出人意料之外，平淡無奇中，竟能化腐朽為神奇，正好將對方迅快的一劍封了出去。

「叮噹！」

數縷火星迸激射出，劍嘯流逝於空際嗡嗡不絕，雙方身形同時一震，這次是各自退出一步，雙方俱神色緊張斜馭長劍，卻沒有即時出手。

劍勢愈慢愈純，兩人都已得到劍技之妙，出手之間，緩慢的能使人窒息。尤其在行家的眼裡，更是認為這是一場罕見的空前比鬥。

所謂名劍難求，高手更是少見，同樣是兩個年輕男子，又同樣是劍道中的翹楚高手，這就更是不容易有機會遇見的場面了，是故連那白髮老嫗也停住抽泣，神色緊張地盯視場中。

東方剛深深吸了口氣，回頭對那老嫗輕聲道：「房素青，你還不趕快設法阻止他們兩人？」

白髮老嫗房素青莫可奈何苦笑了一下，隨即黯然搖頭。

她撩起衣袖輕輕拭去眼角的淚水，道：「你看兩人動手的情形分得開嗎？這不是我能辦到的，如果我有這種本事，小弟也不會再橫行江湖了！」

這是實情，以東方剛渾厚的功力，都沒有能力將兩個激鬥的男子分開，更何況說是別人了。

房素青在六詔山雖是房家唯一能克制住房氏兄弟的人，可是房文烈已經闖過他姊姊的那一關。在六詔山有一條不成文的規矩，誰只要能闖過大姊的那關，誰就可以獨行其事，任何人再也休想管束他了。

東方剛黯然道：「這麼說令弟欲出江湖，已無人能管束他了！」

「可以這麼說！」房素青悽然掉下淚來，道：「我大弟已教導文烈學壞了，魔道已在小弟的心中滋長，沒有人能管得住他，若是我能下得了手，六詔山也不會有這種事情發生了。」

傍立的黑衣老人這時走上前道：「主人，老奴看，只有請沙叔叔來一趟了！」

房素青搖搖頭，道：「沒有用，沙叔叔不但不會來，就是來了也不會有多大效力。文烈這孩子天生一身賤骨，即使將他勉強留在這裡，異日也必有脫離我之心！」

黑衣老人詫異地道：「盡一分力，做一分事，也許你沙叔叔會有辦法！」

白髮老嫗房素青無可奈何聳了聳肩，在她想來，這是不可能的事情。

沙叔叔雖是六詔山唯一的尊長，可是此老最是固執，輕易不肯從練功的洞府裡走出一步，平常連這裡都不來探望一下，更何況是來管閒事。

黑衣老人躬身一禮，道：「老奴要去了，主人可千萬要小心應付，大少爺好像非常不善，他以你為忌，當心他會害你！」

房素青哦了一聲，道：「我知道！你可不能在沙叔叔面前胡說。」

黑衣老人連聲答：「是！」身形一晃，躍身拔了起來。

但他尚未奔出五丈，已被身後的大煞手房登雲發現了。

房登雲一聲怒叱道：「林福！」

林福愕然停下身來，顯然非常畏懼。

大煞手房登雲寒著一張冰冷的臉，毫無表情地走了過來。

他冷冷地問道：「你上哪裡去？」

林福一時答不上話來，顫聲道：「老奴，我……。」

大煞手房登雲目光如電，瞪著他道：「你想去找那個老混蛋是不是，膽子倒是不小，竟敢和我大少爺作起對來，嘿嘿！你看來是不想活了！」

白髮老嫗房素青再也忍耐不住了，她怒叱道：「大弟，你要幹什麼？」

大煞手房登雲斜睨了她一眼，道：「我沒有你這個姊姊，你不要管我！」

房素青一怔，氣得全身直顫抖，良久說不出一句話來，她雖然知道這個弟弟心腸惡毒，卻沒有想到他會這樣絕情，連同胞的姊姊都不認了。

她顫聲道：「大弟，你好像很恨我？」

大煞手房登雲厲聲道：「我當然恨你！爹爹留下那麼多絕技神藝，你從沒有好好傳我一招，遲遲才傳給了小弟，就此一點，我已有殺你的理由。」

白髮老嫗哦了一聲，像是突然領悟了什麼似的，她憤怒地一聲大笑，伸掌劈出，大喝道：「你勾引小弟原來是報復我！」

房登雲輕輕一移，避過這掌，嘿嘿笑道：「當然！我要把你身邊的人全都弄走，讓你孤苦伶仃一個人在這裡，終日遭受寂寞之苦，孤獨終身……。」

房素青痛心之餘，氣得哭了起來，想起自己含辛茹苦地將這兩個沒有父母的兄弟教養成人時，那股心酸就湧上心頭，不克自制的流下淚來。

她淒涼地一聲大笑，道：「你這個沒有良心的東西，我為了你們，連自己的前途都犧牲了，幾十年教養你們，所換來的竟是如此，如果不是爹娘臨終託我……。」

原來房素青為了扶養這兄弟兩人，將自己的青春都葬送在這清冷的山峰上，一心一意培植兩個幼弟長大成人，好繼承房家煙火。

哪知多年企盼，在這瞬間化為泡影，怎不令這個白髮老嫗傷心透頂呢！

大煞手房登雲絲毫不領這個情，他嘿嘿地道：「你這是活該，爹娘並沒有限制你嫁不嫁人，嘿嘿！你從小沒有給我一絲溫暖，只對小弟一人好！」

那個黑衣老者這時不知哪裡來的一股衝動，氣得大吼一聲，飄身衝過來就打。

他怒吼一聲，叱道：「你這個東西，怎可對你大姊說這種話！她愛你深責之嚴，本有意讓你繼承六詔山的祖業，想不到你混蛋至此，連這都看不出來！」

大煞手房登雲舒掌重重一揮，喝道：「你這老東西，也敢教訓我！」

這輕揮一掌甚是沉猛，將林福重重摔了出去，林福鼻青臉腫，自地上一躍而起，又撲了過來。

房素青連忙喝道：「林福，你回來！」

林福這時已將性命豁出去了，帶著滿身黃土，像一頭大熊般的揮拳直上，嘴裡依然喊道：「你不要管，我林福性命不值錢，早死早結束。這個畜牲已無人性，對他客氣只會自尋煩惱！」

大煞手房登雲陰沉地笑道：「你想死，我就早點讓你上路！」

一縷勁風自他指上彈來，林福悶哼一聲，身子已仆倒在地上。

林福在地上翻了一個滾，顫聲道：「你好狠，連老奴都不放過！」

說罷，張嘴噴出一口鮮血。

他正要揮掌往自己頭上擊下，房素青突然伸手點了他身上三處穴道，頓時他暈絕地上，什麼事都不知道了。

房素青寒著臉，道：「大弟，你下手也太毒了！他一個老奴又沒有得罪你，你何苦給他那一手『玄關七劫』，讓他嘗受人世間最苦的重刑。」

陡地，場中傳來一聲大響，空中激鬥的劍光倏地一斂，回天劍客石砥中和房文烈的比鬥已有勝負之分。

石砥中身上濺血，衣衫條條撕碎，身子劇烈地一晃，長劍竟突然垂了下來，冷汗簌簌滴落。

第十一章　三星伴月

這是一場生死之爭，石砥中面色慘然，斜垂長劍，額上滾下顆顆汗珠。碎裂的衣衫隨風飄蕩，與肩上流下的鮮血交織一片。

房文烈卻在猙獰的笑著，笑得非常得意，他臉上流露出輕視的神色，恍如對方根本不堪一擊。

房登雲哈哈笑道：「行了，天下第一是房家的小弟！孤劍萬里江湖行，從今以後，整個江湖都是你一人的天下了！」

房文烈還未踏出江湖，便把目前頂尖高手石砥中擊敗，不但是石砥中暗自心驚，就是東方剛和西門熊也是大驚失色。

六詔山能夠獨尊武林，確實有其過人之處。

「嘿嘿！」西門熊笑道：「不錯，令弟這種舉世罕見的身手，江湖上已無人可堪一擊。不出一個月，全武林都要共尊六詔，文烈弟，本大帝首先要向你道賀！」

房文烈被幽靈大帝西門熊一捧，只覺有些飄飄然，心裡非常受用。

他輕輕一彈長劍，哈哈笑道：「這只是一個開始，好戲還在後頭呢！」

石砥中鼻子裡透出重重的一聲冷哼，道：「閣下雖然有天下第一的武功，卻未必能夠懾服整個武林！欲做天下第一人，並非單靠武功就能辦到。你心腸狠毒，無仁無義，我石砥中第一個就不能容你！」

房文烈厲聲喝道：「你不要自以為那幾手破劍式有什麼了不起！我不是因為看你這身功夫練得不易，早就將你宰了，你不能容我，我又何嘗能容下你，來！來！我們總要拚個你死我活！」

西門熊眼珠子一轉，計上心來，道：「一山難容二虎，文烈弟，你又何必對他客氣！」

他心腸狠毒，只要有機會從不放過，石砥中和幽靈宮結怨極深，遠非三言兩語所能夠解釋清楚。

西門熊正愁找不著機會殺死石砥中，眼下機會難得，稍縱即逝，焉能輕易放過，利用言語挑撥，撩起房文烈的殺意。

房文烈一怔，道：「西門熊，你能不能把話說得明白點！難道憑這小子的一點道行，也敢和我們六詔山過不去！」

西門熊嘿嘿笑道：「總而言之一句話，天下之人皆可赦，惟獨這小子不可留。放虎歸山，永是禍患，本大帝的話絕不會錯！」

東方剛聞言大怒，叱道：「西門熊，你的心腸好毒！」

西門熊一指東方剛，怒道：「還有你這個老渾蛋，什麼事都想插一腳！你處處維護石砥中，還不是想保存自己一點實力，現今六詔山崛起江湖，天龍谷已非昔日可比，在這裡還夠不上一根指頭，你能不能活著離開這裡，還是不可預料的事！」

東方剛雖然怒不可遏，卻保持一代宗主的風範。

他濃眉輕鎖，突然仰天一陣哈哈大笑，上前連跨兩步，道：「西門熊，你的幽靈宮是不是願意拱手送給六詔山？」

西門熊想不到天龍大帝東方剛還有這一著，這個問題問得突然，也讓他非常難以答覆。

他現在極需巴結六詔山，自然不願得罪房氏兄弟，可是要他將辛苦開創的幽靈宮無條件拱手讓給六詔山，確實是件令人心痛而又丟臉的事情。

他嘿嘿一笑，冷冷地道：「山主恐怕看不上幽靈宮，倒是你的天龍谷卻早已聞名天下，是難得一見的絕佳仙境。」

東方剛斜掌一立，道：「主意倒是不錯，可惜老夫這雙手掌不會答應。」

房文烈挺劍上前，怒道：「你敢和六詔山作對！」

他身形才動，石砥中一躍身形撲了過去。

石砥中這時雙目幾欲噴出火來，眉宇間的煞氣愈來愈濃，他冷冷地道：「六詔山難道是紙糊的碰不得！」

房文烈怨毒地笑道：「我不會再放過你了，現在我才知道你在江湖上的威望不低，惟有你這樣身分的人才配和我動手，我這是瞧得起你，等會兒動起手來，你千萬不要讓我失望。」

石砥中怒喝道：「你太狂妄了，註定你日後的失敗。」

房文烈哈哈笑道：「僅憑我六詔山的武功，就值得驕傲。一個人只要有本錢，就不算是狂，像你要狂還狂不起來。」

房素青眼見自己一手扶養長大的幼弟變得如此喪心病狂，不禁傷心地直搖頭。

她輕輕一抹臉上淚痕，道：「小弟，你變了，變得太可怕了……。」

房文烈冷冷地道：「父母生我就是這樣的性格，任誰都不能改變我。大姊，現在沒有人能管得了我，你還是乖乖地站到一邊去！」

房素青怒叱道：「只要我一天不死，你就不要想下山一步！」

大煞手房登雲搖著墨骨玉扇，搖搖晃晃走過來，道：「你又錯了，現在你能管得住他嗎？大姊，你放心，小弟和我在一起決不會吃虧！你我之間情誼已斷，可是我對小弟倒是一片真心。」

房素青冷笑道：「你滾開，小弟和你在一起就糟了，你從小就沒幹過一件好事，他由你帶著準是不會有好事，說不定前途全毀，連六詔山這點祖業都保不住……。」

大煞手房登雲神色大變，沒有想到房素青當面說出這種話來，他這人雖然冷傲無情，卻是最愛面子。

他目中凶光一閃，嘿嘿笑道：「大姊對我瞭解太深了！知之太多，洞悉太明，這對我是件危險的事情，大姊，你知道我現在想幹什麼？」

房素青毫不猶疑脫口說道：「你想殺了我以絕後患，是不是？」

大煞手房登雲哈哈笑道：「正是，你太使我害怕了，我心中所料之事，你皆知道。對於我，你是個危險人物；對於小弟，你會自我手中把他搶過去，基於這兩個理由，我就應該先殺了你。」

房文烈一怔，道：「大哥，你真要殺了大姊……？」

房登雲陰沉地道：「這不是擺明了嗎，你不殺她，她會終日纏著你，我們有許多事情要辦，如果讓她跟在後面，是件多麼討厭的事情。」

房文烈一呆，一時間沒有想到這個問題，他深知房素青之性格，說了話從不更改，正在忖思該怎麼辦的時候，幽靈大帝西門熊輕輕拍著他的肩頭，道：「無毒不丈夫，在江湖上若要瞻前顧後，什麼事都行不通，眼下各派英雄都在等著你去領導，這裡的事情怎麼解決全看你的……。」

「啪！」西門熊尚未說完，左頰上已挨了重重一擊，只聽啪的一聲，整個半邊臉都腫了起來。

他憤怒地一聲大吼，目光瞥處，只見房素青寒著臉向他走來，他心神劇震，不覺大駭，連續退了兩步，道：「你為什麼打我？」

他深知房素青的武功除了房文烈外，眼下沒有一人是其敵手。他心念電轉，疾快地判明了當前形勢，強自忍下心中的怒火，故意顯得量大如斗，一副無所謂的樣子。

房素青指著他的鼻子，道：「我現在才曉得你是這裡面最壞的一個，我兩個弟弟所以會變得滿肚子壞水，全是你一個人挑起來的。」

西門熊變色道：「這是什麼話！山主，你可得為老夫做主！」

房登雲嘿嘿笑道：「當然，當然，這個賤人太可惡了，我房登雲絕不姑息私情，一定為你做主……。」

他嘿嘿冷笑兩聲，又道：「小弟，你還不出手？」

房文烈愣了愣，竟不敢違背房登雲的命令，他一聲大喝，寒著臉挺劍衝了過來，揮劍往房素青攻來。

石砥中自側旁急揮長劍，大喝道：「我非毀了你這個沒有人性的東西不可！」

雙劍相交，發出一聲金鐵交擊的巨響。

房文烈恨得一聲大吼，掄起長劍攻出三招，將石砥中逼得連退五步。

房素青卻氣得怔在當地，連一句話也說不出來。

她突然像瘋了一樣，衝進了場中，將石砥中一推，頭上髮絲根根倒豎起來，雙手朝天，大聲道：「上蒼啊！你待我太苦了！」

餘音嬝嬝逐漸消逝，她顫動著雙唇不知在低語什麼！但是每當她嘴唇顫動的時候，淚珠便像斷線的珠鍊似的滾落下來，在那雙悲傷絕望的眸子裡流下一道血淚，順著眼角流下來……。

房文烈怔怔望著這唯一的姊姊，心裡忽然有一種不忍之情，長劍一垂，他低聲道：「大姊，你……。」

房素青突然瞪了他一眼，道：「你眼裡還有我這個大姊嗎？我原已稟告過父母，要按家規毀了你，與其留著你來害人，還不如由我先殺了你。我們房家在這一代命該絕嗣，這只能怪祖德不修，上輩子做了傷陰德的事，我雖不孝，父母也會原諒我！」

她傷心欲絕，沉痛地說出這段話後，再也忍不住心裡的悲傷，伸手拔出一柄匕首，抬頭望了一眼雲天。

她又緩緩掏出一個銅牌，上面鑄刻著房家世代傳世的師祖名字，背面刻著十二條家規。

她在空中一揚手，銅牌上泛射起一股金光，流灩射在每一個人的臉上。

房登雲神色大變，道：「原來父母將護山令交給你了！」

房素青冷冷地道：「本來是想交給你的，可是你品行卑劣，我無法任由你去做惡事，現在護山令牌在此，你還不等待受死！」

大煞手房登雲雖然心狠手辣，在這護山令牌之前，他也不禁嚇得全身出了不少冷汗。這金牌，上代表父母，下代表整個六詔山，更具有一種神奇的力量。

護山令牌會召喚出一個絕世的高手，只要令牌所至，那個人必會出現，那時他若仍然在江湖上闖蕩，勢必遭到那個神秘人物出手搏殺。

他心裡一驚，冷汗直流，一臉都是惶悚焦急的樣子。

房登雲橫了心，道：「我和弟不會受這令牌的約束，你還是收回去吧！上一代的規矩未必能適用於下一代，時間將一切事情都改變了，正如你想留下小弟陪著你在這裡度過寂寞歲月，而我要使他在江湖上另創一番事業一樣，我們之間已沒有東西可約束對方。」

房素青神色不變地道：「你不要忘了，在這令牌後面尚有一個人在等待著，你只要敢稍為不聽令牌的指揮，那個人就會出來殺死你。」

大煞手房登雲心中已生怯意，但他故意裝得非常鎮靜，冷冷地道：「你不要妄想了，那個人在什麼地方連你也不知道，你不要說找不到他，就算是找到了，也奈何不了我和文烈弟。」

房素青哈哈笑道：「你又猜錯了，娘在臨終之時已把這個人的去處告訴我了，你們只要敢輕舉妄動，那個人就會出現，我只要將令牌交到他手上，你們絕逃不出他的手掌心。」

房文烈這時也是神色慘然，目中凶光大盛，道：「大哥，她說的可都是真的？」

房登雲凝重地道：「不會錯的，我們不能再等下去，眼下之計只有先毀了她，奪得護山令牌，否則你我都別想活命……。」

房素青一聽房登雲要奪取護山令牌，不禁大驚。她急忙將令牌縮回手中，匕首斜刺而出，氣得全身直顫。

房文烈卻已不客氣地挺劍而來，直逼房素青的胸前，他這一劍是「上天下地」，使人無法遁形。

房素青深知其中厲害，不敢閃避，怒喝道：「你殺了我也沒有用，這件事只要傳入那人耳中，他依然會來取你們性命，即使令牌落到你們手中，也無法改變結果。」

房登雲心中一狠，道：「在這峰頂上，一個人也不能留下！小弟，為了本身的性命，只有這條路能解決，那個人太厲害了，我們……。」

東方剛沒有想到大煞手房登雲的心腸如此狠毒，只為自身的安全，竟要峰頂上這麼多人陪上性命。

他氣得冷冷一笑，對石砥中道：「現在不出手也不行了！你等一下儘管下手，我和玉兒要好好鬥鬥大煞手房登雲……。」

而這時東方玉正好奔上峰頂。

話音未落，房文烈突然一聲大喝，劍光像白虹般的撩起。冷寒的鋒刃在房素青的肩上劃破一條長長的口子，殷紅的血水湧出，染紅了大片衣衫。

房素青慘呃一聲，頓時仆倒在地上，整條手臂像廢了一樣垂了下去。

石砥中目眥欲裂，叱道：「你好狠，連你姊姊都不放過！」

他這時已將生死置之度外，衡量眼前情勢，知道不拚也不行了，劍尖所指，盡是房文烈身上要害。

房文烈出手狠辣，盡是詭奇莫測的奪命招式，隨手一招揮出，最少包含四個變化，招招不離石砥中身上要害。

石砥中手上長劍一緊，改攻為守，所用的招式非常奧秘，守中帶攻，劍劍都將對方攻來招式化去。

雖然他的速度奇快，面對房文烈的攻擊，依然覺得壓力重重，不過他總算還能勉強支持下去，但已愈加吃力。

房文烈連攻數招，都不能衝破對方所布的劍幕，不禁大驚。他沉聲喝道：「你的劍術怎麼突然進步起來了！我真不明白，你有這些招式剛才為什麼不用，直到現在才像個樣子。」

石砥中揮劍一撩，避過一招，道：「說來你不相信，這些劍招還是你教的。剛才交手所用的招式，正是先前你攻我的式子，只不過我是化攻為守而已。」

房文烈振劍直刺，厲笑道：「胡說！天下哪有這樣的奇材，我練劍至今還沒有見過世上有這種人，你這小子竟然深藏不露！」

這兩劍可不輕鬆了，石砥中拚盡全力，也僅將這攻來的兩劍化開，不過也累得連喘數聲。

並非是房文烈劍招特別神奇，而是他劍上所發劍氣太強，壓得石砥中不得不奮力抵抗，還好他手中所持之劍乃千古神器，否則早就劍折人亡了。

這裡捨命相搏，那裡也早已硬拚上去，房登雲和東方剛功力相若，一時之間倒也分不出勝負。

不過，這一來可苦了東方玉，驟然和幽靈大帝西門熊交手，便覺對方掌風如山，壓得他透不過氣來，若不是因為身法靈巧，可能早就躺下了。

幽靈大帝西門熊連發數掌，始終未能將東方玉擊斃掌下，自覺大失顏面。若以一代宗師的身分，這樣動手確實不是件光彩的事情，東方玉再強也不過是個晚輩，可是對方卻在西門熊手裡走出二十多招。

西門熊怒吼一聲，道：「怪不得你那麼狂呢，原來還真有點真才實學！」

這人心腸狠毒無以倫比，只見他深吸口氣，全身衣袍突然隆隆鼓起，右掌輕抬，掌心之中吐出一股冷寒的白氣，緩緩向東方玉逼去。

東方玉神色大變，顫道：「幽靈功！」

這三字一出，場中空氣陡地一寒。

天龍大帝東方剛發出一聲怒吼，揮掌逼退房登雲兩步，身形如電撲向幽靈大帝西門熊，遙空一掌擊去。

「砰！」

西門熊掌勁未發，陡覺斜側裡湧來一股大力，不禁冷哼一聲，揮掌向側裡擊了出去，雙掌交實，發出一聲沉重大響，霎時煙霧瀰漫，沙石激濺。

在人影恍動裡，東方玉身陷兩大高手之間，竟當場被震暈過去！

東方剛見愛子暈死地上，心如刀割，方待撲去，房登雲和西門熊已雙雙躍進。他身臨兩大高手之間，雖有絕代神功，也不禁相形見絀，大有不支之勢。

不過他的情形還不算最惡劣，情形最慘的還是石砥中，由於房文烈的劍法獨成一格，攻勢之烈有如迅雷驟發，出手之準，往往逼得他捨命硬拚，才躲過那威金裂石的一招，若非他是天生異稟，咬牙硬撐下去，此刻恐怕早已劍落人亡了。

房文烈像是有意拿他試劍一樣，每每在可輕易殺死對方的機會裡撤劍而退，另外攻出一招。

辛辣的劍招，使石砥中冷汗直流，雖然在雙方交手裡，他獲益非淺，但也真夠他受的了。

房文烈突然收劍一退，陰沉地笑道：「有你這樣一個好靶子，比我自己練上一個月還要快速，現在你的利用價值已經沒有了，三招之內，我要取你性命。不過前兩招你可放心，只有第三招上才是真正動手！」

石砥中喘了一口氣，冷冷地道：「你出手吧！三招之內我也不想活了！」

他自己深知目前功力還非房文烈的對手，惟有以死來換取房文烈的雷霆三擊。他暗中運氣，將全身殘餘勁力全部逼集在劍尖上，劍尖泛射出一蓬耀眼的銀芒。

房文烈只是冷笑，漫不經意揮出一劍，看似平淡，卻包含無數的變化。

石砥中奮力揮出一劍，堪堪避過這沉重的一劍，可也累得他氣喘如牛，連劍都有些握不穩了。

房文烈悶聲不吭挺劍一掄，連續幻出七層劍浪。這一劍過於快速，除了閃爍的劍光外，連僅有的一點人影，都無法看清。

石砥中一愣，竟不知道該如何閃避，他拿著劍僵立在地上，眼睛直瞪房文烈，不知該怎樣揮劍迎架？

房文烈卻沒有立時下手，僅在他劍上輕輕一點。

鏘然聲中，石砥中只覺全身一震，突然自失神中清醒過來。

他淒涼地一聲大笑，身形蹌踉，向前走了兩步。

房文烈哈哈大笑，道：「這是最後一招了，你該拿出全部的精神應付！」

石砥中長劍一擲，黯然道：「人為刀俎，我為魚肉；技不如人，夫復何言。這一招我放棄抵抗的機會，閣下請動手吧！」

房文烈冷哼一聲，厲喝道：「蠢材，你以為不抵抗，我就會放過你嗎？我說過在第三招才殺你，現在你不動手也不行，我相信你不願受那凌遲的痛苦，而寧求一個痛快！」

石砥中一聽大怒，伸手一抓，長劍又飛回手上。他見房文烈逼人太甚，明知拚不過，也只有孤注一擲。流灩一閃，全是不顧命的打法。

房文烈哈哈大笑，道：「這還像點樣子！」

他手腕在空中一顫，長劍突然發出一連串嗡嗡之聲。這陣刺耳的劍嘯一發，石砥中立時心神不寧，大吼一聲，像頭猛虎似的衝過去。

房文烈只是冷笑，閃身一劍刺向石砥中的心窩，這一劍又狠又快，一閃而至。

而石砥中居然毫不抵抗，也不閃躲，迎向對方幻化刺來的長劍挺了上去，眼見就要血濺當場。

突然，一股無形的大力自左側推來，將石砥中的身子撞出五、六步。

雖然這股無形的大力救了他，房文烈的長劍依然在他胸前劃出一道口子，約有七寸餘長，汩汩的鮮血泉湧而出，順著胸毛流了下來。

「呃！」

他痛苦地哀叫一聲，再也忍受不住身上的疲累痛苦，緩緩倒了下去。衣衫飄起，在胸前露出七顆大紅痣，既鮮明且長著黑毛，使人極易發現。

房文烈怨毒掃視四周一眼，只見一個黑髯紅面、仙風道骨的一個老人，正含威怒瞪著他。

他冷笑一聲，大笑道：「老渾蛋，你是不是也想吃我一劍！」

這個紅光滿面的老人，冷冷地道：「蠢材，我來晚一步你就做出這事情！從小看你就是一身賤骨，早知留下你是個禍患，如果不是你娘太過於坦護你，依我的脾氣早就捏死你了，怎讓你在這裡作威作福！」

房素青踉蹌走了過來，盈盈下拜，道：「沙叔叔，侄女請你為我作主！」

這個老人突然出現，頓時使場中激鬥的人影一分，房登雲首先變了顏色，急忙躍至房文烈的身邊扯了他一下。

房文烈幼時雖見這個沙叔叔幾面，由於記憶模糊，一時居然沒有認出來。等房登雲一扯，他頓時才想起來，不覺駭得退後一步。

一代隱仙沙子奇看了房素青身上的傷勢一眼，頓時一股寒氣湧現臉上。

他目光大寒，問道：「這是文烈下的毒手嗎？」

房素青顫聲道：「是的！沙叔叔，請你放了他！」

「哼！」沙子奇冷哼一聲，道：「除了他也沒有人能傷得了你！這個畜生真是膽大，連你也敢殺了，將來還有誰能夠管得住他。哼！他既然這樣狠心，你又何必顧念私情。素青，這是到底怎麼一回事？」

房登雲全身一震，就怕房素青將其中原委說出來，他連忙乾笑兩聲，走上前道：「沙叔叔。」

沙子奇冷冷地道：「你不要叫得那麼親熱，我並沒有你這個侄兒，你自認為天衣無縫，沒有人知道……。」

他一頓又道：「可是我件件都能給你指出來，文烈生來就是一身賤骨，學壞自也無話可說，而你卻是自甘墮落！自己不學好，還要慫恿幼弟做壞事，房家有你們這樣的子孫，也算倒了八輩子楣！」

房登雲嚇得不敢多說，連道：「是！是！」

沙子奇冷冰冰地道：「你們是要我動手呢，還是自己了結？」

房登雲神色大變，以他那種凶狠暴戾的個性，在沙子奇的面前，居然連一句話都不敢吭出來。

他全身驚顫，道：「這……。」

房文烈見哥哥在沙子奇面前顯得那樣畏縮，頓時一股怒火湧上心頭。

他自信功力通神，江湖上從不作第二人想，冷笑一聲，道：「你是什麼料子也配做我們的長輩！哪有長輩一見面就要晚輩命的道理，我們喊你一聲叔叔是尊敬你，不喊你又如何？你口口聲聲罵我一身賤骨，今天我倒要看看你的骨頭有多重，折了恐怕連狗都不啃！」

他年少血氣方剛，早已目空四海，不把任何人放在眼裡。他冷煞地看了沙子奇一眼，不屑地揚起長劍，大有就要過來動手之意，心中根本沒有長幼之分。

房登雲一見小弟連這個老渾蛋都要得罪，一時倒真被逼急了，他臉色霎時變得蒼白，急喝道：「小弟，不可胡來！」

沙子奇可真火大了，他隱世遁跡，所求的是仙道正果，仙家講究的靜氣養性，含靈修真，謂一花一世界，一葉一如來，正是這個道理。

他見房文烈悖倫逆理，氣得頭頂直冒白氣，冷喝道：「罷了！我縱是毀了道基也要先殺了你，你爹娘在天上，就算罵我沙子奇絕後，我也顧不了那麼多了！」

他臉色一寒，目中陡地寒光射湧，朝向房文烈逼了過去，房文烈毫無懼意，挺劍待發。

房登雲卻急忙一把扯住他，道：「小弟，你還不趕緊向叔叔賠罪！」

房文烈一揚長劍，道：「怕什麼！對這種人愈恭維，他愈神氣。你不要管我，今天我倒要看看他有多大道行！」

沙子奇冷冷地道：「今天你爹娘就是復生，我也要殺了你！」

房文烈怒喝道：「老混蛋，老殺才，你有種動手試試！」

沙子奇冷笑一聲，右掌徐徐推出。這一掌幾羅天下掌法之奧，兼得動靜二字之真諦，掌勁吐出，等觸及對方身上，方始轟然一聲，整個威力迸發出來。

房文烈心中大驚，身形幻化躍了起來，在急不容緩的剎那，神妙無比揮出一劍，竟將沙子奇逼得退後兩步。

房文烈和對方雖僅交換一招，卻已分出勝負，只見他劍上掛著沙子奇的一塊衣角，而自己也吐出一口鮮血。

房文烈身上雖未挨上一掌，可是那無形的暗勁已震傷了他的肺腑，他朝房登雲一笑，道：「大哥，我們走吧！」

沙子奇還想攔截，房文烈已回身喝道：「沙子奇，你自信能留得下我嗎？」

一代隱仙沙子奇黯然一聲長嘆，茫然望著穹空裡的浮雲，在那飄蕩的雲絮裡，他恍如看見自己的衰老。

他不禁大笑一聲，喃喃道：「罷了，罷了，由你去吧！」

房文烈狠聲道：「老殺才，你神氣不了多少時間，等我傷勢好了，第一個就是找你算賬，當心我一把火燒了你的狗洞！」

沙子奇正待發作，房氏兄弟和西門熊早已馳出老遠。他們的背影在雲霧中一閃，像幽靈似的消失。

房素青幽傷地道：「沙叔叔，我怎麼辦？」

沙子奇沒有表情地嘆口氣，道：「你一錯到底，連挽救的機會都沒有了。文烈生來就賤，你又不是不曉得，明知他不可救，你還要白費心力。」

房素青搖搖頭道：「我總以為人力定能克服自然，想他那身魔骨雖賤，總以為道心可以感化他，哪知魔心在他心底已生了根，我的十幾年心血全白費了，非但虛度了我整個青春，還為江湖造就一個大魔頭，我的罪孽太大了，這叫我怎麼辦呢！」

沙子奇想了一下，道：「挽救不及，只有毀之一途，你自己看著辦吧！」

他目光輕輕一瞥，突然瞧見石砥中胸前的七顆奪目的大紅痣。身形一晃，他落至石砥中的身邊，神色凝重地審視了那七顆大紅痣一遍。

他啊了一聲，喃喃道：「七星朝元，七星朝元，想不到江湖上真有這種人！天生異稟，曠世奇材，真意想不到，我在晚年還會遇上這種人。」

房素青精神大振，道：「沙叔叔，你說那是七星朝元？」

沙子奇凝重地道：「不錯，這正是搜神誌異裡記載的『七星朝元』，也正是『三星伴月』的剋星，你弟弟胸前三星是魔，他身列七星是道，看來江湖還有救，不過又要費我一番心血！」

房素青怔怔地道：「沙叔叔，你要送他到哪裡去？」

沙子奇正色道：「房家武功天下第一，文烈已無人能制服得了他，眼前唯有一個地方可造就出一個和文烈並駕齊驅的人。素青，我要走了！」

他急快地抱起石砥中，拿著金鵬墨劍大步行去。

經過林福身旁的時候，他突然道：「林福是個好僕人，讓他跟我一年也學點東西。」說完，伸手拉著林福如飛而去。

東方剛張口欲語。

房素青苦笑道：「你們也走吧！這裡已沒有再留下來的必要了。」

東方剛黯然搖頭，在東方玉身上推拿一陣，待他清醒過來，父子倆人聯袂走了。

第十二章 金焰真火

霧漸漸淡去，雲天逐漸綻現一道金光，遍灑在林間。柔和的朝陽像個身披金甲的巨神，將整個大地都照亮了，輕輕踢走了黑暗……。

在這晨霧未褪，寒霜未逝之時，沙子奇獨自坐在大石上，對著甫出雲端的柔陽吐納。

他吸進的是口冷氣，呼出的卻是一蓬白霧，那繚繞的白霧愈來愈濃，逐漸化為一個個菸圈。

沙子奇雙目突然圓睜，對著一棵樹上噴去，只聽得「呼！」的一聲，對面的那棵白楊樹立時像被烈火燒灼一樣，化為一蓬黑煙，緩緩倒了下去。

林福自石頭後面轉了過來，看得咋舌不已，道：「沙叔叔，你的『金焰真火』好厲害！」

沙子奇微微笑道：「這才是小成呢！要練到化石為粉才是真正練成，我離那個程度最少還得十年，你以為這麼簡單嗎？」

林福聽得直伸舌頭，怔怔望著那棵白楊樹發呆。

沙子奇沉思一會，道：「石砥中在那寒玉潭裡已經待了多少天了？」

林福計算了一下，道：「整整二十天了，沙叔叔，你準備什麼時候要他出來？」

沙子奇滿臉欣喜地道：「再過一個時辰他就可以出來了，真想不到他小小年紀已經有這麼好的根基，居然能在奇寒逾冰的水裡連泡二十天！這樣看來，他要達到金鋼不壞之身的程度已經不遠了！」

林福瞪大了眼睛，道：「寒玉冰泉真有那麼大的功能？」

沙子奇一怔，道：「當然，先寒其骨，後堅其筋，最後才能身堅如鐵，刀槍不入，這在道家說來是最難練成的一段過程。」

林福不信地道：「世上恐怕沒有這種人吧？」

沙子奇頷首道：「有，南海門的神武老祖就是得道全身之人，只是神武老祖隱身中原，連南海門都不知他的去處。」

林福哦了一聲，突然問道：「沙叔叔，你是要把石公子送到神武老祖哪裡？」

他只是個家奴身分，隨著房素青喊沙子奇為叔叔，好在沙子奇和這個老家奴非常投緣，絲毫不以為意。

沙子奇輕捋黑髯，笑道：「你真猜著了，只是事情並沒有那麼容易！」

林福還想問下去，只是被一陣腳步聲打斷了，他回頭望了一眼，瞥見石砥中正從大洞裡走出來。

沙子奇一揮手，道：「你去準備一下東西，我們馬上就要上路了。」

林福和石砥中招呼一聲，轉身走了。

沙子奇在石砥中身上看了一眼，滿面都是驚疑之色，道：「你神光內斂，已經達虛懷若谷的地步了，我真沒有想到短短的二十天，會使你有這樣大的進步！」

石砥中淡淡一笑，道：「這全仗沙老前輩的幫助，寒玉冰泉已為我洗毛泛髓，全身濁氣盡除，遺留下來的全是純正罡氣。」

沙子奇道：「好！好！我們可以上路了。」

石砥中一怔道：「沙老前輩還要命晚輩上哪裡去？」

沙子奇非常痛心地道：「六詔山的劍法你已見識過了，不要說是你，連我都很難擋得住房文烈三十招。為了整個武林，我在道義上也應該幫助你，所以我想將你送往南海門神武老祖那裡去，修習達摩老祖所留下的三招劍法。」

一頓又道：「這三招劍法，只有少林寺的達摩易筋經裡有過記載，可是自從達摩老祖證道涅槃，還沒有人練成功過。連南海門神武老祖那樣的身手都參悟不透，尋常人根本連練都不敢練。」

石砥中想不到世上還有這樣深奧難解的劍術留傳後世，他心中一動，問道：「這是為什麼？」

沙子奇輕輕嘆道：「這三招劍法博大深奧，練時全身血脈賁張，丹田真火會通通被引發出來。功力稍差之人，一個克制不住便會血管爆裂而死。神武老祖窮二十年之功，遠避中原，所為的僅是這三招劍術，可是每當他練習一招之時，便會暈死過去，非等體內真火平息之後，不能清醒過來，你就可知道達摩三式是何等難練了。我所以要你在寒玉冰泉中泡上這麼久，就是要你忍常人所不能忍，以體內之寒壓制丹田之火，否則你就算是得到達摩三式的練法，也會因福得禍。」

石砥中心中冷了半截，搖頭道：「連神武老祖都練不成，我恐怕更不行了！」

沙子奇充滿希冀地道：「你行，普天之下只有你能夠辦到！因為你是『七星朝元』大智大靈之人，捨你而外，再也找不出第二人！」

×　×　×

突然，空中響起一連串鴿鈴之聲，石砥中抬頭一望，只見三隻雪白的鴿子在頂空翱翔。

沙子奇神色大變，自地上一躍而起，道：「有人來了，你還是先躲一躲！」

石砥中一怔，正要遠離這裡的時候，空中已傳來風颯之聲，人影御空而來，只見一個清臞的老頭子哈哈大笑，輕輕飄落在面前。

這個老人哈哈一笑，道：「沙兄弟，你真找著七星朝元之人嗎？」

沙子奇神色大變，道：「嚴兄，你問這個幹什麼？」

這清臞老人一整臉色，道：「沙兄，你怎麼這般糊塗！我那義子房文烈不是『三星伴月』嗎，『七星朝元』和『三星伴月』在搜神誌異裡不是明白的記載著嗎，七星天三寒，雙方主仇，不能對立。你想想，我若不事先毀了身懷七星之人，將來文烈在江湖上還能抬得起頭來嗎？」

沙子奇怒吼道：「怪不得他們弟兄連我都不放在眼裡呢，原來是你嚴凌甫在背後替他們撐腰！哈……你真是太瞧不起人了！」

嚴凌甫嘿嘿笑道：「誤會，誤會，文烈也許是過分了一點，他到底還是個孩子，你看在我的面上，也該放過他一次，況而他還是你的小侄呢！」

他目光朝石砥中一瞥，道：「這小子的根骨俱佳，確是一個不多見的奇才，可惜他身懷七星，和文烈三星犯忌，我不能留下他。」

沙子奇冷哼道：「你若敢動他一指，我們兩個少不得再打一場！」

「哼！」嚴凌甫冷哼一聲，道：「文烈出生時你就想要捏死他，為了這件事，我們不知動過多少次手，現在你竟為一個陌不相識的人又要和我動手，我看你愈老愈不像話了！」

沙子奇怒笑道：「房文烈一身魔骨，主宰著天下大亂。你明知此人不可留，反而要造就他變成一個魔星，當時你就沒安好心眼，果不出所料，原來你是想要利用他！」

嚴凌甫嘿嘿笑道：「這些事都如昨日黃花，已沒有再提起的必要，現在我主要的目的還是這小子，你到底交不交給我？」

沙子奇冷冷地道：「辦不到，除非是你先殺了我！」

石砥中何等高傲，豈可輕侮！他雖不知沙子奇和嚴凌甫有何關係，但從兩人言談上可測知他們非友也非敵，這種微妙關係極是複雜，饒他是極端聰明之人一時也弄不清楚。

他向前大踏一步，道：「你要找我石某人儘管出手，何必要為難沙老前輩。」

他說話時口氣冰冷，一股令人心寒的煞氣自眉角隱隱浮現。

嚴凌甫雖然有些不屑之意，也不禁被對方那股煞氣所懾。

嚴凌甫嘿嘿冷笑道：「若不是房文烈一再的告訴我，你是如何厲害，我才懶得跑這一趟呢！你是小輩竟敢大言不慚的和我動手，這對你說來是有死無生。」

但他心中卻暗暗忖思道：「這石砥中眉現煞氣，胸懷七星，是天地間一等的剛強男子，此人懷恨之心最烈，我得設法將他毀去！」

石砥中這時豪氣陡生，只覺生平能和這些仙流般的人物一鬥，是件大快人心的事情。

他全身血液沸騰，一股從未有過的雄心壯志從他心底漾起，豪邁地一聲大笑，聲音竟能穿腸裂石，震得山頂沙石飛濺，在空中迴盪，歷久不絕。

嚴凌甫心中大凜，暗駭對方有如此渾厚的內勁，他被驚得一怔，不禁怒喝道：「你笑什麼？」

石砥中笑聲一斂，冷冷地道：「你這個老不死的，跟你那個乾兒子一樣不要臉，我石砥中雖然技不如你，也要和你周旋到底！」

嚴凌甫凶光乍現，冷笑道：「憑你也配和我動手……你不妨多罵幾句，等會兒你想罵都罵不出來了！」

他輕輕一聲長嘯，在頂空盤旋的三隻白鴿突然俯衝下來，落在他的肩頭上。

他嘿嘿笑道：「你如果能鬥得過飛靈中三禽，老夫自然會和你動手，可惜你恐怕沒有這個機會。」

石砥中聞言大怒，叱道：「你敢拿扁毛畜生羞辱我！」

嚴凌甫只是大笑，右掌一抬，舒指向石砥中身上一指，這三隻雪白如玉的鴿子呱呱呱三聲長叫，像三支疾矢般朝石砥中身上射去。

石砥中沒有想到自己踏進六詔山後，連續遇上這麼多奇人異士。他根本不信三隻鴿子能有多大道行，憤怒之下，疾快地劈出一掌，激旋勁氣罩滿了兩丈方圓。

這一掌少說也有千斤，力能穿金貫石，哪知道這三隻白鴿身形靈巧，展翅翻飛，偏過掌勁正鋒，斜衝而下。

石砥中心中大駭，冷哼一聲，等一隻白鴿衝至，突然翻起右掌擊了出去，左掌斜劃一個大弧，正好將另外兩隻鴿子逼退開去。

在這運掌逼退兩鴿子的一剎那裡，頭一隻鴿子已和他的右掌接觸在一起，白鴿呱的一聲尖叫，突然伸出一爪抓了出去，石砥中只覺手臂一震，竟被這小小的扁毛畜生撞得坐在地上，掌心血痕宛然，流下一條血水。

而那隻白鴿被他掌勁一震，翻滾落在地上，雙翅一陣抖動，悲鳴死去。另外兩隻鴿子在空中盤旋尖叫，不時作勢欲撲，卻被石砥中那種威勢所懾，逼得不敢下去。

嚴凌甫看得眉頭略皺，連聲道：「畜生，畜生，我白白訓練你們一場，還不給我滾回去！」

他輕輕一揮手，白鴿霎時去得沒影，蹤跡皆杳。

他嘿嘿笑道：「看來你這小子還真不簡單！白鴿無功，我回去殺了煮食，而你……哈！我只有自己動手了！」

他滿不在乎地大步走過來，目中無人。

沙子奇伸出右掌在他肩頭一拍，冷冷地道：「嚴兄，你真要取他性命？」

嚴凌甫一怔，道：「這個自然，沙兄蓄意干擾，莫不是要和我翻臉成仇？」

沙子奇冷笑道：「嚴兄要取他性命，我自然不好意思干擾，不過，嚴兄若要在萬花坪上動手，就是不把我沙子奇放在眼裡！」

他口氣軟硬兼俱，欲先拿話扣住對方，可惜嚴凌甫異行怪徑，並不在乎這一套。

嚴凌甫冷冷地道：「老沙，你的話實在太難聽了，最好先去洗洗你的臭嘴……萬花坪是六詔山的祖業，你算哪門子主人？這個人的命我是取定了，誰要管，我就和誰翻臉！」

他恍如也像是有什麼顧忌一樣，突然陰沉地一笑，又道：「我總得給老沙留點面子，只取他身上那七星痣便罷！命給他留下，你老沙總該沒話說了！」

話中意思很明白，石砥中性命雖能暫時保住，可是胸前那七顆大紅痣卻要毀去。

沙子奇怒道：「你這不是毀了他！七星一毀，靈智皆泯，原是武林正義之士，霎時就要變成血腥殺手，說不定還會武功全毀，變成白痴，你的心好毒呀！」

「嘿嘿！」嚴凌甫哈哈大笑道：「我總不會搬石頭砸自己的腳，這小子若不除去，非但我不能放心，就是文烈也會寢食難安！」

他正待說下去，突然瞥見林福拿了一個乾糧袋走出來，這人心計甚深，眼珠一轉，高聲道：「林福，你們準備遠行呀！打算上哪兒去？」

林福嚇得全身顫抖，呼道：「嚴大爺，你什麼時候來的，我老奴給你倒茶去！」

他雖是一個家奴，卻非常善於察言觀色，一見嚴凌甫想在自己身上打主意，急忙趁機溜走。

沙子奇再也忍耐不住，他鼻子裡傳出一聲重重的冷哼，冷冷地道：「老嚴，我們還是動手吧！你我多說無益。」

他深深吸了口氣，全身的衣袍隆隆鼓了起來，張口噴出一道白煙。嚴凌甫只覺熱灼襲人，一股熱浪撲面而至，急忙一飄身形，斜退兩步。

嚴凌甫嘿地一聲怪笑，道：「你的『金焰真火』果然練成了！」

他慎重地冷哼一聲，右掌化指如戟，斜斜點向沙子奇胸前七處大穴，勁疾的指風呼嘯颳起。

沙子奇身形輕靈的一轉，便已閃過，指風過處，對面那塊大石一裂碎為七片，攻得神妙，避得更是靈妙。

石砥中見兩大隱世高手在眨眼之間各自換了一招，手法博奧，尚屬首見。這時，他只覺胸中有一股義憤激盪湧出，他衝到嚴凌甫身前五尺處立定。

他拔出神劍指著嚴凌甫，凜然道：「惡魔，也許石砥中真不如你！但是像你這種但憑自己之利害，惡事做盡的狂徒，天地也容不得你。我石砥中但憑胸中一點正氣，也足能使你授首劍下！」

嚴凌甫陡遭他一陣沒頭沒腦的叱罵，倒是一怔，他嘿嘿冷笑道：「好！當世之中敢當面罵我的，恐怕僅有你一人。僅憑你這份膽氣，在年輕輩中再也找不出第二個來，若非你我是在對陣，我真會憐惜你這份膽識。可惜你這種膽氣害了你的命，我不會再客氣了！」

石砥中勇不可擋，厲聲叫道：「惡人，你少廢話，快上來受死！」

嚴凌甫哈哈一聲狂笑，道：「我和你動手有辱我的名聲，若不立時殺你，我又咽不下這口怨氣，這只怪你沒有敬畏之心，居然不畏生死，我只好早早送你上路！」

石砥中凛然揮出一劍，劍光如芒布滿空中，他存心和這個狂傲毫無人性的仙流之輩一較正邪，一劍揮出，用上近八成勁力，劍光如電，疾劈而落。

嚴凌甫在江湖上雖無赫赫之名，但其功夫卻真不含糊，大袖一拂之間，便有一股勁道湧出，將擊來的長劍正好封退回去。

他雖然逼退這凌厲的一劍，但也費了極大的精神，心中一震，不禁對石砥中的功力作了另一番的估計。

他嘿嘿笑道：「小輩，這一招並不怎麼樣！還有什麼絕招不妨揀好的出來，像這種莊稼把式，僅可唬唬小孩子！」

石砥中氣得寒著臉，一句話也說不出來。他心中凛然，突地自右而左揮出一劍，這一劍平淡得近乎是初習劍道的出手式，可是嚴凌甫卻看得甚是嚴重，身子穩立不動，直等劍刃疾劈而來。

沙子奇觀察雙方交手的情形，突然驚嘆一聲，道：「了不起，練的劍技比我想像中還要高明！」

林福不知何時已走到他身邊，輕聲道：「沙叔叔，你看他和嚴凌甫交手，誰能擊敗對方？」

沙子奇肯定地道：「當然是嚴凌甫高明多了！如果石砥中每一招都像這招『彎月銀鉤』這樣高明，嚴凌甫要想十招之內殺死他也是不可能的事。」

林福急道：「那怎麼辦？我們總不能看著他死去！」

在兩人對答之際，激鬥中的兩大高手，動手之間已有極大的變化，嚴凌甫等石砥中的長劍快劈近身上之時，突然翻腕抖出一掌。這一掌快得出乎任何人的意料，幻化神妙，輕靈中含有詭異，正好拍在石砥中的手背上。

石砥中這時想撤招後退，時間上根本不允許，他只得一鬆長劍，翻腕撩掌迎上，砰的一聲大響，石砥中的身子在空中一翻跌出丈外，嘴裡吐出一口鮮血。

可是他卻不甘就此罷手，他胸懷一股傲氣，縱然受傷也不願雌伏。石砥中從地上一躍而起，撩起手掌又攻了過來。

嚴凌甫神色大變，道：「你會斷銀手！」

石砥中嘴角溢血，臉上殺氣瀰生，他冷冷地道：「你知道為時已晚，不過我不會用斷銀手殺你，我要以一種更令你吃驚的掌法殺你！」

掌心一吐，一股灼紅的光華電射而出，空中雷聲隱作，整個萬花坪都在震動，僅是這種威勢，已將嚴凌甫嚇得大驚失色，連退兩步。

嚴凌甫顫聲道：「這是天雷掌，飄蹤無影的絕技！」

他運集全身勁道於右掌之上，迎向對方揮來的灼紅掌勁拍去，只見雙掌相交，發出一聲隆隆如雷的大響，嚴凌甫全身驚顫，退後五、六步，哇地吐出一口鮮血。

而石砥中站在地上，連動都沒動一下，只是憤怒地瞪視對方，從那雙冷寒的目光裡閃過一絲難以察覺的痛苦之色，是那麼令人心悸……。

嚴凌甫對沙子奇恨恨地道：「老沙，我現在才知道他是飄蹤無影那個對頭的弟子！你好大的膽子，居然引來這個對頭，更想不到的是你還會救這小子，我要遍告六詔山房家家族，看你如何向他們交代！」

他身形一陣搖晃，踉蹌地移動身軀。在這一剎那間，他突然老了許多，來時的凶焰不復存在，變得懊喪憤恨，怨毒之色顯在臉上……。

沙子奇沒有表情地道：「公道自在人心，你愛怎麼說都行！」

林福見石砥中神妙無比擊敗嚴凌甫，不覺得喜形於色，忘情的走到石砥中身邊，伸出一個指頭，道：「要得，你真了不起！」

沙子奇一聲大吼道：「不要動他！」

石砥中等嚴凌甫的身影消逝，突然向後倒去，嘴唇微動，噴出一道血雨。

林福大驚變色，道：「這怎麼得了，他到底是怎麼一回事？」

沙子奇伏在石砥中胸前聽了一聽，道：「還好！只是肺腑震離了位子，這小子真不簡單，除了劍招較差之外，一切都合乎理想。」

林福長長吁了口氣，道：「謝謝老天爺，他千萬不要出事，我林福的一切希望都放在他身上了。」

沙子奇一怔，道：「你的希望，你有什麼希望？」

林福正容道：「我希望他能學得神劍三招，制服房文烈那個小煞星，這難道不是你的希望嗎？」

沙子奇一笑，道：「快抱他進去吧！我還要和他趕路呢，這點傷我自信還有把握，神武老祖那裡倒是要全憑運氣。」

林福抱起石砥中急奔而去。

沙子奇一人在萬花坪上默立一會兒，然後搖搖頭走進大洞裡。

第十三章　寒玉金釵

夕陽在穹空中僅留下淡淡一抹，由絢麗歸於黯淡，再由黯淡歸於空寂，代之而起的是黑夜，漫漫長夜……。

搖曳的枝影，斑駁的月光細碎地灑落在地上。

在蕭瑟的寒夜裡，石砥中和沙子奇踏著月影，並肩立在谷口。

自谷底吹起陣陣幽風，黑黝黝的深谷裡，燃起了一盞大紅燈籠，慘紅的燈影，搖曳著血紅的光芒。在燈下一個巨靈似的黑影，藏身在大紅燈籠的後面，握著一柄長劍，目光投落在谷外，像是一個守谷的使者……。

沙子奇望著那盞紅燈籠，輕嘆道：「神武老祖藏在這裡將近二十年，燈紅如昔，淒涼依舊，時至現在，他那樁心願還是沒有了結。」

石砥中怔怔出神道：「什麼心願？」

沙子奇沉思片刻道：「寒玉金釵的秘密無人曉得，也許連南海門都不知道，可是老祖卻每日懸燈求釵，所為的正是那支『寒玉金釵』，只有得到金釵的人才能走進無名谷裡。」

石砥中顫然道：「這麼說，我們一輩子也進不去了！」

沙子奇淺笑道：「那倒不盡然，世上雖然不乏其人在追尋『寒玉金釵』的下落，卻沒有人曉得此釵已在我手上。」

說完，自袖子裡緩緩拿出一支冷寒冰涼的紫玉金釵，沙子奇得意地一聲大笑，在他的臉上顯出一絲希冀的神色，輕輕交給石砥中。

他哈哈笑道：「你拿著這支寒五金釵進谷裡去見神武老祖，他會問你要求什麼？你只要說出達摩三式就行了！」

石砥中面有難色道：「以這種方式得到武功，似乎手段太低劣了一點。」

「胡說！」沙子奇怒叱道：「在互惠的條件下，這是公平交易。」

石砥中陡見沙子奇目中閃過一絲凶光，不禁一怔。他這人雖然冷傲無情，心地卻極忠厚，想起了沙子奇辛苦搭救自己，不辭艱難造就自己，只得將想說出來的話再嚥了回去。

沙子奇冷冷地道：「你習得達摩三劍之後，要儘快離開無名谷，否則將會永遠被關在谷裡。神武老祖得到金釵後便會封谷求靜，這谷裡看似平淡無奇。卻是南海門機關埋伏的精華所聚，神武老祖耗盡十年功夫，才將這谷改造完成。」

石砥中奇道：「無名谷？神武老祖耗費這麼多心血，建造這樣一個幽谷，難道連個名字都沒取？」

沙子奇笑道：「無名即有名！此谷稱無名谷，正是不求有名之意！」

石砥中哦了一聲，道：「人生只求依循的常道，無名勝有名，神武老祖當真是看透紅塵繁華，僅如曇花一現。他有這等遼闊的胸襟，其人定如清風水月，海闊天空，我能有緣一見這等曠世高人，也不枉奔走江湖半生了！」

沙子奇冷笑一聲，道：「你不要把他看得太清高了，他藏在這裡就像個瘋婦，自以為已經跳出紅塵三界，殊不知仍在粉紅帳幃中空自憐！」

石砥中不悅地道：「我不懂！」

沙子奇冷冷地道：「你當然不懂，等你見了他之後就懂了！」

正在這時，谷中的那盞大紅燈籠突然三明三滅，像是幫會裡施用的暗號一樣。

沙子奇一推石砥中，道：「進去吧！錯過這個時候，你又要等上一天。神武老祖只在夜間等待想去見他的人，他恐怕早已在谷裡等你了！」

石砥中向沙子奇一拜，道：「沙老前輩請回去吧，晚輩告辭了！」

他這時知道機會彈指即過，轉身朝無名谷裡默默一望，大步走了進去，漸漸消逝在黑夜裡。

沙子奇望見他逝去的背影，冷笑道：「石砥中，我不得不借重你來試試我的計謀，你不會想到吧！那枚寒玉金釵是假的，哈——為了達摩三式，我不得不做這樣的嘗試。如果你能僥倖不死，我會為我們的成功而慶祝；如果你不幸死去，我只得另求發展了。」

「人心曲曲彎彎水，世事重重疊疊山。」誰又想到像這樣一個相貌慈祥的老人，竟是個專攻心計的詭詐之徒呢！他為了求得達摩三式，不惜讓一代高手石砥中冒犧牲的危險，石砥中變成他的試金石，這一去可能永不回頭了。

沙子奇哈哈一陣大笑，清澈的笑聲隨著晚風飄傳出去。幾乎同時，他的背後也響起一陣嘿嘿的笑聲，他心中大凜，回頭一望之下，不覺大驚失色。

沙子奇冷冷地道：「又是你，嚴凌甫！你倒是神通廣大，居然找到這裡來了！」

嚴凌甫冷冷地道：「你們一路行來，我始終跟在後面，你的寒玉金釵雖然做得惟妙惟肖，總瞞不過我的一雙眼睛，我這就要告訴神武老祖，那枚寒玉金釵是假的！」

沙子奇怒道：「你敢！」

嚴凌甫冷笑道：「我為什麼不敢！為了文烈，我不得不這樣幹。石砥中是毀定了，你也活不了多久，神武老祖會殺死你，假如你還不趕緊逃走的話！」

沙子奇近乎哀求道：「你為什麼要這樣做呢？我求你別這樣破壞我的計劃，得到達摩三劍後，我可以和你共同研究。」

嚴凌甫冷冷地道：「來不及了！我白鴿傳信恐怕已經送到神武老祖的手上，所以說石砥中恐怕一進去就會死。對不起，達摩三劍我並不希罕！老實告訴你，達摩三劍若非純正道家罡氣不能練，我們仙外三隱走的是偏激路子，永遠也練不成。」

沙子奇黯然道：「我若早知道這種情形，也不必浪費這麼多心血了……唉！氣數如此，我還有什麼話說！」

嚴凌甫冷冷地道：「你快走吧，神武老祖若知道是你，準不會放過你！」

只見他身形一擰，好似一道輕煙轉瞬逝去，僅在空中留下他嘿嘿冷笑聲飄蕩不絕。

沙子奇不屑地輕哼一聲，道：「你這個老陰險，我沙子奇豈會讓你三言兩語唬過去，哈哈！你的心我還不清楚，我們等著瞧吧！」

正在這時，他忽然發現有細碎的腳步聲在身後響起，沙子奇冷煞地四處一掃，急忙隱身藏於草叢中。

在彎彎的眉月底下，三道人影御空行來，只見這些人身著怪異至極的衣服，完全不似中原裝束。

這些人直撲谷底，在那盞大紅燈籠前突然煞止身形。

只聽一個聲音道：「南海門第十二代弟子毛恨生求見老祖！」

谷中響起一聲怒吼，道：「滾出去，我永遠不要見你們！」

毛恨生朗聲說道：「南海門第十二代掌門命弟子務必請老祖回歸南海，老祖再不回去，掌門人要以寒玉……。」

沙子奇心頭一震，疾快忖道：「南海門消息當真靈通，竟能找到這裡來！」忖念未逝，谷裡響起三聲悶哼，只見這三個人同時跌將出來，落至谷外三丈之外，正好倒在離沙子奇藏身不遠處。

這三個人身上俱中一掌，倒地暈死過去。

沙子奇目光輕瞥，突然瞥見從毛恨生手中滾落一個數寸長的小盒子。他好奇心大動，運功將盒子吸了過來，輕輕啟開，不禁神色大變。

他顫聲道：「寒玉金釵，寒玉金釵！」

那盒中盛有一枚約有六寸長的紫冷玉釵，但已跌得粉碎。

他茫然嘆了口氣，傷心地道：「完了，石砥中真是完了！我雕就的那枚金釵竟比這枚長出三寸，神武老祖必會發現！」

他拿著盒子輕輕一聲苦笑，向黑夜裡踉蹌行去。

× × ×

黑夜裡谷底陰沉，慘紅的燈影，拖成一條長長的影子。藏在大紅燈籠後的那個巨靈般的影子，像是踞伏在黑暗裡的巨獸，守護著無名谷，也注視著石砥中……。

石砥中手裡拿著那枚寒玉金釵輕躡在草地上，向深谷中行去。谷底像是閻羅殿一般，無數黑影從他眼前閃過，恍如鬼魅令人恐懼。

在大紅燈籠前，石砥中突然停下身來，朗聲道：「晚輩石砥中求見神武老祖！」

黑暗中傳來一聲冷笑，道：「寒玉金釵尋來了沒有？」

石砥中將寒玉金釵捧在手上，道：「在這裡！」

那冷冰的話聲又響道：「你是受誰的指點找到這個無名谷來？」

石砥中身在黑暗中，窮集目力也無法看到神武老祖藏身的地方，連對方的話聲都追尋不出來源，有時在東，又有時在西。

他心凜對方這飄忽的隱身手法，急忙道：「是沙老前輩指示在下來的！」

漆黑的谷底傳出哦的一聲，神武老祖道：「原來是那個畜生！」

石砥中一聽神武老祖罵沙子奇為畜生，不覺一怔。

他乃是大仁大義之人，別人對他的恩惠他從不會忘記，總要想辦法報答，他覺得沙子奇對他如子，並非是邪惡無仁之人，對於神武老祖那種不屑的口吻，不禁有些不悅。

他朗聲道：「沙老前輩一代仙人，老前輩這樣罵他，晚輩實在難以苟同，在下縱是不習達摩三劍，也不准前輩那樣侮辱他。」

神武老祖哈哈一笑，道：「你倒很有骨氣，居然這樣相信沙子奇。很好，你既然不要學達摩三劍，為何不趁早退出谷外！」

石砥中聞言一怔，倒是沒有料到神武老祖會說出這種話來。他性格倔強，明知道是千載難逢的無上機遇，但為了抗議神武老祖對沙子奇的不敬，悶聲不吭轉身行去。

「回來！」

隱身於黑暗中的神武老祖詭異地叫了一聲，哈哈笑道：「有志氣，有志氣！你居然能找到寒玉金釵，我自然不會違背以技換釵的諾言。你進來吧，現在你不學也不行了。」

石砥中愕然回過身來，只覺這神武老祖行徑怪異，時怒時喜，與平常人不一樣，冷冷地道：「前輩要收回剛才那句話，晚輩才能進去！」

神武老祖哈哈笑道：「好，看在寒玉金釵的份上，我只好答應你！」

深谷裡再也沒有話聲傳出，一切都像是回歸沉靜了，石砥中在大紅燈籠前默立片刻，方始大步向前行去。

穿過大紅燈籠後，他看見一個手持長劍的石人，這石人劍指無名谷外，巨靈般的身子在黑夜裡異乎尋常的高大。

石砥中抬頭向這石人一望，不覺神色大變，只覺這石人手伸長劍，正好指在自己的咽喉處。

他身形一移，定睛瞧去，那柄長劍依然隨身追來，始終不離他的要害，石砥中急揮一掌，勁道未能施展，對方長劍已伸至喉間不及三寸。

他駭得冷汗直流，自忖無法避過這幻化神妙的直刺一劍，黯然一聲長嘆，索性閉目等死。

在他耳際忽然飄起神武老祖的笑聲，道：「這是幻覺，你只要不去看它，就可以走過來了！」

石砥中心中一凜，想不到一個石像就有這樣大的幻術，他果然不敢再瞧那石人一眼，定神向前行去。

「哈哈！」谷底響起一連串的哈哈大笑聲。

石砥中輕輕向前躍去，只覺這條路茫茫無際，除了淒涼的夜風拂在身上外，黑黝黝的什麼東西也看不見，只有這陣笑聲尚在耳際盪漾……。

他深吸一口氣，道：「老前輩，你在哪裡？」

黑暗裡，只聽神武老祖笑道：「我在你身前，你都沒有看見！」

石砥中凜然退後一步，只見一個白髮垂肩、身穿灰色衣袍的老人，冷寒地坐在自己身前。在他那雙冷寒的目光裡，恍如有一股無形的大力，竟逼得他不敢仰頭正視。

神武老祖冷漠地道：「拿給我！」

石砥中雙手捧上寒玉金釵，顫聲道：「老前輩！」

神武老祖伸手接過寒玉金釵，突然哈哈大笑道：「寒玉金釵，寒玉金釵，你終於回到我手中！」

他激動地大笑許久，笑聲淒涼中含有無比興奮，雙手捧著寒玉金釵高高舉托在空中，嘴唇顫動，沒有人知道他在說些什麼。

神武老祖目光一凜，道：「你想學什麼？」

石砥中一怔，道：「達摩三劍。」

神武老祖凝重地道：「你不後悔？」

石砥由又是一怔，道：「我從沒有後悔過任何一件事情。」

神武老祖黯然道：「達摩三劍博奧深遠，我雖然依圖造就了三個姿勢，可是至今還沒有練成。若非我功力深厚，早就血管崩裂而死。你年紀太輕，何能抗拒那三劍的無形傷人？那劍姿不看則已，一看就會將整個人的心神吸引住……。」

語聲一頓，又道：「我每次看著這三劍，都幾乎要暈死過去，在傷心絕望之下，我發誓不再看這害人的劍式一眼。你想不顧生命去學習它，這種精神確實令人佩服，不過十有九死，我看你還是改學別的吧！」

石砥中堅決地道：「在下心堅如鐵，無人能改變我的意志。」

神武老祖長聲一嘆，道：「這只有看你的福分了！」

他突然揚起右掌，對身後拍出一掌。

「啪！」的一聲，只聞一陣機簧的喀喀聲，在黑暗中陡地閃過一道光影，只見一道石壁向後退去，露出一個深長的大洞。

神武老祖淡淡笑道：「我將達摩三劍藏在這半山之中，所為的就是永遠不再看這劍式一眼，你自己進去吧，一切都要看你的機運了！」

他長長嘆了口氣，道：「三天後，我將重新啟開這面石壁，你要自己設法出來，否則你將永遠出不來了！」

神武老祖乾咳一聲，又道：「我曾許過誓咒，要學達摩三劍之人，我僅給他三天時光，過了這個時間，就算學出來我也要將他毀去。這個機會太少了，因為當你學第一式的時候，你就會忍受不了血管脹裂的痛苦，吐血死亡，所以這個洞又叫不歸府，還沒有人活著出來過！」

石砥中他來時的那股狂熱這時已全部幻滅了，三天的時光實在太短，神武老祖花了二十年的時間都無法參透這三劍的神髓，自己如何能在三天之中學會？這個機會太小，小得連他都不知道該怎麼辦！是故他步履沉重，恍如正要赴一個死亡的約會。

他身影逐漸消逝，消逝在「不歸府」裡。

石壁緩緩閉合，一代高手石砥中就這樣被關進「不歸府」裡，他是否能活過三天，只有天知道了。

×　×　×

神武老祖望著石壁怔怔地出了一會神，谷外這時突然響起一陣話聲，神武老祖臉上布滿了一層殺氣，喃喃道：「誰要敢闖進來，我就殺死誰！」

他身形像個幽靈似的向谷外馳去，隨著他逝去的身影，谷外響起三聲悶哼，然後一切又歸於沉寂。

遠遠傳來神武老祖淒涼的大笑，傳遍整個無名谷。神武老祖去時如電，回來時像個殞落的巨石。

他激動地狂笑一會，道：「南海門，南海門，如果你們不是南海門的，我非取這個東西的命不可，哈哈哈……該死的東西！」

他盤膝坐在地上，將那枚寒玉金釵又拿出來，仔細瞧去，突然他的面色大變，將寒玉金釵一捏而碎。

神武老祖怒吼道：「好呀！那小子竟敢拿假的寒玉金釵騙我，非殺死他不可……我要在這裡等他三天。小子，你最好不要死，否則……。」

他憤怒地對空擊出一掌，谷中一陣顫動，回盪不絕的掌聲嗡嗡不散。這個老人像是發了瘋一樣，淒厲地笑著。

他呆望著地上被他捏碎的寒玉金釵，忽然大笑道：「寒玉金釵，寒玉金釵！都是你，你害死我了！」

第十四章　達摩三劍

穹空布滿了一層層紅紅的晚霞，殘碎的霞光遍灑而落，透地白雲照射在大地上，輕覆在林梢……。

清風徐徐吹來，拂在林間，便傳來陣陣簌簌顫動之聲。

神武老祖一個人孤零零地坐在地上，茫然抬頭望著空中將殘的晚霞，落寞地發出一聲長嘆，沉重地嘆息嬝嬝散開，飄出遙遠，傳遍整個無名谷。

他望著那捏碎的片片「寒玉金釵」，臉上浮現出一種淒涼之色。嘴唇輕輕顫動，喃喃道：「昔日情痴，今日空等，二十年煙雲如夢，現在皆已成空。我人雖未出家，心卻已經向佛，可是……唉！寒玉金釵之事未了，我如何能證道解體！」

他想起三天前石砥中以一枚假的寒玉金釵欺騙了他而走進藏笈之庫時，便有一股怒火蕩起。

他憤怒地揮出一掌，擊在一塊豎起的大石筍上，「喀喇」一聲，碎石濺射，粉屑飄揚，那渾厚的掌勁隆隆不絕，震得谷中顫晃動搖。

神武老祖恨恨地道：「這個小子想要學武功，竟會施出這種低賤的手段，但願他不要死去，我非殺了他不可！」

他像是非常失望，黯然搖了搖頭，道：「他不可能再出來了，達摩三劍殺人於無形，專毀習劍之人。達摩祖師當初在創劍之時，已遠知將來江湖敗類傾出，而故意創出三大神招，專殺妄想奪得天下第一之人。」

他抬頭看了看天色，暮色漸漸深濃，留戀於大地的最後一絲餘光，已自雲絮上消逝，白雲如絮悠悠地浮蕩在天空中，溫馨而靜謐的大地上像是個遲暮的老人，已臨近將殘的最後生命……。

神武老祖輕輕嘆了口氣，又道：「美好的一日又消逝了，人在世間所留下的，也僅是淡淡的一抹回憶，恰如美好的一日，僅有那雲朵依然飄浮在空中……三天的時間已過，我雖然可預見那年輕男子已死在洞裡，可是依照常理，我還是要將洞門啟開，期待他能活著走出來。」

他揮掌向身後的石壁上重重一擊，石壁裡傳來一陣隆隆的機簧之聲，石壁緩緩退去，露出洞口。

在那燈影搖曳的深長大洞裡，石砥中盤膝坐在地上，雙目低垂，什掌吐納。

在他那挺直的鼻子裡，從雙孔中緩緩流出兩股淡淡的白霧，那絲絲縷縷的白氣繚繞在他身前，臉上紅暈淡湧，一派老僧入定的樣子。

神武老祖一愕，忖道：「他竟會活著，難道他身具異稟，已將達摩三劍練成了！不會的，達摩三劍博大深異，練時耗費心神，容易使人生出幻覺，以致心神交瘁而死。」

他詫異地嘆口氣，沉聲道：「你該出來了！」

石砥中雙目緩緩啟開，兩道犀利的目光有如利刃射出來，緩緩溜過神武老祖的身上。他身形輕輕一飄，像棉絮似的躍了出來，身後的石壁隆隆而響，霎時又密合在一起……。

石砥中躬身一揖，道：「老前輩，多謝你指導我修習達摩三劍！」

「嘿！」神武老祖低喝一聲，滿頭白髮直豎而起，他雙目寒光如刃，狠狠瞪視石砥中，道：「你這個小騙子，竟敢拿假的寒玉金釵騙我？」

他的右掌疾快舒出，五指扣住石砥中的腕脈，運力一緊，石砥中只覺有一股大力湧進自己全身穴脈，他急忙運起全身勁力抵抗。

他急急地道：「老前輩，你先聽我解釋！」

神武老祖狠狠地道：「你還要解釋什麼？一個年輕人要學驚人武藝也不能用這種低劣的手段。你拿假造的金釵騙我，到底是為什麼？告訴我，這是誰給你出的主意？」

石砥中一愕，沒有料到沙子奇所交與自己的那枚寒玉金釵會是假的，他為人忠厚，一生之中最恨欺騙詭詐，何曾料到本身會做出這種為人不恥的惡行，更為自己受人愚弄而嘆息。

他怔怔地道：「老前輩，我不懂你的意思？」

神武老祖殺氣騰騰地道：「你當然不會懂，可是你看看地上就懂了。」他指著地上碎裂的那枚寒玉金釵，厲聲道：「我告訴你，這枚金釵是假的！」

石砥中腦中轟的一聲，全身泛起一陣輕微的顫抖，他不敢相信沙子奇竟然做出這種大違仁義的事情來，臉上立時由蒼白變得鐵青。

他冷靜地忖思道：「我石砥中是天地間一等的男子漢，豈能以這種卑劣的手段習得達摩三劍。南海門神武老祖一派之宗，當然不會故意拿話唬騙自己，此事原是自己不該，他要殺我，我只好索性閉目等死，不能一錯再錯，讓千古後人罵我不仁不義。」

他暗自嘆了口氣，道：「我倒沒有想到竟會是一枚假的……。」

神武老祖此刻已經動了殺機，他冷煞地望著石砥中，右掌緊緊抓住石砥中的腕脈，恨恨地道：「我一生之中所求的是光明磊落，不做任何有悖人情天理的事情，結果是孤獨地守在這裡虛度半生，這是為了什麼？所求只是保全名節不入俗流。而你年紀小小就施奸玩術，做出這種不仁不義的事情，我無法原諒你！」

他手指一緊，渾厚的力道直湧而出，沉聲道：「我現在只有先毀了你，使你一輩子都不能走出無名谷！」

石砥中淒涼地嘆道：「老前輩教訓得對，請你出手！」

他自知理屈，不禁萌起一死的念頭，是故全身勁道鬆懈，任對方那股洪流般的力道向脈穴之中撞來。

神武老祖一怔，不覺奇怪道：「你不怕死？」

石砥中正氣凜然道：「千古艱難唯一死……我死得其所，罪該如此，只要心境坦然，也就不怕死了！」

神武老祖嘿嘿笑道：「你倒像是個男人！」

石砥中一怔道：「男人怎麼樣？」

神武老祖冷冷地道：「男人中有輕賤尊貴之分，有一種乞憐畏死，像個畜牲似的被人驅使，有的則是正氣凜然，不畏任何艱難，坦然慷慨赴死……。」

石砥中冷淡地道：「我是屬於前者呢，還是屬於後者？」

神武老祖冷笑道：「這要看你怎樣表現了！」

他振臂一抖，將石砥中甩了出去，石砥中身形在空中一翻，飄然落地。

神武老祖冷冷地道：「我這樣殺你，你必然心中不服，現在要我與你相搏，你儘量出手，莫顧忌我。這是你唯一走出無名谷的機會，你若不盡力拚命，在這谷中你很難闖得出去！」

石砥中急急地道：「老前輩，晚輩自知罪該萬死，我並不想抵抗。」

神武老祖怒斥道：「混蛋！我學武至今，還沒有殺死過一個不還手的人，你莫不是知道我有這種習慣，而想破壞我一生的美譽……。」

石砥中搖頭嘆道：「在下絕沒有存這種心，老前輩如果認為在下心術不正的話，在下願自刎於劍下，以謝老前輩栽培之恩！」

神武老祖一怔，料不到石砥中會這樣慷慨陳辭，說出這樣的話來。他見石砥中誠懇，不似奸詐狡猾之徒，心裡不覺起了好感。

但是江湖上詭譎多變，愈是道貌岸然、一派正人君子模樣之人，心地愈惡毒。他惟恐石砥中在他面前故意造作，笑道：「你要自盡也好，我也免得動手！」

石砥中毫不猶疑拔出金鵬墨劍，一蓬閃顫的冷芒驟然耀起，劍刃泛起森森寒氣，他長嘆一聲，道：「在下死不足惜，可惜尚有許多恩怨未了！」

當他想起自己在江湖上結怨遍天下，曾以一劍掀起武林萬丈狂瀾之時，心底那股雄心豪情又復盪漾，他落寞的一聲大笑，長劍緩緩抬起，一種視死如歸的英雄本色在他臉上顯現無遺，那種豪情絕非普通人所能表現出來。

神武老祖看得心中一動，道：「慢著，我還有話要問你。」

石砥中一愣，道：「老前輩請說，晚輩已經是個要死之人，只要心中所知，定當相告，不敢有絲毫隱瞞。」

神武老祖哼了一聲，道：「達摩三劍是自古至今最神秘博奧的三招劍法，浩蕩江湖三千年，從無人能真正習得這種難練的劍法，我本身嘔盡心血都沒有小成，不知你是不是練成了？」

石砥中堅決地道：「晚輩不敢相瞞，晚輩確實練成達摩三劍了……。」

神武老祖心裡一陣激動，道：「我不信，我花二十年漫長歲月都參悟不通三劍之精奧，而你僅花了三天的時光，便能領悟三劍，這事說來很難令人相信！」

石砥中長長地吸了一口氣，道：「劍技一門首在運用技巧，晚輩僥倖運用得法，那三招總算記得大致不差。」

神武老祖搖搖頭道：「此劍法練時血管暴賁，會催動丹田之火而亂闖經脈，稍有不慎，便會走火入魔，或者吐血而死。」

石砥中據實以道：「晚輩來時，曾在寒玉潭裡洗浸二十餘日，體中骨髓已吸收寒冷地氣之洗泛，故氣血不波，經血流轉如昔，所以達摩三劍能夠練成。」

神武老祖哦了一聲道：「怪不得，怪不得！」

他目中寒光上湧，大聲道：「沙子奇果然是個鬼靈精，居然能想到寒骨拒火的道理。嘿嘿！老沙，你的心血雖然沒有白費，可是要想在他身上得到達摩三劍，也不是件簡單的事情！」

他身形飄落在石砥中的面前，道：「你先施出達摩三劍中的第一式給我看看！」

石砥中手中長劍輕輕一轉，在空中劃起一道大弧，劍尖朝下斜指地上，雙手握柄，劍刃寒光大顫，這正是達摩劍法中的起手式「達摩一式」。

他凝神吸氣，注視神武老祖，在他冷漠的臉上湧起一股冷煞的寒氣，像極一代宗師握劍在手。

神武老祖一見這神靈博奧的第一式劍法，心神劇烈地驚顫，雖然他曾發誓再也不看這劍法一眼，可是當眼前這個年輕人將達摩一式施出時，他還是無法克制心裡的震盪，而凝望著這空靈出神的第一招。

隨著眼光瞥處，他的神色逐漸凝重起來，整個心神都為這幻化神靈的一招所吸引。

「呃！」他的喉底發出一聲震顫之聲，身子突然一陣顫抖，不自覺的整個神智都迷醉於這空靈的劍招上。

他突然一聲大喝，道：「你到底是什麼人？」

他幾乎疑為這是幻覺，不相信世間真有人能練成這博大深奧的前古劍法，一掌當胸推出，化掌變指，對準石砥中抓去！

石砥中驟見神武老祖一掌抓來，手中長劍不由得一顫，發出一連串嗡嗡劍鳴之聲，雙臂向下一沉，長劍斜豎而起，寒霧激盪飄出，正好削向神武老祖的手指之處。

神武老祖這一招存心一試，見他反應如此之快，嚇得忙縮手而退，但對方長劍一發便洶湧如潮水一般，竟不克自制追躡而來，劍光驟起，直點神武老祖的胸前。

神武老祖身形急翻，在地上連滾三個筋斗，方始避過這威金裂石的第一招「達摩一式」。

石砥中一收劍式，歉然道：「老前輩請原諒，達摩三劍一發便不能自制，我沒有想到它真有這樣大的威力，請你不要見怪！」

神武老祖慘然笑道：「老夫雄峙南海達四十九年而未逢敵手，更沒有讓人一招逼退過，雖然這是達摩劍法本身的威力，可是若沒有相當渾厚的內力，這種劍法根本無法施展出來。由你運劍的態勢上，可看出你在劍技上造詣之深已在一流高手之上，如我料得不差，你在劍罡一門上也曾下過功夫！」

石砥中想不到神武老祖憑著自己施出的一招，便能將自己全部功力判斷出來。

在他一生之中，除了佩服父親和有數幾人外，就是最敬重神武老祖了。他深知神武老祖雄峙南海，威震中原，功力之高已達出神入化之地步，僅是那分觀察力就非常人所及，心中除了佩服之外，還有一種敬畏參雜其間。

他恭敬地道：「晚輩功力淺薄，還望前輩多多教誨！」

神武老祖冷冷地道：「你若想活著走出無名谷，就得和老夫交手相拚，我雖然極愛惜你這身功夫，可是……唉，你動手吧！」

石砥中惶恐地道：「晚輩不敢！」

「混蛋東西！」神武老祖冷煞地喝道：「你妄學達摩三劍，竟是個沒有勇氣的小子！」

他像是憤怒至極，揮起手掌向石砥中連拍三掌，這三掌力大如山，逼得石砥中閃躲躍起，連換三個式子方始避過。

×　×　×

「咻！」

空中突然響起一聲急勁箭嘯，神武老祖抬頭一看，只見一支藍色的火箭劃過空中，射在回側的石壁上。

他神色大變，喃喃道：「怎麼會是她！」

谷外突然響起一聲清脆的話聲：「南海門第十二代掌門韓三娘求見師兄！」清脆的話聲，嬝嬝飛散於空際，聲浪雖高，可是每一字都清晰地傳進谷底兩人的耳中，顯然來人功力甚高，是個不可忽視的勁敵。

神武老祖冷喝道：「我不要見你！」

「師兄！」話聲徐徐飄來，道：「你真不願見我這個小師妹嗎？」

自谷外傳來的話聲倏地冰冷，石砥中正在詫異之時，谷底已意外的出現大隊人馬，一個俏麗的中年婦人由數個錦衣漢子簇擁行來，霎時便到了他們面前。

神武老祖沉聲道：「韓三娘，你找我到底想幹什麼？」

韓三娘眉梢一豎，冷冷地道：「我現在是南海門第十二代掌門人，你身為南海弟子，怎可直呼韓三娘之名！師兄，南海一別至今已經二十九年，你難道不懷念師門，不想回歸南海嗎？」

神武老祖全身顫抖，激動地道：「南海已非我能安身埋骨的地方！韓掌門人，我武嗚已無回南海之意，請你領著門下弟子回去吧！」

韓三娘冷冷地道：「你是不是還忘不了冷若雪那個賤貨？」

神武老祖目中寒光如刃，道：「冷若雪在我心中神聖不可侵，我希望韓掌門人不要在我面前侮辱她，否則休怪我不念同門之誼！」

韓三娘冷煞地道：「同門之誼！哈！你倒是滿有情意的，冷若雪是什麼東西，值得你脫離師門，連掌門之尊都輕易拋掉！」

神武老祖冷冷地道：「這是個人之事，你無權過問！」

韓三娘神色大變，回頭看了身後三個漢子一眼，怨毒地道：「師兄不回南海也就罷了，為什麼要出手打傷派來的南海弟子，難道師兄當真絕情，要背叛師門嗎？」

神武老祖冷笑道：「無名谷已列為禁地，不論是誰，只要踏進一步，我便執法殺死闖谷之人。毛恨生等若不是報南海門之名，恐怕早就屍骨無存了！」

韓三娘冷冷地道：「這麼說，你還手下留情了呢！」

她的目光在石砥中身上輕輕一瞥，嘴角上忽然漾起笑意，道：「這是師兄的弟子嗎？好一個上等之材！」

神武老祖急忙搖頭道：「他不是我的弟子，你不要胡說！」

韓三娘神色一冷，臉色罩起一層寒霜，冷冷地一笑，身形輕移，向前走了兩步，叱道：「這就是師兄的不該了，我們南海收徒傳子，都得向南海門掌門人稟報，你不敢承認，莫非是怕我依照門規處置你！」

石砥中見韓三娘咄咄逼人，心裡頓時有一股怒火湧上心頭，他雖不知神武老祖和韓三娘之間的關係，但自雙方口中已可約略知道一點梗概。

他急忙上前，道：「韓掌門人，能容晚輩說幾句話嗎？」

韓三娘斜睨他一眼，道：「強將手下無弱兵，你師父在南海是第一奇人，那你必定也是一個不凡人物。你說吧，我聽著就是！」

石砥中見她一臉不屑的樣子，雖然心中怒火高熾，卻強自忍耐住了。

他冷漠地笑了笑，道：「在下在這裡不得不聲明，我並非神武老祖之徒，希望掌門人千萬不要將這混為一談，如果你要在下避開，我立時走出去！」

韓三娘冷笑連聲，連看都不看人一眼。

她身子輕輕一轉，朝神武老祖笑了一笑，不懷好意地道：「師兄真會拿小妹開玩笑，你的無名谷既然不准外人踏進一步，為什麼他就可以安然無事的進來，而南海的弟子就不可以進來？難道師兄所謂的外人，專指我南海門，這就教小妹不懂了，師兄此舉到底是什麼意思！」

神武老祖冷冷地道：「你請吧，我不需要向你解釋！」

韓三娘冷笑道：「師兄當真是絕情冷酷，連小妹都要趕出去了。唉！真是人心難測，小妹從南海遠來這裡，所為的是要請師兄重回南海門，哪知你會趕起我來了！」

她冷漠地嘆了口氣，突然冷酷地道：「東西拿給我，否則我不回去！」

「什麼？」神武老祖詫異地道：「你要什麼？」

韓三娘冷冷地道：「達摩三劍的劍譜，及你身邊的那顆辟水珠……。」

神武老祖搖搖頭，道：「不行，達摩三劍是我和冷若雪同時發現的，我們約定十年一會，將達摩三劍的劍譜輪流保管，現在十年之期馬上屆滿，我無法交給你。」

韓三娘哦了一聲，道：「原來她還不忘舊情和你往來，你們倒是一往情深啊！好，撇開達摩三劍之事不談，辟水珠總該沒問題吧！」

神武老祖堅決地道：「這個我更不能給你，而你得到它也沒用處。」

韓三娘恨恨地道：「師兄，你的心好毒啊！當年你離開南海之時，故意將南海掌門之劍沉於南海之底，差點使我不能成為南海掌門……現在我們把話講明了，辟水珠如果不交給我，本掌門將以南海門門規處置你。」

神武老祖冷冷地道：「離火劍你一日不得，你永遠不能約束我！」

韓三娘氣得幾乎要跳起來，她怨毒地笑道：「這樣說來，我們師兄妹要手動了！」

神武老祖渾身一顫，連著倒退三步。他並非不敢和韓三娘動手，而是因為韓三娘現在已是掌門之職，雙方只要一動手，自己便是叛師滅祖之罪。

他搖頭苦笑道：「韓師妹要動手請便，我不還手就是。」

說完便盤膝坐在地上，雙目緩緩垂下，再也不瞧韓三娘一眼。顯而易見，此老已打定主意不回去了。

韓三娘獰獰地一笑，道：「武鳴，你一日不死，我心中的怨恨一日不會消除，你不要以為賴在地上不動，我就不便殺你，現在的韓三娘不是以前的韓三娘，處處對你忍讓，而且從不違拂你的意思，現在可不同了，你即使不動手我也不饒你。」

她臉上罩滿了殺機，揚起右掌，在掌心之中吐出一道冷煞無比的強光，對著神武老祖的身上拍去。

「砰！」空中響起砰的一聲大響，神武老祖的背上結實地挨了一掌。只見他身上衣衫條條碎裂，身子不停地晃顫，一個黑紅色的手印清晰地印在背上，五指印痕深入肉中。

神武老祖雙目陡地一睜，搖搖頭，道：「師妹，你變了！」

韓三娘哈哈大笑，道：「你現在才知道我變了，自從你離開南海門時，我整個人都變了，變得冷酷無情，稍不如意就會發怒，現在想起來，那時也太傻了！」

兩人談笑自如，哪像是正在對敵，韓三娘哈哈大笑，手掌又復抬起，在空中一晃，揮了出去。

神武老祖神色慘然一笑，這一掌竟是不敢再接，身形原式不變向左側一飄，擦過掌緣而去。

韓三娘冷哼道：「你能跑到哪裡？」

她身形向前一欺，手掌在空中斜斜一翻，化劈為拍，竟擊向神武老祖的胸前大穴。任誰也沒想到韓三娘心腸如此惡毒，居然出手要置神武老祖於死地。

石砥中再也忍耐不住了，他只覺有一股怒火在心底激盪，身形如電射去，長劍斜揮而出，道：「韓掌門人，你也太過分了！」

韓三娘那一掌尚未落下，背後撲來一道冷颯的劍氣。她心中一寒，顧不得再掌傷神武老祖，一躍回身，靈巧的拔起身子，在石砥中劍上輕輕一點，飄出五尺之外。

她寒著臉，道：「你敢管我們南海門的事情？」

石砥中冷笑道：「路不平，眾人踩。你身為一派之尊，竟去追殺一個孤獨無依的老人，這在江湖道義上實在說不過去！」

韓三娘冷冷笑道：「你倒會憐憫別人，怎麼不憐憫自己，現在你馬上就可嚐到管閒事的滋味，你是否能受得了！」

她的目光在那些南海門弟子身上輕輕一瞥，道：「趙霆，在三十招內，拿著他的頭顱見我！」

「是！」

一個身穿黃錦袍的漢子大步走出來，從肩上緩緩掣出一柄寒芒灼射的長劍，逼向石砥中……。

第十五章　南海奇書

趙霆斜舒長劍，滿面陰狠之色，挺劍直出，一步一步逼向石砥中身前。

直到雙方距離只剩八步之遠，他才煞住身子，冷冷地道：「閣下先通報名字來聽聽，我從不殺無名之輩！」

石砥中哈哈一笑，道：「閣下可能要失望了，在下正是一個無名之輩，區區姓石，閣下只要記清楚我姓石就行了！」

趙霆雙眉一皺，道：「中原道上只有一個石砥中姓石，傳聞他曾大鬧海心山，力斃四大神通，我雖沒有見過，倒是耳聞已久。」

石砥中朗朗笑道：「不敢，在下正是石砥中！」

趙霆全身一顫，沒有料及對方便是中原第一高手石砥中。

他心中大懍，向後退了一步，回頭道：「掌門人請將招數限制放寬，免得弟子等會折了南海門的名聲！」

韓三娘冷漠地道：「不行，我說出的話永不更改！」

神武老祖這時也緊張地望向場中，他搖頭嘆道：「年輕人，你何苦涉身南海門的事情！現在老夫對寒玉金釵的事情已不再追究，趕快離開無名谷。」

石砥中堅決地道：「武老前輩放心，我會將這裡的事解決！」

韓三娘這時眸光一寒，道：「趙霆，你還讓那老東西和這小子囉嗦什麼？還不快拿下他的頭來見我！」

趙霆不敢違令，急忙挺劍直進。這人心細如髮，心中不敢存絲毫大意。

他凝神斜馭長劍，自偏而入，一劍向石砥中的肘間切去！

石砥中冷笑一聲，身影晃動，金鵬墨劍連顫兩個劍花，輕輕將趙霆劈來的一劍化開。

趙霆手臂一震，長劍幾乎脫手飛去，他吃驚地退後兩步，雙目緊緊盯住對方，再也不敢輕易出手，這才知道對方功力比自己要高出許多。

不過這只是他心裡明白，旁邊的都不曉得僅那一招已經有勝負之分，見趙霆揚劍不動，俱愣在一旁。

趙霆忽然一垂長劍，道：「在下不敵，多謝你手下留情！」

韓三娘一怔，厲喝道：「混蛋，一招才過，怎知就敗了？」

趙霆黯然道：「掌門人，你再看看他手中的長劍！」

韓三娘這才注意到石砥中手中的金鵬墨劍，她神色微變，暗中詫異得心神直顫。

她冷漠地道：「大鵬護柄，墨玉鑲邊，這是我們南海奇書裡所記載的那柄鋒利神劍……嗯！難道他就是大漠金城之主！」

她目中閃爍出一股異光，道：「石砥中，你這劍可是得自大漠？」

石砥中冷冷地道：「你還是派人動手吧！如果你怕我神劍鋒利，不妨你親自動手，免得等會兒傷亡太重。」

韓三娘冷笑道：「像你這個後生小子也配和我動手，你既然敢管我們師門間的閒事，從今以後便是南海門的仇人。」

她向身後的一個漢子施了一個眼色，那個漢子手持大彎刀躍了過來，大彎刀在空中一揚，帶起一股冷芒。

這漢子大聲道：「孫星倒不信你那把爛劍有多厲害！」

韓三娘統馭的南海門，門下各色人物都有。她深知金鵬墨劍鋒利無比，非普通兵刃所能抵禦。

孫星在南海門中素以臂刀渾厚著稱，手中大彎刀沉重如棍，少說也有百餘斤，以這種重兵器對付輕兵器，正好得以克制住對方神劍。

石砥中冷漠地道：「你上來試試就知道了！」

在他臉上陡地罩上一層煞氣，他斜馭神劍，心中極快地忖思如何將南海門逐出無名谷外。韓三娘若不離去，神武老祖性命就要不保。心念電轉，一股濃濃的煞氣自眉梢上顯露出來，嘴角極快地漾起一絲冷酷的笑意。

孫星將大彎刀一舉，怒喝道：「王八羔子，你竟敢小視我南海門孫星！」

「呼！」他一刀迎空劈來，看他身材魁梧，行動有些不靈活，動起手來可真不含糊，大刀在手有如銀虹，出手之處，全是致命要害。

由於南海門武功自成一派，招式狠辣，詭異難測，石砥中一時捉摸不透對方刀法的來路，所以連避三招，方始回招。

他這時殺機已動，劍刃一翻之間，自揮霍刀影中一劍切入，直削對方小腹，快得使人眼前一花。

「呃！」孫星痛苦地慘嚎一聲，大彎刀鏘然跌落地上。

他雙目睜得有如銅鈴般大，盡是死亡恐懼之色，先是凝立不動，然後抱著下腹緩緩倒地，一股鮮血自腹中湧出，連腸子都流了出來，死狀悽慘。

石砥中一劍殺死了孫星，不但南海門的弟子都變了臉色，連神武老祖都神色不豫，他暗暗嘆了口氣，道：「這下你真惹禍了！」

韓三娘目眥欲裂，沉聲道：「好呀，你敢殺我們的人！」

她像是已經瘋了一樣，向前奔出兩步，回頭又撲到神武老祖的身前，厲喝道：「武鳴，你竟敢叫他殺死我們南海門的弟子，現在我要傳南海門的『伏誅令』，命所有南海門的弟子將他殺死以報血仇，倘若你還要袒護他，不妨先和我較量！」

她恍如受到極大的刺激一樣，眸中竟隱隱泛現淚影，伸手自懷中拿出一支令箭，高高舉在頭頂上。

所有南海門弟子一見「伏誅令」，包括神武老祖在內，俱伏在地上，敬聆掌門人韓三娘的號令。

韓三娘冷漠地恨聲道：「南海門第十二代掌門人韓三娘現在親傳『伏誅令』，要你們傾出全力，將我們仇人石砥中殺死！」

「得令！」

所有的南海門弟子同時自地上躍了起來，各自掣出身上兵刃，朝石砥中逼了過去。

× × ×

這次南海門遠來無名谷，隨來的弟子共有十二名之多，俱是南海門一時上上之選，孫星一死，他們心中大痛，紛紛含憤出手。

石砥中目睹這麼多高手向自己奔來，絲毫不懼，神劍斜舒，有一股凜然不可侵犯的威嚴，他沉聲喝道：「哪個不怕死的儘管上來！」

自左右兩方同時飄起三道人影，嘿嘿連聲冷笑，這三個人嘴裡發出冷笑，三件兵刃同時擊了出去。

石砥中雙目圓睜，腦海中疾快忖思道：「這些南海門高手都受韓三娘的領導，攻敵時不死不休，我若要徹底解決此事，只有施出達摩三劍！」

他深知韓三娘心腸至毒，這個怨仇已因孫星之死而不可解。況且神武老祖雖非授藝之師，但也算間接傳授達摩三劍，他雖對自己不甚諒解，自己但求心中無過，盡力為他排解恩怨，而將此事全擱在自己身上。

迎面金風拂體，冷寒的劍氣自三個不同方位撲來。石砥中為求一擊成功，雙手緊握劍柄，大喝一聲，達摩一式已經施出。

只見光華暴閃，空中一片劍影，那三個南海門高手才闖進劍幕之中，連吭都沒有吭出一聲，便身首異處，血濺五步而死。

石砥中揮劍在一招之下殺死南海門三大高手，非但是韓三娘一呆，連他自己本身都有些意外。

達摩三劍雖說是天地間最厲害的劍技，可是石砥中怎麼也不會相信，這種劍法一發便要傷人，若非自己親見，他尚以為自己身在夢境之中，如何也不信這三個南海門高手會在一招之下身首異處，連招架之力都沒有。

他暗暗嘆了口氣，腦海中疾快忖道：「我早知道這種劍法如此威烈，怎麼也不會學習這種霸道的劍法。我結仇遍天下，如果每次對敵都有如此結果，那死在我手中的人豈不是將不可勝數……。」

他生平嫉惡如仇，但並非是好殺之輩，一見達摩三劍如此霸道，不禁後悔自己走進無名谷，修習這種舉世無儔的狠辣劍法。

韓三娘面如死灰，顫聲道：「達摩三劍，達摩三劍……。」

南海門的弟子俱被石砥中這幻化的一招所駭懾，畏懼地望著這個冷酷的年輕高手。一聽韓三娘呼出「達摩三劍」數字後，更都駭得全身驚顫，各自退了開來。

韓三娘回頭狠狠地瞪了神武老祖一眼，道：「武鳴，你竟將達摩三劍傳給他了。好呀！你私藏達摩三劍不交給南海門，原來是故意和我過不去。」

神武老祖搖搖頭，長嘆了一口氣，道：「一切皆由天定，這孩子福緣特厚，僅僅花了三天的時光依圖默練，竟有小成，老夫並沒有親傳他武功。」

韓三娘清叱道：「你胡說！天下哪有僅花三天時光，就能練成三大絕招的道理，顯然你是故意拿話繞開……。」

神武老祖痛苦地道：「師妹難道不相信，老夫所說句句是實……。」

韓三娘冷冷地道：「當然不信，現在我們南海門已連死四個弟子，我要你武鳴以一人之力，將石砥中殺死，替我南海門洗雪前恥！」

神武老祖笑道：「你怎麼不出手？」

韓三娘冷哼一聲，道：「你是掌門人，還是我是掌門人？現在我已三傳『伏誅令』，聽不聽全在你了，只怕欺師滅祖之罪你可承受不起！」

神武老祖憤怒地低吼了一聲，全身的衣袍隆隆鼓起，滿頭髮絲隨風飄散。他嘿地怒喝一聲，道：「韓師妹，老夫算服了你！」

韓三娘嘴角一掀，冷笑道：「諒你不敢不服！」

神武老祖恍如沒有聽見一樣，大步向前走來。

韓三娘只是冷笑，望著他的背影啐了一口唾沫。

神武老祖寒著臉朝石砥中行去，悶聲不吭一掌擊出。

石砥中急道：「老前輩！」

神武老祖沉聲道：「不要多說，儘量出手就是……。」

他連續劈出數掌，掌勁如刃，勁氣旋激，石砥中身形連避幾次，方自猛威的掌勁中衝了出來。

「嘿！」神武老祖並沒有因為石砥中不回手而停止，低喝一聲，左足倏地飛起，踢向石砥中的「腹結穴」，右拳一鉤，直貫石砥中的太陽穴上。

這一招是南海神拳中的一招傷敵絕招，攻時猛烈，往往使人不易閃避。

石砥中逼不得已，長劍急快地當空一顫，輕輕點向神武老祖的腕脈之處。而足下移動，靈巧詭異地避過這飛來的一足，雙方動作都疾如電光石火，身形稍沾即退，而又復撲在一起，直把南海門弟子看得愣住。

韓三娘手舉「伏誅令」，見兩人功力之高，都遠在自己之上，心中毒念叢生。

她雙眉緊鎖，鼻子裡輕輕傳出一聲冷哼，腦海中不由忖道：「我要借這個機會將這兩個傢伙俱毀在這裡，石砥中在中原被譽為年輕輩第一把高手，南海門要想進軍中原，首先要將他除去……武鳴一日不除，我這個掌門之職一日不能穩固……哼！看你們今天哪個能活著出去！」

她腦海中惡念紛沓，一時數條毒計湧上心頭。

忖念未逝，韓三娘正在怔怔出神之時，手中的「伏誅令」突然讓背後一個手掌搶了過去。

她心中大駭，喝道：「哪一個？」

一個大旋身，單掌護住胸前，回頭望去，只見一個白衣素服的明麗婦人，手拿「伏誅令」，正不屑地向自己冷笑。

韓三娘心神劇顫，變色道：「冷若雪！是你！」

冷若雪冷冷地一笑，道：「不錯，你還沒忘了我！韓三娘，你來這裡做什麼，難道二十年情海掀波，你還沒忘了那段情？」

韓三娘恨恨地道：「忘不了！尤其是你，我更忘不了。若不是你，怎會使我情海生波，虛度年華，時至現在還是小姑獨處！」

冷若雪冷笑道：「受害的並非只你一人，我活得並不比你好多少。為了南海門，我和武鳴只能十年相會一次。」

韓三娘目中閃出一絲怨毒之色，道：「你們還有相會之日，而我……。」

冷若雪臉色一動，道：「這只怪你私慾太強，處處想表現在萬人之上，而忘記了自己是個女人。武鳴待你太寬大了，連掌門之位都讓給你，所為的正是要滿足你稱霸南海的慾望，現在這些你都得到了……。」

韓三娘冷笑道：「我雖然得到了權勢，可是卻失去了愛！」

冷若雪冷冷地道：「利慾衝昏了頭，使你忘了身為女人，而因此失去了一切，你只能做男人的情婦，而不能成為賢慧的妻子……在先天的條件上你比我強，但在待人處事方面卻比我差，所以說你永遠得不到男人的真情，除非是你改變自己……。」

這些話句句敲進韓三娘的心坎裡，她只覺心底的怒火就像燃燒的烈焰一樣，氣得她失去了冷靜，幾乎馬上就要發作起來。

她猙獰地一笑，道：「女人，女人，你只是個卑微的女人，只會用你的美麗去博取男人的歡心，甘願成為男人的玩物，一個沒有生命的附屬品……女人應該是這個世界的主宰者，我要將女人的潛力表現給男人看，冷若雪，你太沒骨氣了！」

冷若雪不屑地道：「這你又錯了，女人貴在賢淑，男人強在骨氣，情之所至，金石為開，百鍊精鋼也會化作繞指柔。這些女人先天的本能你不用，而只想在男人面前表現自己偉大。男人不願有個強過自己的妻子，在妻子面前永遠抬不起頭來，而女人也不會視你為英雄，所以我說你是個潑婦，也是一個不智的女人。」

她始終話聲平緩，柔和中帶有磁性的魅力，韓三娘雖然恨她入骨，也不禁為她那種風度所折。

韓三娘恨恨地道：「冷若雪，粉紅帳裡三千絲，現在這些都已經扣不住我。我要將你們俱毀在這裡，讓你們看看愛情偉大，還是手段厲害！」

冷若雪神色一變，清叱道：「你辦不到，無名谷不是南海，這裡機關埋伏，是我和武鳴平生心血所聚，要將侵犯無名谷的人毀滅是很容易的事情。不過你大可放心，奇門遁甲異術埋伏是對付外人，絕不會對付南海門的弟子。」

韓三娘冷哼了一聲，道：「諒你也不敢！冷若雪，你也將我估計錯了，我若沒有充分的力量，也不會敢來這裡。首先你可瞧我搜羅來的兩個絕代奇材，這兩個人對你們可是大大不利！」

她輕輕一聲長嘯，谷外突然躍出兩條人影，像兩個幽靈似的一閃而至。

冷若雪抬頭一望，只見兩個青年面貌長得一模一樣，同樣身穿紅色大袍，身背長劍，威風凜凜。

冷若雪驚道：「這是文氏兄弟，隱居南海萬惡之尊的寶貝兒子！三娘，我真沒有想到你會和這些人在一起！」

韓三娘哈哈笑道：「不錯，文子才和文子戈身兼其父之長，用他們來對付你們卻是正好的人選，他倆的怪異功夫你是知道的！」

冷若雪神色凝重斜睨了激鬥中的兩人一眼，道：「我不能再保持沉默了，這樣下去，無名谷當真要毀在這兩個惡徒手上。」

她急急喝道：「住手，鳴哥，文氏兄弟來了！」

神武老祖全身一顫，劈出兩掌後暴身而退。

他回頭瞧了冷若雪一眼，激動地道：「雪妹，你是什麼時候來的？」

冷若雪苦笑道：「鳴哥，眼下不是談我們之間事情的時候，三娘已將萬惡之尊的兩個兒子引來這裡，你我可能都逃不過劫數。」

韓三娘見兩人親暱的互相稱呼，心中不覺泛起怒火。

她冷哼一聲，回頭對文氏兄弟道：「兩位可以動手了！」

文子戈搖搖頭道：「我們的條件還沒談好，你若答應將南海奇書獻給我爹爹，我兄弟才會幫你將這兩人制伏。」

韓三娘顫聲道：「條件太苛刻了，你們能不能改換別的……。」

文子才道：「不能！世上還沒有別的東西讓萬惡之尊瞧在眼裡，除了南海奇書，我們什麼都不要。這是很公平的交易，你出奇書，我們賣力，否則一切免談。」

這兩人當真是高傲得令人生氣，他們說完話之後，雙手背負身後，俱抬頭仰望天空。那種悠閒的樣子，恍如世間沒有任何人值得放在他們的眼裡。

神武老祖心中一急，道：「師妹，你千萬不能將南海奇書送給萬惡之尊！」

韓三娘冷酷地道：「為了對付你們，我將不惜任何手段，我願意以更大的代價看著你們兩人死在我面前。」

她朝文氏兄弟頷首道：「我答應你們，但必須要殺死他們……。」

文子戈嘿嘿笑道：「放心，放心！一分價錢一分貨，重賞之下必有勇夫，我們只要價錢公道，一切包你滿意！」

冷若雪神色慘然，道：「鳴哥，看來我們當真是要死在一起了！」

神武老祖黯然一嘆，道：「生死由命，富貴在天，這是沒有辦法的事！」

文子戈身形一動，和文子才雙雙向前撲去。

兩人身法怪異，只見紅影一閃，一蓬紅霧自兩人掌心之中瀰漫而起，對著冷若雪和神武老祖身上擊去。

冷若雪和神武老祖恍如非常畏懼這布起的紅霧，兩人神色大變，儘量回避和對方手中的紅霧接觸。

文氏兄弟似乎抓住神武老祖和冷若雪的弱點，在招式上儘量找空隙，數招之後，神武老祖額上泛汗，喘聲呼呼，出手雖然凌厲，卻不敢攻近敵身，每每在即可傷敵的情形下撤招自退。

突然，冷若雪發出一聲尖銳的長叫，身子在空中一頓，墜落地上。

她臉色鐵青，目中盡是恐怖之色，顫道：「鳴哥，我不行了！」

神武老祖憤怒地擊出兩掌，逼退文子戈。焦急地問道：「雪妹，你吸進那『殘形毀元霧』了？」

冷若雪顫聲道：「我只吸進了一點！」

她全身顫抖，嘴唇漸漸青紫，在地上一個大翻身，滾出數步之遠，一股鮮血自嘴角溢出，便寂然不動了。

神武老祖像瘋了一樣，拚命衝到她的身前，滿頭白髮根根豎起，他憤怒地低吼一聲，跪在冷若雪的身前，顫聲道：「雪妹，你等我一步……。」

冷若雪的身子在這一瞬間，突然起了一陣變化，只見她全身上下一陣抽搐，化作一股黃水流在地上，露出白森森的一堆枯骨。

惡臭的腐味隨風飄傳開來，韓三娘和那些南海門弟子急忙退出數丈之外。

石砥中看得心中大駭，想不到文氏兄弟掌心含的紅霧這等劇毒，他向前踏出兩步，急道：「武老前輩！」

神武老祖目中淚水泉湧，道：「年輕人，老夫在此不得不請你施出『達摩三劍』了！你要以最快的速度將萬惡之尊的兩個惡子殺死，然後絲毫不停留的奔出谷外，否則你的遭遇將和我們一樣……。」

石砥中一愣，道：「為什麼？」

神武老祖急急地道：「那紅霧……。」

他像是得到大病似的，嘴唇顫動，才說出三個字便倏地住口，身軀一陣劇烈地顫動，恐懼之色在他臉上顯現出來，駭懼地望著石砥中。

「砰！」

石砥中這時整個心神都為神武老祖那種悽慘的景象所吸引，不知文子才驟然發動。他只覺背上一震，心臟被那沉重的掌勁幾乎震離了位置，哇地吐出一口鮮血，身子陡地轉了過來。

在他眼中閃出一絲怨毒之色，文氏兄弟看得心中大驚，被對方那憤怒的眼神所駭退，心神俱是一顫。

石砥中恨恨地道：「你們兩人的心腸好毒！」

文子戈嘿嘿一笑，道：「我爹被譽為萬惡之尊，行事自然不能以常理而論，我們家訓中，每人都必須要惡事做盡，否則怎能算得上是萬惡之尊呢！」

石砥中怔了一怔，還是初次聽到這種怪論。

他氣得仰天一聲大笑，金鵬墨劍輕輕一顫，怒喝道：「好個萬惡之尊，我非將你們這群惡子惡孫誅於神劍之下不可！」

他冷哼一聲，嘴角上漾起一絲冷酷的笑意，眉梢的殺意愈來愈濃，大喝一聲，長劍斜劈而出。

文子才只覺眼前銀虹暴閃，冷森的劍氣泛體生寒。

他心中大駭，身形一移，揮掌劈出，顫道：「二弟！這是什麼劍法？」

「呃！」金光閃起，文子戈發出一聲慘呃，一蓬鮮血噴灑而出，一顆血淋淋的頭顱滾出七步之遠。

文子才駭顫道：「你敢殺我二弟，萬惡之尊必不會放過你！」

石砥中斜馭長劍，冷煞地一笑，道：「你等著看吧！」

他恨透這兩個無惡不作的文氏兄弟，長劍在空中一顫，一縷寒光洶湧而出，這是達摩三劍中的第二式，文子才連吭都沒吭出一聲，倒地劈成兩半。

石砥中連劈兩人之後，心中那股沉悶的鬱氣不由一暢，他正待深吸一口氣，突然記起神武老祖臨終之言，身形在空中一拔，飄出數丈之遠，回頭一瞧，神武老祖這時全身早已化為一灘黃水，和冷若雪的屍骨並排躺在一起。

他暗自嘆了口氣，道：「南海門一代宗主便這樣死去，生命對他太殘酷了！」

隨著話聲，他踉蹌向谷外行去。

第十六章 神手鬼醫

清晨，微曦初起，蔚藍的穹空裡閃現絲絲金影。渾圓的露珠浮在草葉上，迎著初升的朝陽泛現出晶瑩的珠光……。

霧漸漸淡去，大地寂靜，天際無聲。

自那逐漸淡逝的雲霧裡，一個人踉蹌走了出來，他身形搖晃，步履沉重，望著浮在雲天的一絲金陽，發出落寞的長嘆，嘴唇翕動無語。

他忖道：「生命如朝露，僅是那麼短暫的一刻，誰又想到我石砥中才學得達摩三劍，頃刻間就要毒發身死……在這美好的一日裡，多少的生命才要開始，而又有多少生命即將在這世間消逝……。」

敢情他在無名谷裡，身上所中的那一下重擊含有劇毒。他只覺神思恍惚，身上連僅有一絲力氣都蕩然無存。

他深知萬惡之尊手下都是邪惡至毒的高手，自覺求生無望，生命的結束僅是遲早的問題……。

石砥中在谷口凝立了一會，忖道：「沙老前輩說要在這裡等我，不知他來了沒有，如果他知道我傷重即將死去，一定很傷心浪費了造就我的一番苦心……。」

他落寞地深深吸了口氣，身形一晃，一種錐心挫骨的痛苦在他臉上顯露出來。

他低呃了一聲，道：「我背上的掌傷怎發作得這樣快，僅這一會兒左臂便無法抬起來，唉！好厲害的毒掌！」

他艱難地移動著身軀，向前走了幾步，痛苦地蹲了下去。在他那紫青的玉面上，泛起一股黑氣，直通眉心之處。

石砥中只覺眼前一陣模糊，幾乎痛暈過去。

陡地一聲大吼自他耳際響起，使石砥中那迷亂的神智一清，怔怔地睜開雙目，朝左側望去，只見一隻白色的大雪猿正和一個紮著兩條小辮子的青衣姑娘撲鬥。

這全身雪白的大猿像是想要撲到他這邊來，猙獰的張開大嘴，揚起雙爪攻擊這個少女。

那個青衣少女功力甚高，出手全是大雪猿的致命之處，而這大雪猿也身法靈巧，牠倒也不畏懼這少女的攻擊。

青衣少女輕叱道：「這個人是我發現的，你可不能跟我搶！」

大雪猿在地上只是一陣亂跳，指手劃腳地比劃一陣，意思是這個人必須要讓給牠，否則牠就要拚命。

青衣少女冷哼一聲，道：「不行，你那死鬼主人自己不敢來，偏偏叫你來受罪！你回去告訴他，就說我將他帶回去了，有本事，叫他到我家來要人好了。」

大雪猿似是逼急了，掄起爪子向這青衣少女的胸前抓去。

青衣少女玉腕一轉，一柄短短的匕首輕輕掣了出來，以一種極快的手法向大雪猿的手爪上削去，嚇得那大雪猿急忙縮手而退，連著怒吼幾聲。

牠似是知道對方不好惹，怪叫一聲，又比劃了一陣。那種樣子極為滑稽，看得石砥中都不由暗暗好笑起來。

青衣少女依然不允，怒叱道：「滾開！這個人已經快死了，你再胡纏，小心我敲碎你的腦袋，假如你的主人真要比劃，也要等我爹將他救活之後再說！」

大雪猿恍如聽得懂一樣，在地上跳了兩跳，怨毒地瞪了石砥中一眼。吱吱兩聲怪叫，疾快地奔躍而去。

青衣少女回頭向石砥中一笑，道：「好了，你已經沒有生命危險了！」

石砥中一愣，道：「姑娘是為我和那隻白猿相鬥？」

青衣少女雙目一瞪，說道：「當然囉！若不是因為你，我也不會來了。剛才的情形你都看到了，大白猿是黎山醫隱的守門靈獸，那個人孤僻自傲，尋常的病人從不給人看一看，雖然有絕世的醫道學問，卻從沒有真正救過一個活人，不知他怎麼曉得你中了『殘形毀元』毒霧，竟動了惻隱之心，哼！」

她冷笑道：「這個人心腸極黑，絕不輕易救人，我想他可能看上你這身根骨，想將你造成一個萬毒之人。」

石砥中怔怔地道：「萬毒之人？」

青衣少女嗯了一聲，道：「不錯，他是想將你改變成一個身含百毒的怪物，然後再利用你替他做事。凡是他造就出來的毒人，每七日必須換血一次，使身體中的劇毒得以清血，否則便會萬毒攻心而死。你在那種情形下，只有受他的指揮，而心甘情願地替他做事，因為你那時將沒有一個朋友，連親人都離你而去！」

石砥中茫然嘆了口氣，道：「這是為了什麼？」

青衣少女輕輕一笑，道：「所謂萬毒之人，全身沒有一個地方不含劇毒，誰和你在一起，隨時都可能會中毒而死，試想誰願意和一個這樣危險的人生活在一起。」

石砥中哦了一聲，道：「做了萬毒之人，豈不也要孤獨地死去了！」

青衣少女想了一想，道：「那也不盡然，有時也有快樂，那就是在你吸收一種新的毒素之時，遍體血脈流暢，會有一種快感，就像夫妻間行那種事……。」

當她娓娓說至此處，也不禁臉上羞紅，急忙低下頭去。

她輕輕一拂肩上的小辮子，道：「我們快走吧，時候也不早了，再晚連我爹都救不了你！」

她伸臂扶起石砥中就要走。

石砥中急急地道：「姑娘放下我，我自己會走！」

青衣少女淡淡地一笑，道：「別再逞強了！中了『殘形毀元』毒霧的人，沒有一個能逃過死亡的魔手。世上能解這種毒的人不多，據我所知，恐怕只有三個人。」

語聲一頓，又道：「你如果不是練過毒魔神功，恐怕早就死了，黎山醫隱所以會看上你，也是因為這一點。」

「三個人？」石砥中問道：「哪三個人？」

青衣少女正容道：「一個是萬惡之尊文君玉，一個是黎山醫隱，再就是我爹了，前兩個都是見死不救之徒，惟有我爹……。」

石砥中雖在傷重之下，也不覺興起無邊的好奇，他試探道：「不知令尊怎麼稱呼？」

青衣少女得意地道：「我爹自稱是寒山大夫，不過人家都稱他作神手鬼醫。他要救人都是自己選好對象，非是真正疑難雜症他從不下手，因此在我家看病的人，大多是醫典上找不出來的怪病，否則也不敢向我爹開口！」

她身形如飛，扶著石砥中奔馳如電。

石砥中經過這一陣顛簸，頭腦漸漸模糊起來，呻吟一聲，便暈了過去。

× × ×

等他再次清醒的時候，太陽已經西沉，落日餘暉自窗櫺射入，他這時才發現自己睡在閣樓裡面。

清靜的閣樓，除了兩幅畫像，還有一副對聯。他茫然掃視屋中一眼，黯然嘆了口氣。

突然，他發現有一雙美麗的眼睛正注視著自己，那是青衣少女的一雙大眼睛。

青衣少女怔怔望著這個男子出神，心中不知在想些什麼？見石砥中身子一動，她柔聲問道：「你醒了！」

石砥中掙扎著要坐起來，青衣少女的一隻手掌已經輕輕按在他的肩上，非常體貼地笑道：「不要動，一切有我！」

石砥中暗自嘆口氣，道：「多謝姑娘救我，不然我此刻已經做泉下之鬼了！」

青衣少女淡淡地道：「你身上的毒還沒有祛除，這要等你醒後才能決定是否要動手術。你已服下我爹的解毒護心丹，暫時還不會發作，你不妨趁這個時間多養神，待會兒動手術要……。」

石砥中驚得要跳起來，道：「要動手術？」

青衣少女頷首道：「你除了吸進少許的『殘形毀元』毒霧外，肩上還中了一掌，那一掌劇毒已經侵入肉中，如果不將那些腐肉割除，你依然會死……。」

她像是忽然記起什麼一樣，在床頭上的一個小環輕輕一拉，閣樓下面傳來一連串叮噹之聲，她輕聲道：「我已通知我爹爹，他馬上就會上來。」

果然，沒有多久，閣樓間已響起一連串沉重的腳步聲，門簾輕輕掀起，一個黑髯長衫的老人走了進來。

他在石砥中臉上淡淡一瞥，伸手試了一下脈膊，冷冷地道：「你願不願意動手術？」

石砥中沉思後道：「假如有這個必要，我願意一試！」

黑髯老人嗯了一聲，拿出一張信箋，交給石砥中，道：「寫一張死亡保證書。」

石砥中一愣道：「死亡保證書？」

黑髯老人冷冷地道：「要想生，必要先想到死。萬一手術不靈，你死了我如何向你家人交代，保證書必須要寫，你現在後悔還來得及。」

青衣少女一急道：「爹，你……。」

黑髯老人面色一冷，道：「這是規矩，規矩不能因他而廢。」

石砥中暗自嘆了口氣，沒有想到世間還有這種罕見罕聞的怪事。他默默忖思一會，拿起筆來寫了一分手術自願的保證書，交給寒山大夫。

寒山大夫看了一眼保證書，斜睨青衣少女一眼，道：「竹君，你將東西準備好，我現在要動手術了。」

青衣少女答應一聲轉身離去，不多時拿著刀剪走了回來。

寒山大夫手持小刀，將石砥中背上衣衫一撕而裂，道：「你可得忍耐點，這種痛可不是常人受得了的！」

石砥中悲涼地一笑，道：「前輩儘管動手，晚輩還頂得住！」

寒山大夫再也不說話，拿起小刀在他背上輕輕割開一道口子，烏黑的血水一湧，使青衣少女臉都變了色。

她這才看清楚石砥中背上傷勢，那掌傷像碗口般大，青紫一片，寒山大夫手揮小刀，將那片片腐肉割了下來，一直到血色變紅為止。

石砥中痛得身軀直顫，冷汗顆顆滾落下來，可是他卻忍住痛苦，連哼都沒有哼出一聲。

最緊張的還是那個青衣少女，她雙眸睜得奇大，緊張地望著寒山大夫的動作。

她拿出一條香巾，替石砥中輕輕擦去汗珠，小聲道：「你忍著點！」

石砥中感激地望了她一眼，這一眼包含了太多情感，雙方心神同時一震，心中同時泛起一股難言的滋味。

寒山大夫的工作總算完成了，割至見到白骨方始罷手，他拿起一瓶藥粉，散在傷口上一些，長長地吁出一口氣，冷冷地道：「已經沒事了，多休息兩天一切都可恢復正常！」

石砥中乏力地躺了下去，青衣少女關懷地替他覆上輕褥，他自己都不知道在什麼時候睡著了……。

一股幽馥的花香飄進了他的鼻息之中，他深深吸了兩口，緩緩張開雙目，只見在床頭上放著一束鮮豔的白香花。

石砥中腦中一清，暗暗地忖道：「這青衣少女真是個好女孩子，連安慰病人所需要的花朵都為我採來了，唉！這個人情我要如何報答！」

忖念在他腦海中尚未消逝，紛沓飄湧的思緒突然被一陣爭吵聲弄亂了。

石砥中一愣，不由忖道：「他們在爭執什麼？怎麼吵得那麼厲害？」

他凝神聆聽，漸漸發覺所爭吵的對象正是自己。他想不到這對父女會為自己而互相爭執，石砥中心中不禁一陣難過，暗暗為自己的不幸而傷心。

聲音愈來愈大，只聽青衣少女尖聲道：「爹！你不能這樣做！」

寒山大夫的口氣似乎軟化許多，只聽他嘆道：「孩子，你知道他是最好的人選之一，一個學醫的人所求的是要得到更多的醫學知識，他能變成一個毒人，我也能設法使他恢復本來面目，只是這過程非常複雜而已。」

青衣少女不依道：「你這等於毀了他！」

寒山大夫急急地道：「不會，不會的！這個世上只有黎山醫隱是爹爹的對手，也惟有他使爹爹寒心。他素以製造毒人引以為傲，爹爹本著濟世救人之心，非要研究出能解除毒人身上萬毒的方法不可，這樣爹爹的神術才會流傳下來，使黎山醫隱不敢再以毒人為平生絕技。」

青衣少女哇地一聲哭了出來，泣道：「爹爹，你要研究醫術就拿女兒做實驗好了，不要傷了他的性命，我求你，否則我就死在你面前……。」

寒山大夫許久沒說話，像是在思考什麼一樣。

過了一會兒，他才嘆了口氣，道：「爹依你了，唉！你這個固執的孩子，連爹爹的事都要管，早知道這樣，我就不要你去救他了。」

青衣少女奇道：「爹，難道你早有打算要……。」

寒山大夫道：「他在無名谷血拚萬惡之尊之子的事，是我和黎山醫隱同時發現的。我倆一見文氏兄弟施出『殘形毀元』毒霧，心中都動了拿這小子試驗的念頭，我如果不救他，黎山醫隱也會救他，不過，他此時可能已經成了萬毒之人。」

石砥中輾轉反側，心裡有一股說不出的滋味。他淒涼地搖搖頭，對世間的事情陡然有更深切的瞭解。腦海中思潮疾湧，無數的念頭紛至沓來。直到輕巧的步履聲慢慢傳來，他急忙閉上眼睛，恍如熟睡一樣。

青衣少女臉上淚痕已經拭去，她望著睡著的石砥中，突然幽幽地嘆了口氣，道：「冤家，你知道我已讓你那種豐朗的樣子迷住了嗎？為了你，我和爹爹幾乎要鬧翻了！」

她幽怨地注視著石砥中，又輕輕道：「你為什麼要在這時候闖進我心中！感情的發展當真是這麼奇妙嗎？假如你知道我這樣愛上你，你會不會也這樣愛著我呢！」

石砥中心頭一震，沒有想到自己這麼快又跌進情網裡。他的心已隨往昔痛苦的歲月而死去，再也沒有人能激起他心中的漣漪。

他暗自嘆了口氣，在心中暗號道：「姑娘，你千萬不能愛上我！愛上我你可會痛苦一輩子，我的心已沒有愛，只有痛苦……。」

他眼前像一蓬雲霧似的，又展現出東方萍那俏麗的影子，那雙含著無限情意的眸子，深邃得有如蔚藍的大海。薄薄上翹的嘴唇，形成一種悅目的美麗，挺直的鼻樑，流雲般的髮絲……。

東方萍的一顰一笑在他心中印象是那麼深刻，每當他閉上眼睛時，她就會出現在他的眼前，像個無所不在的精靈，永遠佔據他的心湖。

霎時，他沉思在無涯的回憶裡。

思緒像頭脫韁野馬奔馳於往日的歡樂中，追逐於虛無的夢幻裡，整個神思在無止盡的夢中飛馳……。

突然，一個窗櫺碎裂的響聲震醒他的沉思，只聽吼聲一響，青衣少女發出一聲清叱，揮手劈出一掌。

霎時掌風呼呼，一聲低嘿冷笑響起。

石砥中這時身子朝向床裡，無法偷窺屋內搏鬥的情形，他這時又不好立時清醒過來，而室中的青衣少女似乎也怕吵醒了他的休養，儘量不出聲，雙方都在靜默中焦急等待，從動手的情形上，可知青衣少女已施出了全力。

青衣少女似乎再也忍耐不住了，叱道：「你要幹什麼？」

那個人低喝一聲，道：「我要毀了他，黎山醫隱素來就是這個怪脾氣，得不到的就要毀了，我不能這樣讓一個好人選落在你爹的手中！」

青衣少女叱道：「你是怕我爹將他救好，而不能顯出你的醫術……。」

黎山醫隱嘿嘿大笑，道：「這只是其一，還有一點更重要的，你爹想利用他而創出解救毒人之法，我可不能讓他有這種研究的機會。」

青衣少女斜斜劈出一掌，道：「你現在想殺他已經沒有機會了，我爹馬上就會回來，那時你要逃走恐怕都不容易！」

黎山醫隱哈哈大笑，道：「小妮子到底是經驗太嫩了，我來時已命我的大毛和我的兒子將你爹引到另一個地方去了，三個時辰內他絕對趕不回來，我要殺他那真是太易如反掌！」

「胡說！」青衣少女冷笑道：「在他的病沒有治好前，我爹是不會離開的！」

黎山醫隱冷冷地道：「要騙你爹當然不是件簡單的事，我來時於百里之外放了一盒『靈芝草』，你爹心惜靈藥，跑得連影子都沒有了！」

石砥中再也按捺不住，他故意輕輕呻吟一聲，翻轉過身來。

可惜搏鬥中的兩人將全副精神都貫注在拚鬥上面，竟沒有發現他已經清醒。他朝黎山醫隱一瞧，只見這人長得胖頭肥耳，又生得非常之矮；雙目寒光閃動，功夫竟是奇高，逼得青衣少女奮力擋在床前，不敢讓對方撲過來。

不過這一來可累得她香汗淋漓，嬌喘不已。

而黎山醫隱卻出手冷酷無情，儘量在她身上招呼，使她每一掌都傾盡全力，拚命的抵擋。

青衣少女逼急了，道：「你住手，我們到外面去打！」

黎山醫隱嘿嘿冷笑道：「沒有那麼容易，除非你答應日前老夫向你爹提起的婚事。如果我們翁樊兩家結親，我可以饒了這小子！」

青衣少女叱道：「你好不要臉，我死了也不答應！」

黎山醫隱嘿地冷笑一聲，道：「這可是你自己說的，休怪我不客氣了！」

他那碩大的手掌向外一推，一股龐大的力量將青衣少女推得向外滾去，撞在牆壁上發出「砰」的一聲大響，震得石屑濺落，全屋震動。

黎山醫隱嘿嘿一笑，陰沉地向石砥中床前逼來。

青衣少女大吼一聲，衝了過來。而石砥中這時怒吼道：「你住手！」

第十七章　黎山醫隱

黎山醫隱嘿嘿一笑，陰沉地向床前逼來。青衣少女心神劇震，大吼一聲，對準黎山醫隱衝了過去。

雙方動作都快捷異常，青衣少女身形甫至，黎山醫隱已抓住她的手臂，往身後甩了出去，踉蹌奔出五、六步，她方始穩住勢子。

石砥中不能再忍受了，他掙扎著坐起身來，雙目冷寒如刃，逼落在黎山醫隱緩緩靠近的臉上，冷叱道：「閣下找我有何指教？」

黎山醫隱沒有想到石砥中會清醒得這麼快，臉上現出一絲冷酷的笑意，漠然道：「我要你的命！」

石砥中冷冷地道：「你我往日無冤，近日無仇，為何要取我性命？」

黎山醫隱嘿嘿笑道：「你身具毒魔神功，又中了舉世無儔的『殘形毀元』毒霧，兩毒相生，正是練毒之人最好人選。因為你有這麼多好條件，所以我不能將你留給神手鬼醫，在當世之中，惟有我和神手鬼醫是齊名江湖的兩大神醫。」

石砥中冷笑道：「你倆醫道齊名，互不相服，在暗中隨時都想擊敗對方，於是你倆都想將我當成實驗品。拿一個無辜的犧牲者的生命，作為醫術上的競爭工具！」

黎山醫隱哈哈大笑道：「不錯，你真是個聰明人！」

青衣少女尖聲大叫，道：「不，我爹不是這種人！」

石砥中冷漠地看了青衣少女一眼，只見她像是驟然看見一件恐怖的事情一樣，駭懼地望著石砥中。

她眸子裡淚水簌簌滴落，一種乞憐的神色顯露出來……。

回天劍客石砥中長嘆了口氣，對黎山醫隱道：「你的醫術雖精，卻有一樣看走眼了！」

黎山醫隱一怔，搖搖頭道：「不會，不會！我閱人萬千，什麼疑難雜症都難不倒我，我只要看你的臉色，就知道你生的是什麼病。」

石砥中不屑地道：「你就是這一樁沒看出來！我在大漠金城裡的時候，已將邪道的毒魔神功功力散去，如今和常人無異。你擅長醫術，當可從我眼睛之中看出。身稟毒功，雙目不綠則藍，這個我相信你比我還清楚。」

黎山醫隱心中大驚，身形像朵棉絮似的飄了過來。他伸手翻開石砥中的眼睛，仔細審視一遍，連聲道：「你功力雖散，餘毒未除。每當有毒物侵入你體內的時候，依然會激起抗毒作用，否則你中了『殘形毀元』毒霧之時，早就化成血水而死。我只要給你略服一些毒藥，你將成為舉世無雙的萬毒之聖，比那百毒人、千毒人不知要強過幾萬倍！」

石砥中冷冷地道：「你的心理太不正常了！竭盡方法想創造出害人的毒物，由此可知，你的心地是如何惡毒了。」

黎山醫隱氣得黑髯飛飄，嘿地叱道：「你知道得太多了，我更不能留你！」

他陰沉地笑了笑，手掌陡地抬起，霎時自掌心透出一股寒光，朝著石砥中的天靈蓋擊去。

青衣少女看得心中大寒，尖銳的叫出聲來。

她身形向前疾撲，雙掌死命地拉住黎山醫隱的手臂，大聲道：「他已經是個受傷的人，你還要這樣對待他！」

黎山醫隱冷冷地道：「這小子是死定了，你給我站到一邊去！」

黎山醫隱用力一甩，青衣少女平空飛了出去，身形一個踉蹌，髮髻立時散開，秀髮灑於雙肩之上，她急得熱淚直流，轉身又衝了回來。

黎山醫隱經不起青衣少女的糾纏，回頭怒喝道：「賤丫頭，你再不知進退，休怪老夫不念舊情！」

青衣少女揮掌劈出，叱喝道：「誰和你有舊情！老殺才，你只要敢動他一根指頭，我們之間的事就永遠沒個完，我現在雖然打不過你，可是我爹卻能置你於死地！」

黎山醫隱嘿嘿笑道：「好個厲害的鬼丫頭，怪不得我兒子會看上你呢！這樣看來我也喜歡上你了，你要是不嫁給我們翁家，連老夫都會覺得難過。」

語聲一頓，冷冷地道：「怎麼樣？你到底要不要嫁給我兒子？」

青衣少女氣得臉色鐵青，怒道：「放屁，我死了也不會嫁給你那寶貝兒子！」

黎山醫隱冷笑道：「但願你的心與你的嘴一般硬，老夫並不想要強迫你，你自會來求我……。嘿！你等著瞧吧！」

他冷酷地笑了一笑，輕輕一曳袍角，橫空躍了過來，巨靈般的手掌一抬，對著石砥中的身上作勢就要擊出。

青衣少女神色大變，深知這一掌劈下，石砥中非死也得重傷。

她身形連跨三步，惶悚地大叫道：「住手！」

黎山醫隱冷哼一聲，緩緩收回右掌，冷冷地問道：「你答應了嗎？」

青衣少女黯然低下頭去，道：「我答應！」

「哈哈！」黎山醫隱大笑一陣，道：「我可沒有強迫你，這是你自己說的！」

石砥中沒有想到黎山醫隱會如此無恥，竟會拿自己的性命作為要脅手段。他感激青衣少女的大仁大義，居然以自己的終身幸福作為拯救他生命的條件。一股義憤自他心底漾起，他暗暗地運力，憤怒地大笑一聲，道：「不要答應他，這個不要臉的東西！」

黎山醫隱聞言之後，不禁大怒，他陰沉地笑了笑，一股濃濃的殺意自他臉上瀰漫布起，冷冷地道：「誰不要臉？」

他呸了一聲，不屑地道：「要不是一個美麗的女孩子保護你，你現在恐怕早就魂飛九幽，魄離形體。像你這樣要靠女人保護的男人，真是我們男人的恥辱！」

「住嘴！」石砥中大喝道：「你現在就可以知道我是不是需要女人保護的人，這裡面地方太小，我們還是出去比試！」

他冷冷地道：「對付你這種人，我僅需三招！」

青衣少女見石砥中掙扎著要下床來，心裡不由一慌，急急地道：「你不要動，要動手也要等你傷好了再說，現在你若要強運真力，萬一傷口迸裂，那時可就麻煩大了！」

石砥中苦笑道：「你放心好了，我為了要證明我是怎樣的男人，縱然將生命拋在這裡也在所不惜。我不能因為你，而將生命的苦修，多年掙得的一點清譽，毀在這個老殺才的手裡！」

青衣少女撲到他的身邊，伸出潔白如玉的手掌。她輕輕按著石砥中的肩頭。她以一種哀求的語調，道：「我的責任是看護你，我不能看著你自尋死路，那老頭子的功力太高，連我爹都不一定勝得過他。」

石砥中堅決地道：「這樣我更不能坐視！我不容一個心理不健全的人責備我是沒有骨氣的男人，更不容許你因為救我而答應他無理的要求。你的善意我明白，為了你，為了我自己，無論如何都不能放棄一搏的機會，請你冷靜地看清楚這個環境，形勢已不容許你我再苟安偷生了！」

他個性堅強，從不向任何惡勢力低頭，明知自己病後，真元未復，功力已減退一半，但為了自己多年苦修所換得的一點聲譽，他也只好勉強對敵了。

青衣少女黯然嘆了口氣，道：「你太倔強了！」

黎山醫隱嘿嘿笑道：「好個不知死活的小子，你想死還不容易！」

石砥中見他有立時動手之意，冷冷地道：「這裡地方太小，你我都施展不開。」

黎山醫隱冷笑道：「到哪裡都一樣，要你死實在太簡單了！」

石砥中冷哼一聲，轉頭對青衣少女道：「姑娘，請你將我的長劍拿給我！」

青衣少女愕愕地道：「你這是何苦！」

石砥中沒有說話，冷傲地大步向前行去。走過黎山醫隱身前時，斜睨他一眼，冷冷地道：「我們走吧！」

黎山醫隱冷哼一聲，揮袖行去。

青衣少女怔怔地望著石砥中消逝的身影，嘴唇輕輕翕動，喃喃道：「他太不易讓人瞭解了！」

的確，石砥中這種倔強的個性確實讓人難以瞭解，他那豐朗的臉龐上，永遠都掛著冷傲的笑意，這種笑意使多少少女為之心醉，而又有多少黑道煞星為之膽寒……。

青衣少女迷惘地抬起頭來，在她眼前如霧般佈起一絲希望，給予她一種無言的喜悅。但這一絲希望又帶給她一種哀傷之感，一股濃濃的涼意躍進她的心頭，使她不覺打了個冷顫。

當她想到石砥中在頃刻間就要死在黎山醫隱手中時，她的心陡地陷落在苦寒的大冰窖裡，代之而起的是無限恐懼。

那一絲漣漪般的希望幻化般的消逝而去，恐懼佔據她整個心神，使得她連向前走一步的勇氣都沒有，她不忍心看見一個奇男子就這樣默默死去。

但是，她又沒有辦法救他……。

青衣少女心中一凜，忖道：「我得趕快給他送劍去，否則他生存的機會將更渺茫了！」

當她捧著石砥中的寶劍衝出去的時候，她不禁又將希望寄託在金鵬墨劍身上，心中暗暗祈禱，道：「寶劍，寶劍，希望你鋒利的劍刃，斬盡你主人身邊的敵人！」

她抬頭向花園裡一望，只見石砥中和黎山醫隱相對而立。

石砥中神態悠然站在那裡，一派目中無人的樣子，而黎山醫隱卻只是不斷地陰沉冷笑。

青衣少女急忙奔至石砥中的身前，關懷地道：「你行嗎？」

她雙手遞過長劍，道：「這是你的劍，你最好不要勉強，如果不行，還是讓我和他動手！」

她的聲音很低，幾乎只有石砥中可以聽見，一種少女的羞澀使她不覺低下頭去，雙頰生出明麗的豔紅。

石砥中抓劍在手，豪氣陡生。

他朗聲大笑道：「一劍在手兮，英雄膽氣豪；大將欲去兮，雖死也無懼；

揮戈斬敵命，只為情人意……。」

他朗聲漫吟，字字鏗鏘，無比辛酸，可是那股臨死不懼的豪情，真可與山川明月共存。

青衣少女不禁被他那種風采所折，痴痴地望著他呆立當場。

黎山醫隱雙眉緊鎖，冷冷地道：「你鬼吼什麼？」

石砥中冷冷地瞥了他一眼，緩緩拔出鞘中的金鵬墨劍，一股流灩脫鞘而出，映著明月的冷輝，泛出清冷的寒光。

石砥中望著黑夜中天上的斜月，喃喃道：「天黑得這樣快，我在這裡不知不覺已過了兩天！」

他將手中的劍鞘輕輕擲落在地上，左臂一抖，長劍發出一連串嗡嗡之聲。他深長地吸口氣，道：「老殺才，我們可以動手了！」

黎山醫隱慎重地凝望對方，心中突然升起一股寒意。他暗中驚駭，在氣勢上已先輸了一籌，忖道：「真看不出這小子還有這樣高的功力，在受傷之下，依然能夠運劍如神。他劍勢沉穩，儼然有一派大將之風，我若不盡快設法將他除去，往後的麻煩可多了！」

他沉聲笑了一笑，道：「小子，你威風夠了！現在當是你最後威風的時候了，老夫殺人從不留餘地，你自己可得當心！」

他凶狠地一聲冷哼，自背後緩緩拔出一柄長劍，長劍在空中一顫，劍芒如水灑出。劍尖顫動，向石砥中「天實」、「腹結」、「期門」、「鎖心」四大死穴點去。

石砥中身形一飄，接著一個大旋身，握劍向前邁出七步，劍光如扇般射出，正好將對方擊來的長劍截住。

黎山醫隱詫異地哦了一聲，他大喝道：「好一招『星臨八角』，你再看看這一招！」

他一劍毒辣地揮出，層層劍浪疊起，如同波潮洶湧澎湃，滾滾流去，立時石砥中被圈進一片劍光之中。

石砥中心神大顫，想不到對方劍法如此高明，兼得迅捷沉穩四字真髓，僅憑對方這一式，已是一代劍道高手。

他冷冷一笑，右臂倏地向前一傾，身子與長劍平行舒出，衝破對方的劍浪，突然削向對方的胸前。

他一招甩肩、平伸、出劍都在一剎那間完成，端的出乎黎山醫隱的意料之外。他駭得一聲大吼，身形連換三個方位，方始避過石砥中這快捷的一劍。

黎山醫隱怒氣衝衝地道：「我沒想到你的劍法這樣高明，若不是我躲得快，這一劍準上了你的當！」

他陰沉地冷笑了一聲，又道：「上當只有一次，下次該你看我的了！」

石砥中冷冷地道：「這一劍沒殺死你，倒是出乎我的意料！」

他嘴上雖然說得輕鬆，可是心裡比誰都清楚，對方只要連續再攻七、八劍，他就算沒給殺死也得活活累死。他很清楚自己目前的功力，連一個普通高手都不如，如果不是靠著劍法精奇，可能早就傷在對方手中了。

青衣少女起先還十分擔心，惟恐石砥中不敵而死，這時一見他僅僅一招便將黎山醫隱逼退四步，芳心不由一喜，緊張的心情頓時鬆懈下來，美麗的臉靨立時閃出一絲豔麗的笑意。

她大聲道：「你真行，剛才只要再伸出半寸，他就死了！」

石砥中苦澀地笑道：「姑娘，哪有這麼容易，對手也很強呀！」

黎山醫隱知道石砥中存心氣他，不禁惡狠狠地瞪了青衣少女一眼。他悶聲不吭一揮長劍，對著石砥中連揮三劍。

石砥中身形疾飄，揮起神劍，硬生生將這三劍封了回去。不過他這一用力，傷口驟然一痛，額上冷汗直冒，手中長劍已失去原先的沉穩，身形搖搖一晃。

黎山醫隱嘿嘿笑道：「小子，這下你的狐狸尾巴可露出來了！」

高手過招，不可給敵人一絲空隙。

石砥中雖然儘量想隱藏自己的弱點，可是自己身形僅是一晃，對方已窺出本身的不濟，整個弱點都暴露無遺。

黎山醫隱何等高明，僅一眼便已判斷出敵我雙方的實力，他心中大喜，再也沒有什麼顧忌。

石砥中心中大寒，臉上卻不敢表露出來。

他冷冷地道：「你有種再攻一招試試！」

黎山醫隱嘿嘿大笑，道：「這招非要了你的命，你小心手接招了！」

他曉得石砥中此刻內力不繼，無法發揮出至大至剛的威猛劍法，凶光在他眼中一閃，一股渾厚的真力逼集在長劍劍尖之上。

冷寒的劍尖泛起一蓬冷灩強芒，在嘿嘿冷笑聲中，劍刃在空中一翻，斜斜向石砥中身上劈來。

石砥中看得心神大顫，知道對方這招是針對自己的弱點所發，要以無比真力，毀自己於一瞬。

一個意念陡地躍進他的腦海中，疾快忖思道：「這招威力之大，遠非我目前功力和所能抵抗，為了求得最後一搏，我只有施出達摩劍法！」

忖念未逝，對方長劍已自斜方切入，他神色凝重深吸一口氣，長劍疾快地一轉，在空中劃起一道大弧。劍尖朝下斜指，雙手握柄，寒光大顫，往上輕輕一挑，一縷劍影顫空躍起，衝破對方的劍幕，直劈而去……。

「嘿！」

黎山醫隱嚇得怪吼一聲連退數步，石砥中斜馭長劍追躡而上，可是正在這要傷敵的一剎那間，石砥中的身形突然一個踉蹌，腳下不穩幾乎要摔倒在地上，劍光一斂，在堪堪能夠劈死對方的一瞬間，抱劍而退……。

黎山醫隱埋身江湖將近三十寒暑，可從沒看見過這樣威烈霸道的劍法。他驚魂甫定，緊張地連喘兩口氣，一蓬髮絲自他頭頂上飄下來。他握著這把散落的髮絲，冷寒地一顫，若非對方自動收手，此刻早做泉下之鬼了。

他顫聲道：「這是什麼劍法？」

石砥中也因妄運真力，背上的傷口迸裂，所以在即要傷敵的一剎那，真氣一洩，一種莫名的痛苦使他幾乎直不起腰來。

在逼不得已的情形下，方始收劍後退。

血！自他背上淌下，染紅了整個衣衫，但他卻仍強自硬撐著。陣陣痛苦使他全身直顫，可是他卻不皺眉頭一下，冷汗滴落，與血水混在一起……。

他艱難的哼了一聲，道：「你何以一定要知道這是什麼劍法，如果你不死心，不妨再攻一招！」

黎山醫隱一時倒不敢再貿然出手，因為那一招所給予他的經驗太大了。他知道石砥中功力之高天下少見，如果自己逼急了，對方心存兩敗俱傷的念頭，任誰都無法逃過對方這種出神入化的劍法。

其實黎山醫隱這次又看錯一著，石砥中的傷勢迸發，真力消耗過巨，此刻連舉劍的力量都沒有，縱有拚命之心，也難達到心中所願。

青衣少女這時喜上眉梢，根本沒有注意石砥中臉上痛苦之色。她身形一晃，躍行於空際，身上羅衫飄起，在明媚的月色下，恍如廣寒宮的月娥冉冉而落，搖著石砥中的手臂，喜道：「你簡直是劍法通神！」

她驀地驚覺手中有種溼滑的感覺，急忙縮手在月光下一看，才發現鮮血沾滿了她那隻晶潔如玉的手掌，她駭然尖叫了一聲，美麗的臉靨霎時變得蒼白。

青衣少女顫聲道：「血！血！你的傷口又裂了！」

石砥中搖搖頭道：「沒什麼？這只是點輕傷。」

表面上他雖然極端鎮定，可是心裡卻不免驚慌。

黎山醫隱是何等精明的人，一望之下已經瞭然。他心中暗喜，挺劍奔了過來，嘿嘿笑道：「好小子，我差點讓你脫生了！」

他知道機會稍縱即逝，再也不能放過。長劍輕顫，對準石砥中的心口刺了過來。

石砥中此時四肢乏力，連移動身軀的力量都沒有，望著對方這直點而來的長劍，暗暗嘆了口氣，居然沒有一絲抗拒的念頭。

青衣少女看得真急了，竟也顧不得自己的危險，將石砥中向左側一推，挺出身軀擋在他的身前。

她嬌叱道：「你有本事將我也殺了！」

黎山醫隱這一劍又快又疾，眼看就要傷了石砥中，忽然青衣少女亡命似的躍了過來，竟要以血肉之軀換取這鋒利的一劍！

黎山醫隱心中大寒，急忙撤劍後退，道：「你想找死了！」

青衣少女冷冷地道：「你怎麼不扎下來呢？這一劍不是稱了你的意嗎？」

黎山醫隱冷笑道：「你已是我們翁家的媳婦，我怎會向你動手！」

石砥中讓青衣少女一推，再也支持不住身子，一跤跌在地上。

他劇烈地喘息一陣，沙啞地道：「你這老殺才，我石砥中必會洗雪今日之仇！」

黎山醫隱冷冷地道：「我等不到那個時候了！石砥中，如若等你將來找我，不如現在就動手。你是我所見到的頭號恐怖人物，所以我可不能饒了你。」

他正想舉劍再動的時候，在黑夜中突然瞥見一道人影飄來，他心中大寒，問道：「是樊兄回來了嗎？」

神手鬼醫冷哼一聲，道：「你那一盆『靈芝草』幾乎害慘了我，如非我發現得早，我女兒和石砥中恐怕都已經死在你的劍下了！」

青衣少女神情一鬆，道：「爹！」

神手鬼醫微微一笑，道：「我都知道了，竹君，你趕快扶他進去！」

青衣少女哦了一聲，這才想起石砥中傷勢嚴重，她急忙回身，只見石砥中正在盤膝運功，她急忙抓起金鵬墨劍守在他的身側。

黎山醫隱嘿嘿笑道：「樊兄，我們以後是親家了！」

神手鬼醫一怔，道：「你這是什麼意思？」

黎山醫隱得意地道：「令嬡答應要嫁給小犬，從此翁樊兩家結親，共研醫道，有許多秘方，你我都可以公開。」

神手鬼醫聞言大怒，回頭問道：「竹君，真有這種事？」

青衣少女滿腹委屈，悽然道：「是他逼我……。」

神手鬼醫大袖一拂，怒道：「姓翁的，你竟敢上我家逼親，我女兒就是作尼姑也不會嫁給你那可惡的兒子。真想不到你們父子都是這樣無恥，只會施計害人。」

黎山醫隱冷冷地道：「你女兒答應的事，可不容你後悔。」

神手鬼醫怒氣衝衝地道：「我女兒答應，我可不答應！翁玉敏，你休在作夢了，這件事從今以後不要再提，否則，我可要不客氣！」

黎山醫隱冷笑道：「這麼說，你當真要毀去婚約了！」

神手鬼醫怒叱道：「誰和你有婚約，你少不要臉！」

雙方都動了怒氣，互相爭執不讓。

黎山醫隱只覺一股怒火自心底衝上來，一揮長劍，道：「你罵誰？」

神手鬼醫冷冷地道：「這裡除了你之外還有誰？」

黎山醫隱嘿嘿一笑，道：「好！好！江湖上只知道我倆醫術齊名，卻不知我倆為爭天下第一之名，已較量了十年之久。以前只是較量醫術，現在還要較量武功。」

神手鬼醫冷冷地道：「很好！我正有這個意思！」

黎山醫隱再不答話，手中長劍往前一送，帶起一縷寒光，對準神手鬼醫的胸前扎來。

這一招本是存心相試，並沒有傷敵之意，是故劍至半途倏收而退，而神手鬼醫視若無睹，只是暗自冷笑，連閃都不閃。

黎山醫隱心中一凜，頓時曉得對方不但醫術在自己之上，連武功都和自己不相上下，僅從對方那種穩健的神態上，已知遇上了空前對手。他觀察事情，精細入微，判明雙方形勢之後，再也不敢大意，小心地舉劍攻了過去。

神手鬼醫望著對方攻來的一劍，凝重地斜退一步，左掌斜斜抬起，在空中兜一大弧，斜著向對方劍刃上拍去。

雙方動作快速，出手之間，分外謹慎在意。黎山醫隱見對方出手迅速，急忙撤劍後退，這一來可給神手鬼醫好機會。

他掌勁迸發，威金裂石，身形向前一躍，連劈四掌。這四掌沉重如山，逼得黎山醫隱不敢輕攖其鋒，長劍居然攻近對方的身上。

先機一失，要想再挽回優勢確實不是件容易的事情。

黎山醫隱連受四掌之後，驀地憶起神手鬼醫是以掌法渾厚著稱，只要機會一落對方手中，掌勢連綿發出，根本不給自己有喘口氣的機會。他鼻子裡暴出一聲冷哼，在對方掌勢稍緩的一瞬間，急快地又劈出七劍。

這七劍乃黎山醫隱本身功力所聚，神手鬼醫掌法雖然凌厲，也不禁被逼退兩步，他氣得大笑一聲，道：「竹君，拿我的槍來！」

青衣少女神色略異，道：「爹！你……。」

神手鬼醫一揮手，道：「快去，快去！我今夜非要好好鬥鬥他！」

青衣少女身形輕躍，像一朵輕飄的棉絮，疾快地奔向屋中，轉眼間拿著一支銀頭長槍奔了回來。

黎山醫隱連聲讚道：「好槍，好槍！樊兄，你們樊家槍法是江湖上的一絕，老夫今夜能見你施展樊家槍法，雖敗猶榮！」

神手鬼醫接槍在手，冷冷地道：「在我神槍之下，你恐怕連逃生的機會都沒有了！」

黎山醫隱嘿嘿笑道：「好說，好說！但願你的槍法與你的嘴一樣厲害，不要等會兒變成銀樣蠟槍頭，那才掃興！」

神手鬼醫聞言大怒，喝道：「你先吃我一槍！」

他雙臂一抖，長槍突然在空中顫起無數個斗大的槍花。

在繽紛的槍花裡，大紅色的槍穗幻起無數道紅影，一縷銀芒在飛梭的紅影裡斜穿而來！

黎山醫隱看得心中大寒，他沒想到對方槍法如此精純，那種氣魄簡直是一代宗師的手法，黎山醫隱揮劍斜削，身形卻倒退了兩步。

「叮！」槍劍相交發出一聲清脆的聲響，叮的一聲戛然消逝，神手鬼醫挺槍直進，逼得黎山醫隱懷抱長劍，連連後退，目光有如寒刃，不瞬地逼視在對方長槍之上。

「吱！」突然，在黑夜中飄來吱的一聲。

只見一道黑影自一棵濃密的大樹上飛落下來，「吱吱！」怪叫聲中，身形在空中旋了三個小彎躍落地上。

青衣少女清叱一聲：「又是你這個畜牲！」

大雪猿全身恍如白雪般的晶瑩，月光反射在牠身上竟有道道白光射出，牠咧嘴朝青衣少女吱吱兩聲怪叫，然後一躍身形，向神手鬼醫的身上抓了過來。

神手鬼醫冷笑一聲，道：「畜牲，你也敢學著欺人！」

他回手一槍點去，雪猿怪吼兩聲，伸出雙爪，以一種十分怪異的手法，突然抓住槍頭，用力往後拖去。

神手鬼醫冷哼一聲，抖臂往上一挑。

大雪猿大吼一聲，整個身子像個大球般被拋上了半空，牠怒急一陣怪叫，身子陡地摔在一棵樹上。牠手腳靈活，異於常人，伸手抓住一根樹枝，自上面輕輕滑落到地上。

大雪猿可曉得厲害，再也不敢上前動手，舒開兩隻被槍刃擦破的爪子，在身上長毛擦了擦，絲絲縷縷的鮮血自指縫間流出來，痛得牠在地上直躍直跳。

黎山醫隱怒吼道：「你居然將牠兩個爪子毀了！」

神手鬼醫冷冷地道：「有你這個神醫在這裡，再重的傷也能醫好。」

他身形向前連跨數步，長劍高舉。

大雪猿一見雙方又要動手，似是逼急了，焦急地撲到黎山醫隱面前，在地上翻了一個筋斗，急切地搖了搖頭。

黎山醫隱透出不解之意，問道：「你不要我動手，這是什麼意思？」

大雪猿憂急的在地上連跳三次，伸出血淋淋的手掌，在空中一陣比劃，像是對其主人訴說什麼一樣。

黎山醫隱神色大變，道：「什麼人幹的？他傷得重不重？」

大雪猿指了指神手鬼醫，又在自己胸前拍了一掌，那意思很明顯，連青衣少女都曉得牠是什麼意思。

黎山醫隱狠狠地看了神手鬼醫一眼，道：「你為什麼要打傷我的兒子？」

神手鬼醫冷冷地道：「這個你得問你自己，你是怎麼騙我的，我就怎麼處罰你兒子。他害得我跑出幾百里之外，我為此打他一掌又算得什麼？」

黎山醫隱急問道：「你傷他哪裡？」

神手鬼醫冷冷地道：「我只打斷了他幾根肋骨，在你這位接骨專家的眼睛裡並不算什麼，只要略施手術就好了！」

「幾根肋骨！」黎山醫隱隱全身大顫，怒道：「好呀！樊雲生，你居然敢傷了你女婿，我倆雖然已是親家，可是我依然要替我兒子報仇！」

神手鬼醫冷笑道：「親家？誰和你是親家，憑你兒子那個死相也配和老夫結親，你也不灑泡尿照照，看看自己的長相！」

黎山醫隱此時雖然暴怒異常，但當想到自己兒子傷勢沉重，危在旦夕，只得強自壓制住心中的怒火。

他恨恨地道：「算你姓樊的狠！老夫三天後必當再來拜訪。」

他目中凶光一閃，瞪了正在運功的石砥中一眼，道：「煩你告訴石砥中，有本事讓他等我三天！」

語音未落，石砥中這時正好睜開雙眼。

他強忍背上傳來的陣陣痛楚，不屑地望向黎山醫隱，道：「三天後，我非取你性命不可！」

黎山醫隱嘿嘿大笑，道：「衝著你這句話，老夫便不會放過你！」

他目中凶光閃射，冷冷地哼了一聲，牽著大雪猿大步行去，在黝黑的深夜裡響起他那淒厲的大笑，直至他的身影消逝，笑聲方始嬝嬝散去。

神手鬼醫長嘆了口氣，道：「竹君，扶石砥中進去，給他配上一點生肌散，立刻請他走路，這裡已不能讓他再待下去。」

青衣少女樊竹君心裡一急，道：「爹，他的傷還沒好！」

神手鬼醫冷冷地道：「你留他在這裡只會害他！翁老頭那個人我太瞭解他了，他這人妒才如命，不殺死石砥中絕不會甘心。」

樊竹君不以為然道：「我們可以保護他，以爹爹的功力難道還會懼怕一個黎山醫隱，我相信黎山醫隱也知道爹不好惹。」

神手鬼醫搖搖頭道：「單憑一個黎山醫隱自然不足道哉！可是他有個極厲害的師叔，此刻正在他家練功，這人動不動就要殺人，是江湖上出了名的霹靂脾氣。老實說，憑爹這幾手功夫在人家手裡還走不出三招，你想想，我們能保護他嗎？」

樊竹君急得變色，道：「爹，那怎麼辦？」

神手鬼醫黯然道：「只有讓他走，黎山醫隱見他不在這裡，或許不會為難我們父女！不過你還是收拾收拾，在萬不得已的情形下，爹只好先將你送走。」

石砥中聞言後，心裡陡地惶恐起來。

他踉蹌地從地上爬起來，忍著傷痛走至神手鬼醫的身前，道：「在下罪該萬死，不該給前輩惹來這麼多的麻煩。現在事情已經發生，在下並不想一走了之，所謂解鈴還須繫鈴人，在下願憑胸中所學，和黎山醫隱周旋到底！」

神手鬼醫搖搖頭道：「並非是我瞧不起你，你的功夫在年輕輩或許是首屈一指，但要和這些隱世高手相抗，還差得太遠！」

他苦澀地一笑，道：「這件事既由我一手造成，老夫自然會想辦法解決。當初如果不是我看上你那身根骨絕佳，小女也不會冒險救你。當然這裡面免不了存有私心，老夫想拿你作為解救毒人的試驗品，若果這事成功，我神手鬼醫當可成為天下第一的醫道聖手，沒料到這點私心幾乎害了我一生！」

石砥中突然問道：「老前輩，你是學醫的人，必有辦法讓我身上的傷口在短短三日之內完全癒合。在下不敢別有他求，只求你能使我的傷口在臨敵時，不會再因運力而迸裂。」

神手鬼醫怔了怔，道：「辦法倒是有，只要服了我的大還丹，再抹上生肌散，在半日之中就可使傷口痊癒。」

他像是驟然曉得了什麼一樣，黯然搖搖頭道：「你的心意我懂了，可是這對事情絲毫沒有補益。黎山醫隱的師叔太厲害了，縱然我倆聯手也未必接得下來。石老弟，你還是聽我的話趕快走吧！」

石砥中堅決地道：「前輩不要多說了，在下心意已決，拚著將性命豁出去，也不能連累你和樊姑娘。我欠你們的已經太多了，再也不能因為我而將你們快樂的家庭弄得破碎分離。」

神手鬼醫嘆息一聲，道：「好吧！我們只好碰碰運氣了！」

第十八章 海底鐵樹

在這三天之中，最忙碌的要算樊竹君了。她不時替石砥中換藥送飯，裡裡外外都是她一個人在張羅。而石砥中也因為神手鬼醫和樊竹君父女兩人細心的照料，整個傷勢已經好轉十之八九。

樊竹君因有石砥中相伴，反而不覺緊張了，有說有笑，好像沒有這回事一樣。而最感焦急憂慮的還是神手鬼醫，他坐立難安，心神無法寧靜下來。有時在屋中獨自沉思，或是在山中來回遊蕩。

在他臉上像是總有一層陰霾，雙眉深鎖，神不守舍，時而搖頭長嘆，以落寞悲涼的苦笑傾瀉心中的苦悶。

三天在平靜之中度過，黎山醫隱和其師叔並沒有依約而來。

石砥中也焦急起來，他曉得對方愈是遲遲發動，危險性愈大。

果然，在第四日晨曦初起，雲霧繚繞之時，大雪猿捧著大紅帖子疾行而來，雙手捧給神手鬼醫就如飛奔去了。

神手鬼醫看了帖子一眼，道：「竹君，將我的長槍拿來！」

樊竹君心頭一沉，已可看出事態嚴重，她緊張地取出父親的長槍，背上斜斜插著一柄長劍，問道：「爹，他們什麼時候來？」

神手鬼醫道：「中午正時……。」

他慈愛地望著樊竹君輕輕嘆了口氣，道：「孩子，這事情與你沒有關係，待會兒你不可出手！」

他似乎不願再多開口，雙手背負於身後，向花園行去。

樊竹君心頭一酸，陡然覺得爹爹又蒼老了許多，望著他那老邁的身軀，樊竹君只覺熱淚盈眶，她也不知為什麼突感悲哀，在淚影模糊中，她恍如又看見自己的母親，那個慈祥的老婦人……。

日正當中，威烈的陽光穿過雲層直射下來，時光非常緩慢，又似乎來得特別快，在陽光下的三個人靜靜等候著黎山醫隱和他的師叔。

細碎的蹄聲自空中飄傳過來，蹄聲沉重而有力，緩慢而有節奏。

神手鬼醫陡地緊張起來，道：「來了，來了！」

在萬道金色陽光下，黎山醫穩步行在前面，在他身後緊隨著一匹其黑如墨的高大驃騎，上面坐著一個全身藍袍的長髮怪人。

這怪人雙目如刃，冷冷地望著陽光下的三個人。

他冷喝一聲，問道：「哪一個是正點？」

黎山醫隱恭敬地道：「那個樊雲生是這裡的主人。」

這藍袍怪人冷哼一聲，道：「我是問哪一個是會使神奇劍法的小子？」

石砥中向前急跨兩步，大聲道：「閣下是誰?說話怎麼一點規矩都沒有！」

藍袍馬人雙目一瞪，嘿嘿笑道：「你這乳臭未乾的小子，怎配問老夫的名字！」

他滿臉不屑望了神手鬼醫一眼，冷哼一聲，道：「樊雲生，你的膽子好大！」

神手鬼醫全身一顫，道：「晚輩該死，請秦老前輩原諒小老兒這一遭！」

藍袍怪人冷冷地道：「沒那麼容易!我秦虹在江湖上從不讓人的，犯在我手裡的不死也得重傷。你欺我門人，又慫恿那姓石的與我作對，僅這一點你也得死！」

樊竹君見父親在秦虹面前處處忍讓，低聲下氣，心裡一股怒氣漾起。

她不知天高地厚，上前喝叱道：「你是什麼東西，在這裡自吹自擂！」

秦虹斜睨這小妮子一眼，冷冷地道：「這是你的女兒嗎？」

神手鬼醫連忙道：「正是小女。小孩子不懂事，尚請秦老前輩擔待一二，老夫願代小女向秦老前輩謝罪！」

秦虹冷笑道：「僅僅謝罪就能算了嗎？我的脾氣你是知道的，言語冒犯我的人，輕則也得斷一隻胳臂，重則處死。」

神手鬼醫冷汗直流，連聲道：「是！是！請秦老前輩看在她年幼無知，從輕發落。」

秦虹頷首笑道：「好吧！看在我們一水之鄰的情面上，我只廢了她兩根指頭，這是最輕的處罰。」

神手鬼醫全身顫抖，道：「請秦老前輩下手輕點！」

秦虹哈哈大笑道：「放心，我手裡自有分寸！」

樊竹君氣得拔出長劍，道：「你這老殺才，胡說些什麼？來！來！我們試試看哪個行？」

神手鬼醫心裡一急，道：「孩子，你就少說幾句吧，還不快向秦老前輩謝罪！」

他目中閃過無可奈何之色，神情十分勉強。

樊竹君本來還有存心一拚的念頭，但當她看看神手鬼醫眼中那絲乞求的神色之後，一顆心立時軟了下來。她垂下長劍，低頭向秦虹走去。

秦虹冷笑道：「兩根指頭已經不行了，她連番冒犯我，除了死罪一途，老夫再也沒有更好的辦法。」

神手鬼醫面若死灰，嚇得連一句話也說不出來。

而樊竹君臉色蒼白，牙齒喀喀地響著，道：「你這簡直是想逼我們死！」

黎山醫隱瞥了樊竹君一眼，道：「師叔，那丫頭是小兒的媳婦，你可不能叫她死！」

秦虹故意啊了一聲，道：「這個自然，不過也得她爹答應。」

他冷冷地瞪了神手鬼醫一眼，問道：「要救這丫頭，只有一條路可行！」

神手鬼醫滿懷希冀地道：「秦老前輩，老夫什麼事都答應。」

秦虹看了黎山醫隱一眼，道：「你跟他談吧！」

黎山醫隱心中暗喜，身形向前一躍，道：「樊兄，我想請令嬡與小犬成婚，我師叔也許看在這件事上，不予追究……。」

神手鬼醫為難地看了愛女一眼，只見她全身顫抖，淚水簌簌而落。

他心中一陣辛酸，苦笑道：「請翁兄作主吧，老夫還能說什麼？」

黎山醫隱嘿嘿大笑，抓著神手鬼醫的雙手，道：「親家，往後我倆可得多多親近。」

石砥中這時伸手一攔，道：「慢點！」

神手鬼醫急急搖頭道：「秦老前輩已經法外開恩了，你又何必節外生枝！」

石砥中見神手鬼醫只知息事寧人，而忽略自己女兒的一生幸福，不覺有股莫名的怒氣湧上心頭。

他冷笑道：「這是陰謀，串通好的陰謀！」

秦虹怪眼一翻，道：「小子，你說什麼？」

石砥中沒好氣道：「我說你們不要臉，拿這種手段來要挾一個女孩子的生死。秦虹，你身為武林人物，卻做出這種黑白不分的醜事，我石砥中已不把你看做是人。」

黎山醫隱怒叱道：「石砥中，你敢對我師叔這樣無禮。」

石砥中冷笑道：「他是你師叔可不是我師叔，我這樣對待他已經很客氣了，若不是看在樊老前輩的份上，早就動手了。」

秦虹坐在驃騎上，見石砥中這般羞辱他，不禁氣得大笑一聲，身軀輕飄起，自馬背上一躍而落，他怒笑道：「小子，我還沒找你，你倒先找上我了！」

石砥中冷冷地道：「你找我有什麼事？」

他雙眉輕聳，一股冷寒的煞意，自眉角上隱現出來。

秦虹看得心中一震，不覺被對方的盛勢所懾。

秦虹嘿嘿冷笑了一聲，道：「如果不是玉敏一直告訴我，你的劍法如何厲害，我才懶得來呢！我本來還以為你可能是哪派高手，哪知聞名不如見面，說來好生讓我失望。」

他冷冷地道：「你師父是誰？」

石砥中冷冷地道：「恕難奉告！」

秦虹怒叱道：「你居然比我還要張狂！」

石砥中見他作勢欲動，急忙暗中運功戒備。

哪知秦虹非但沒有立時出手，反而向袖手鬼醫伸手，道：「你的長槍拿給我！」

神手鬼醫猶豫片刻，依言將長槍交到他手中，道：「秦老前輩！」

秦虹冷笑一聲，右手握著長槍尾柄，陡然運力，揮臂向向五丈外的一棵巨槐樹幹上射去。

只聽喀喇一聲輕響，那支長槍洞穿樹身，直沒及槍柄，只剩一個槍頭伸露在樹後。

這一手神功，使石砥中心神大震，他才知道秦虹所以會這樣狂傲，原來的確是有令人不可思議的功力。

秦虹冷冷地道：「你只要能照著我這樣試一下，我撒手便走！」

石砥中不屑地道：「這有什麼了不起，只不過是靠著有幾分蠻力而已，你這一手還唬不倒我，在下還不屑一試！」

秦虹讓石砥中氣昏了頭，他自忖身分，始終不願和一個後生晚輩動手，滿以為石砥中見自己露這一手，非得低頭認輸不可，哪知他冷傲倔強，竟不予理會。

他大吼一聲，道：「玉敏，你給我先拿下這小子！」

黎山醫隱自然是想在秦虹面前表現一番，他嘿嘿乾笑兩聲，伸手掣出背後的長劍，輕輕一抖，道：「石砥中，十招之內要你濺血七步之外！」

石砥中不屑地道：「你那幾手我早已領教過了，並不怎麼樣。在我手中，你不要說是十招，連三招都過不去，還是請你師叔上場吧！」

「嘿！」黎山醫隱氣得全身骨骼一陣密響，低喝一聲，身形陡地一躍，揮劍衝了過來。

他勢同拚命，大喝道：「好小子，你嘴上功夫恐怕比你的真本事還行！」他嘴上雖然說得輕鬆，手底下可不敢存絲毫大意。身形在撲出的剎那，連揮三劍，將石砥中的上三路全罩在一片劍雨裏，攻勢凌厲，幾乎無出其右。

石砥中身形未動，對方長劍已將自己上三路封死。

他心中一怔，覺得對方在三日中間，功力似較前高出許多，身軀疾快地向前一移，大掌斜劈而出。

黎山醫隱存心要他死在自己的劍下，一見他空手和自己過招，暗中大喜，劍刃一翻，自左而右，疾快劈向對方的手腕。

石砥中冷哼一聲，掌勁一吐，一股大力擊在對方劍刃上，逼得黎山醫隱長劍一顫，幾乎要脫手飛去。

黎山醫隱大吼一聲，三道劍影如電閃出，在急不容緩的剎那，施出一招「鴻飛冥冥」點向石砥中的臂上。

石砥中冷笑道：「你找死！」

他身形在空中一個轉折，右掌陡地揚起，一股流灩吐出，閃射耀目的冷輝，避過對方的來劍，斜掌拍出！

「砰！」黎山醫隱痛呃一聲，身形一個大顫，直被對方劈出丈外之遠，身子在地上一個翻滾，張口噴出一道鮮血。

他顫聲道：「師叔，我……。」

他急忙自懷中拿出一個綠色玉瓶，啟開瓶蓋，倒出一粒綠豆般大的藥丸吞進腹中，盤膝坐在地上暗自運功療傷。

秦虹怒吼道：「你傷得怎麼樣？」

他見黎山醫隱默默不回答自己，頓時曉得他傷得不輕。心中一凜，回頭怒氣衝衝盯著石砥中，道：「我要你死！」

秦虹見自己這唯一的師侄被石砥中一掌擊傷，頓時氣得髮鬍直豎，雙目噴火瞪著石砥中。

石砥中毫無所懼望著對方，冷冷地道：「你沒這個本事！」

秦虹暗中將全身勁力貫滿雙臂上，整個藍色的大袍像鼓滿風似的隆起，他向前連踏兩步，道：「你剛才施的是什麼掌法？」

石砥中冷笑道：「斷銀手，你也許知道這掌法的來歷！」

秦虹心中一凜，真不敢相信一個年輕人居然能將純剛的掌法練得如此純熟，他哦了一聲，道：「我曉得你是誰的弟子了！」

石砥中搖搖頭：「你永遠也不會曉得，我看你還是不要白費心思了！」

秦虹右臂一抬，揮手一掌擊去，道：「不錯，你倒是蠻可愛的！」

掌勁如刃，呼嘯旋風，氣流激盪，隱隱的霹靂聲裡，揮出的掌影有如幽靈之爪，疾快地拍向石砥中的胸前。

石砥中奔波江湖多年，還沒遇上過這麼霸道的功夫。他心中大寒，被對方的掌勁逼得身形連轉，先機全被對方搶盡。

石砥中怒吼一聲，那魁梧的身軀不再隨對方的掌風轉動，雙掌一揚，他猛吸口氣，掌影突變，把斷銀手完全發揮出來。

空氣裡響起一陣隆隆之聲，掌影顫動，雙方俱被對方剛猛的掌法所懾，暗暗地傾慕對方的功力。

秦虹心裡的驚詫遠非旁人所能想像，他連續攻出十掌俱被對方化解開，這種前所未有的事情，使他神情難掩驚懼。

他忖道：「這石砥中年紀如此輕，便已堪與我打成平手，將來再假以時日，豈不連我都非他的對手！」

這個意念在他腦海中一閃而逝，不禁為他將來的江湖歲月擔憂起來。他腦中念頭有若海潮洶湧，凶念陡生，使他動了殺機，掄起巨掌，當胸平推而去。

石砥中沉凝地望著對方這直推之勢，心神激盪，幾乎讓對方這沉重的一擊所震駭住，他沉聲如雷般的一聲大喝，雙掌十指斜舒，迎向來勢接了過去。

「砰！」空中閃過如轡雷般的一聲巨響，沙石飛濺，氣勁回流，地面上讓兩股掌勁的餘勢擊出一個大坑。

雙方身形同時一退，互相注視對方。

神手鬼醫這時暗暗捏了一把冷汗，自始至終他都神色緊張地望著場中，此時長長吁了口氣，趁著雙方還未出手的空隙，身形一躍，向秦虹道：「秦老前輩，請你手下留情！」

秦虹伸手將他一推，道：「你讓開，這小子是死定了！」

石砥中也發話道：「樊老前輩請退出去，我非鬥鬥這個老殺才不可！」

神手鬼醫這時也幫不上忙，他讓秦虹一推，居然踉蹌退出七、八步，方始穩住身子。

樊竹君急忙走到她父親的身邊，緊張地道：「爹，你看怎麼辦？」

神手鬼醫黯然搖了搖頭，道：「兩方面的功夫都非爹爹所能望其項背，這樣繼續下去，非兩敗俱傷不可。孩子，你趕忙回去準備後事，我預料兩人之中必會有一個人死去！」

樊竹君身軀一顫，眸中閃出淚影。

她睜大雙眸，緊張地逼視神手鬼醫，問道：「爹，你說誰會死？」

神手鬼醫搖搖頭，道：「現在還很難說，不過，石砥中死的機會多一點！」

樊竹君心中一痛，腦中嗡地一聲巨響，像是有一柄無形的巨錘敲進她的心坎，眼前茫茫一片，連她自己身在何方都不知道。

她喃喃道：「不！他不會死！」

神手鬼醫一怔，道：「孩子，你怎麼啦？」

樊竹君恍若未聞，一個人望著穹空怔怔出神。

神手鬼醫還待追問，場中突然傳來一聲大吼，他急忙抬頭望去，只見秦虹正憤怒地瞪著石砥中。

秦虹大聲道：「拔出你的劍來！」

石砥中冷冷地道：「你放心，我不會讓你失望！」

他語聲一頓，道：「在動手之前，我有事要先聲明一下！」

秦虹怒氣衝衝地道：「你說吧，在你死前的任何要求，我都會依你！」

石砥中哈哈笑道：「衝著你這句話，我就饒你不死……我倆這是生死之搏，你倘若敗了，我希望你不要遷怒樊老前輩，一切的事情都由我來承擔，自今以後不准你和黎山醫隱找他們父女的麻煩，這事你能不能辦到？」

秦虹大聲道：「行！還有呢？」

石砥中冷冷地道：「翁樊兩家的婚事自此休再提出，樊姑娘的終身是她個人的事，她愛選擇誰就嫁給誰，你們以後不准再逼她！」

秦虹冷笑道：「天下的女人還沒死光，我並沒有強迫她。」

石砥中見幾件事情可以一併了結，再也沒有後顧之憂。他心情一鬆，一股豪邁的雄心壯志自心底漾起，朗聲道：「很好，我們動手吧！」

他凝重地長長吸了口氣，緩緩掣出金鵬墨劍，一道爍爍的劍光騰空而起，冷颯的劍氣流灩布起……。

秦虹全身一顫，道：「好劍！好劍！」

石砥中雙手斜握劍柄，忖道：「對方功力之高天下罕見，我為求一舉擊敗他，只有施出達摩劍法！」

他冷冷地望著秦虹，斜馭長劍，道：「閣下也拿出兵器宋，單憑你的兩隻爪子還不是神劍的敵手，在三招之中，勝負之別立可分曉！」

秦虹見他斜馭長劍，儼然一派宗主之風範。他曉得對手年紀雖輕，在劍道上卻下過一番苦功，當然也不敢大意，急忙自雙袖中拿出兩個銀錘，托在雙掌之中。

他輕輕一揚銀錘，道：「石砥中，你先接我一錘！」

他左掌輕送，一點銀光幻化成一道白影，拳頭大般的銀錘筆直地向石砥中胸前擊去，其勢快狠兼俱。

石砥中一見這拳頭般大的雙錘，上面繫有一條極細的鐵鏈，頓時知道這種不在兵器譜列的外門兵器，必定有著不同凡響的怪異路數，心中凜然，暗自小心起來。

那一縷錘影乍閃而至，石砥中身形一旋，避過這沉重的一擊，揮劍朝對方的銀錘上點去。

秦虹陰惻惻地一聲冷笑，左錘原式不動，右掌輕輕往外一吐，手掌中的銀錘突然以難以形容的快速，對著石砥中的小腹擊去！

這下變生肘腋，完全出乎石砥中意料之外。加之雙方距離又近，儘管他那挪身極快，也來不及閃避。眼看這一錘石砥中萬難逃過，非死也得重傷。

在這間不容髮的剎那，石砥中顯出他那超人的異稟，左臂一沉，撐開左掌，在電光石火間朝擊來的錘影抓去。

這一著大出秦虹的意料之外，手中鐵鏈一緊，銀錘已讓石砥中的手掌抓住，雙方一扯，鐵鏈陡然崩斷，雙方俱都往後退了出去。

秦虹目眥欲裂，大喝道：「小子，你居然能避過這一招！」

石砥中怒叱道：「你也吃我一劍！」

劍光劃出一圓弧，長劍顫起，幻起數道劍影，截住秦虹的退路。

這一劍聲勢浩大，凌厲無匹。劍勢一發，空中響起一連串劍嘶之聲，彷彿要將空氣撕裂一樣。

秦虹只覺在對方的喝聲裡，充溢著無比的怨恨與殺氣。一怔之下，石砥中手揮長劍，宛如天兵履塵，神威凜凜，令人心懼。劍影閃爍裡，一劍已經逼臨頭頂之上。

秦虹大驚失色，回身躍起，掄起僅剩的那個銀錘，連續擊出六次，在一片叮叮聲中，秦虹大叫一聲，捂住手臂拔腿就跑。

一縷鮮血自他手臂上淌下，滴落在地上十分鮮豔，像是剛剛綻開的大紅花似的奪目。

神手鬼醫大拇指一舒，道：「小夥子，你真行！」

秦虹奔出十幾步後，忽然返身又衝了回來。

神手鬼醫見他滿臉殺氣，不禁心神大震，急忙向石砥中叫道：「注意，他要與你拚命！」

石砥中正待撩劍揮出。

秦虹已自喝道：「我有話問你！」

石砥中見剛才那一劍將秦虹手臂上削下一大片肉來，曉得他傷得不輕，已經不能再運真力，他心神一鬆，收起長劍，道：「你還有什麼話要說？」

秦虹冷哼一聲，道：「你剛才那一劍的招式很怪，我想知道這是什麼劍法？因為在各家劍法中，我還是初次見到……。」

石砥中冷傲地道：「達摩三劍，是達摩祖師留給後世的最深奧的三招劍法，剛才若非你功力深厚，此刻恐怕早死於我的劍下！」

「達摩三劍！」秦虹哈哈狂笑道：「你這小子難道是少林寺的弟子？」

他驟聞達摩三劍這幾個字，氣得張口噴出一道鮮血來。在哈哈狂笑聲中，身形踉蹌拔腿向外奔去。

而這時黎山醫隱正好睜開眼睛，他一見師叔滿身是血，恍如瘋了一樣的仰天狂笑，心中不由大驚，叫道：「師叔！」

秦虹神智一清，回頭道：「你還不給我快走，我已經輸給人家了！」

黎山醫隱一愣，沒有料到連這個功力奇高的師叔都會敗下陣來，他冷冷地瞪了石砥中一眼，轉身就走。

突然空中傳來一聲大喝，道：「秦兄，什麼人有這麼大的本事連你都能擊敗！這個人我倒想要見識見識。」

隨著話聲，自前面騰空而降一個身穿水火道袍的老道。

秦虹啊了一聲，道：「鍾兄，你怎麼找到這裡？」

這個道人哈哈一笑，道：「我遨遊雲天回來，直奔翁家，遇見翁玉敏的兒子，見他傷得甚重，他告訴我，老道你們都在這裡，所以我就直接來這裡找你。」

秦虹搖搖頭道：「鍾兄，我們回去再談！」

這水火道人一怔，道：「秦兄怎麼這般怕事起來，在江湖上勝敗不足論英雄，你身經大小戰役不少於二百多次，我就從沒見過你這樣喪氣過！」

秦虹搖頭黯然道：「鍾兄，達摩三劍所向無敵，舉世之中無人能連接三招，你我還是回去吧！」

道人神色略變，突然揚聲大笑道：「自達摩祖師證道涅槃之後，武林中雖然傳誦這三招神奇劍法，卻沒有一個人曾親眼見過。連少林寺的藏經樓都沒有經典可資鑑查，只有在小乘經易中略略提到一點，秦兄，不是貧道笑你，你一定是讓這小子唬住了！」

他目光如刃，在石砥中臉上輕輕一瞥，忽然滿臉吃驚的樣子，身形一飄斜躍而至，詫異地問道：「這柄是否便是傳遍江湖的金鵬墨劍？」

石砥中冷冷地道：「不錯，道長是誰？」

道人神色凝重道：「貧道丹離子，少俠莫不是大漠金城之主石砥中？」

石砥中頷首道：「道長果然好眼力，在下正是石砥中。」

丹離子哦了一聲，道：「石施主當真是進過鵬城之中嗎？」

石砥中朗聲大笑，斜撩長劍，道：「難道這個還不能證明嗎？」

丹離子搖搖頭道：「並非是貧道不信，這裡面關係太多事情，貧道為求事情真相，不得不如此一問。」

石砥中冷問道：「你要問我什麼？」

丹離子激動地道：「石施主在鵬城裡面之時，是否曾發現一個紫玉大盆，裡面以瓊瑤為漿，栽植著一株萬年海底鐵樹……。」

石砥中一愕，沒有想到丹離子居然通曉大漠神秘鵬城裡面的紫玉盆。他詫異地哦了一聲，道：「有，請問道長好端端的問這個幹什麼？」

丹離子霎時緊張起來，道：「那鐵樹是否已經開花？」

石砥中淡淡地道：「鐵樹開花一百年，我進去之時花蕾才放，最少還得等待十年才能完全綻開。」

丹離子神情一鬆，道：「夠了，夠了，時間上還來得及！」

他冷冷地道：「閣下請將金戈玉戟交給貧道，貧道進這神秘之城只要這盆鐵樹，別的不輕取一物，你儘可放心。」

石砥中想不到這個水火道人如此不講理，伸手就向自己索取金戈玉戟。他冷笑一聲，道：「大漠鵬城如今早已封城不現，你縱然花盡精力也找不到它的位置。我是這一代城主，在出城之時已將金戈放在城中，閣下可能要失望了。」

丹離子冷哼一聲，怒道：「你一定懂得開啟之法。」

石砥中漠然道：「多少知道一點，但是你還是死了這條心吧，在下決不會告訴你這種人！」

他冷笑一聲，又道：「閣下如果強出頭，在下只有領教一途！」

丹離子嘿嘿笑道：「很好，看來只有逼你才會說出鵬城的秘密！」

他身形一退，自背後掣出一支長劍，目中凶光一閃，他突然回頭道：「秦兄，請你施出銀錘絕技，助小弟一臂之力。」

秦虹臉上通紅，道：「小弟銀錘已經毀了！」

丹離子啊一聲，道：「有這種事？」

黎山醫隱這時恨透了石砥中，目中幾乎要噴出火來，他一見丹離子拔劍準備出手，揮劍上前道：「鍾前輩，我助你……。」

石砥中見這兩大高手同時向自己撲來，不覺一股怒火自心底漾起。

他眉聚煞意，面帶冷笑，怒道：「翁老頭，這裡數你最惡，我在三招之內必取你性命！」

黎山醫隱大喝一聲，舒劍輕輕一彈，一縷劍風破空撩出，對著石砥中身上疾快地刺出一劍。

石砥中足下輕點，回身一個斜轉，長劍在空中顫起無數個光弧，無比快速地連揮三劍。

這三劍幾乎羅盡天下劍法之絕妙，丹離子目睹對方劍法之威勢，心中大凜，這才曉得秦虹為何會受傷。

他旋身一退，片片劍光斜灑而出，居然攻得全是偏激的路子。

石砥中毫無懼意，對身後的黎山醫隱置之不理，看似拚出全力，對付丹離子這詭怪莫測的怪異劍法。

他沉聲大喝道：「納命來！」

劍光閃爍，在擊出這劍之時，石砥中倏地回身，手起劍落，竟然捨棄丹離子，回身朝黎山醫隱劈去！

「呃！」一蓬血雨隨著黎山醫隱慘嗥之聲灑出。

黎山醫隱悲痛的一聲大吼，一條左臂連肉帶骨整個掉落下來。

而黎山醫隱本身也因這骨碎的劇痛而暈死地上，龐大的身軀在地上連翻數滾，方始靜止不動。

汩汩的鮮血如泉湧出，秦虹傷心欲絕，大吼一聲，飛身撲向黎山醫隱的身上，伸手點了他三個大穴，阻止鮮血繼續流出。

神手鬼醫急步上前，道：「秦前輩，這個由老夫來！」

他醫術之精天下無出其右，自懷中拿出一個藥丸，捏碎後塗在傷口上，拾起那條斷臂給他接了上去。

秦虹神色稍定，道：「他的手臂已經廢了！」

神手鬼醫淡淡地道：「在醫典上有一種切骨移臂之法，老夫雖然沒有十分把握，倒願意試試，我想這條手臂也許還能接上！」

秦虹哦了一聲，道：「你快動手！」

神手鬼醫向樊竹君一招手，抱著黎山醫隱向屋中行去。

樊竹君雖然心中有些不願意，但父命如山，只得不放心的向場中一瞥，閃身跟進屋中。

丹離子見石砥中在一招之下便斷去黎山醫隱的一條手臂，心神不禁為對方的氣勢所懾，他手持長劍再也不敢貿然出手，凝重地注視對方的臉上。

秦虹這時心神俱碎，根本不顧自己身上的傷勢，他憤怒地一聲大吼，曳著袍角躍了過來。

丹離子精神大振，道：「秦兄，你早該出手了！」

秦虹怒聲道：「我要替我師侄報仇！」

石砥中見這兩個生平僅見的高手同時出手，再也不敢心存絲毫大意。他凝神馭劍，道：「二位真要逼我出手嗎？」

秦虹怒喝道：「怎麼樣？我們拚了！」

拳影一閃，一道勁氣如山撞了過來。

× × ×

丹離子和秦虹聯手後威勢大增，一個劍光霍霍，一個拳勁如山。

石砥中在兩大高手夾擊下，頓覺壓力奇重，有些自顧不暇的感覺，他奮起全身神力，迎空揮出一劍，一股劍風對著兩人當頭罩去。

秦虹心中大駭，虛晃一拳，閃身暴退，而丹離子這時正好劈出一劍，方始將石砥中這極俱威力的一招擋了回去。

石砥中斜揮長劍，神色凝重地往前斜跨一步，雙目寒光一湧，冷冷地道：「二位還要動手嗎？」

丹離子冷笑一聲，道：「貧道要求不多，希望你不要使貧道太難堪……。」

石砥中長長吸了一口氣，道：「你想從我身上找出大漠鵬城的秘密，那是不可能的！我身為鵬城之主，有義務保守鵬城的秘密，道長，我希望你能三思而行！」

丹離子默默凝望了石砥中一眼，道：「不行，那盆海底鐵樹對我太重要了，我寧願將項上這顆人頭放在這裡，也不願空手回去。」

「哦！」石砥中雙眉深鎖，道：「這下我更不懂了，以道長這種苦修怎會連道家所說的『欲』、『利』二字都看不開，海底鐵樹並不是什麼名貴的東西，道長縱然得到，也沒有什麼用處。」

丹離子動容道：「你懂什麼？海底鐵樹本身並不珍貴，珍貴的是它所開的花，這種花對於練武的人沒有用處，但對於一個垂死的人卻是救命神藥。我雲遊江湖十幾年，所為的就是尋找這盆鐵樹，普通的還不行，必須是要快開花的……。」

遠遠站著的秦虹詫異地道：「鍾兄難道是為了救人……。」

「不錯！」丹離子沉重地道：「我為了救昔年一個大恩人，不惜奔波江湖多年，所為的就是找這個東西。經我探訪之下，只有大漠鵬城裡有這一株快要開花的海底鐵樹。」

石砥中聽說丹離子要這盆鐵樹是為了救人，不覺大感有趣。他本是俠義之人，見丹離子用心極正，不禁問道：「你要救的是什麼人？」

丹離子想了一想道：「恨天行！」

秦虹啊了一聲道：「恨天行，怎會是他？」

石砥中也是滿面詫異地道：「江湖上姓恨的，只有『仙手追魂』一家，傳說恨氏一脈單傳，靠一種極厲害的武功，謀殺白道正義之士，許多高手都死在恨氏的手裡，你身為道門正宗，怎會和江湖上談虎色變的恨天行來往？」

丹離子冷哼了一聲，道：「我不管人家對他的批評如何，只要他對我有恩，我縱是將性命交給他都願意。恨天行雖然是有名的白道煞星，可是他對我丹離子卻是一片赤心。」

秦虹現在也知道事情嚴重了，他雖然沒見過恨天行這個人，可是對他那種殺人手段，卻也聽聞不少。

他神色略變，道：「鍾兄，這個人救不得……。」

「嘿！」丹離子低喝一聲，如刃的目光突然逼落在秦虹的臉上。冰冷的面容，沒有一絲情感的道：「秦兄，你要是不滿意，我倆的交情便一刀兩斷！」

秦虹一呆，沒有料到這個至交的好友會在一剎那間與自己反目，他心中暗暗一嘆，一語不發詫異地望著丹離子。

石砥中長長吸了口氣，道：「道長，你可以請了！在下縱然拚了血濺七尺，也不會去救一個沾滿血腥的混世煞星，恨天行一生為惡，這種人我看你不救也罷！」

丹離子長劍一揮，道：「不行，你如果不交出這盆鐵樹，我丹離子只好將你押到秘門去，由秘門追魂宮的人對付你。」

石砥中冷笑道：「追魂宮在何處？」

丹離子冷冷地道：「離這裡不遠，你有興趣與我走一趟嗎？」

石砥中想了想才道：「我早就想會會這個大煞星了，只是這人詭計百出，怎會將住處告訴你，我想你是給人坑了！」

「放屁！」丹離子怒叱道：「恨天行曾和我擊掌為盟，他雖冷酷無情，但對我卻是赤膽冰心，你要是敢侮辱他，休怪我不客氣。」

石砥中不屑地道：「你想要怎樣？憑你那點道行還差得太遠。」

丹離子憤憤地道：「我現在不和你鬥氣，等你進了追魂宮後我再找你算賬。」

他冷冷斜睨了秦虹一眼，道：「秦兄也有興趣走一趟嗎？」

秦虹低頭沉思一會，道：「也好，我只是去看看熱鬧。」

石砥中搖搖頭道：「這個熱鬧不怎麼好看，去那裡恐怕是拚命，恨天行心狠手辣，進了他那片安樂土，無疑是走進閻羅殿。」

秦虹苦笑道：「我這條命已經去了半條，剩下一半留著也沒意思，不如跟你們去見識見識，看看這個江湖第一煞星到底是個什麼樣的人。」

丹離子嘿嘿一笑，道：「好呀，老秦，你竟站到他那邊去了！」

他陰沉地揚聲大笑，邁開大步向處行去。

他的身形尚未消失，空中已響起一聲冷笑，只聽一聲大喝道：「鍾兄，你往哪裡去？」

丹離子回身一退，道：「老沙，你要怎樣？」

只見沙子奇鬼魅似的輕掠而來，他滿臉病容，一副潦倒失意的樣子。

石砥中看他一眼，怎麼也想不出沙子奇為何在數日之間竟變得這樣狼狽，與昔日那種仙風道骨、瀟灑出塵的神貌彷佛變作兩人。

他哪知沙子奇因為寒玉金釵之事，在傷心失望之餘，誤以為石砥中在無名谷中絕逃不出神武老祖的殺手，而白費了他數年的心血，連達摩三劍的樣子都沒能看到。所以沙子奇突感傷心不已，茫然在無名谷外徘徊，直等到南海門弟子追出無名谷，他才知道石砥中絕藝已成，安然逃了出來。

沙子奇望著丹離子哈哈大笑，緩緩向他身前行來，笑道：「鍾兄，你的手段好高明呀！」

丹離子連退兩步，嘿嘿笑道：「哪裡，哪裡！」

他乾笑一聲，道：「老沙，你的耳朵好長呀，居然能找到這裡！」

沙子奇乾咳一聲，道：「我老沙流年不利，近日才得一場病，幾乎連命都送掉了。若不是皇天多給我幾年壽限，此刻恐怕連老朋友都見不著了，誰又想到在我老沙臨死前還能見著你，這真是件大喜之事！」

他目中寒光如電，不瞬地盯在丹離子的臉上。

丹離子心中大寒，竟倒退不迭。

丹離子嘿嘿冷笑道：「老沙，你得什麼病，讓我丹離子看看！」

他這時不再倒退，緩緩迎了上去，伸出左掌輕輕地往沙子奇的脈門上扣去，道：「老沙，你的脈博正常嗎？」

沙子奇搖搖頭道：「不知道，你給我瞧瞧！」

他輕輕抬起左臂，舒腕伸了過去。在丹離子手指方觸及他的手腕時，突然一翻手，對著丹離子的手指探去，嘴裡道：「鍾兄，你這個手指太硬了，我不敢領教！」

丹離子自知這一手無法拿住對手，一見沙子奇手掌一翻，閃身急忙退避，大叫道：「老沙，你真是不識好人心，我丹離子算白費心了！」

沙子奇冷冷地道：「真人面前不說假話，你那點道行我還不知！」

丹離子訕訕地道：「老沙，你也太瞧不起我了！」

沙子奇冷哼一聲，目光瞥向石砥中的身上，道：「石砥中，你當心這個老狐狸，他的詭計沒人能摸透！」

石砥中對沙子奇甚為尊敬，急忙走上前去，道：「沙老前輩，你來得正好，他的狐狸尾巴快露出來了！」

沙子奇一怔，道：「你要當心，他的每一句話都靠不住！」

石砥中哦了一聲，道：「這麼說，他要我去恨天行那裡是別具用心了！」

他對這些隱世高手之間的事情知道得太少，只感覺到每一個人身上都蘊藏無數的秘密，連沙子奇都令人覺得神秘詭異，有時不近乎常理。

沙子奇神色慘變，喃喃顫道：「恨天行，恨天行……他居然看上你了！」

丹離子這時精神一振，再也不是適才那種畏懼害怕之色，他冷冷地道：「沙子奇，你有多大的膽子，竟敢直呼秘門之主！你身為秘門十二友之一，怎對門主這樣不恭？」

沙子奇肅然端立，歉然道：「鍾兄請多包涵，小弟一時失口，還希望你能多擔待一二！」

他這種低聲下氣的口吻，近乎哀求，非但石砥中一怔，連秦虹都覺得有些詫異。

丹離子冷笑道：「門主的規矩你是知道的，直呼其名有反叛之意，莫非你自恃這幾年功力大進，妄想擊敗門主，而握秘門之權？如果真是這樣，貧道這就回去，將你的事稟告門主，准你在三天之內去秘門關，憑你本身所學闖闖看！」

沙子奇急忙搖手道：「鍾兄，這可使不得！我老沙有何德何能敢去闖秘門關，剛才的事不足掛齒，請你看在老友份上，不要將這事傳將出去，往後你丹離子要求什麼我都答應。」

丹離子冷酷地笑道：「沒有那麼簡單，我若不直接報告門主，就有庇護你的嫌疑，包庇同友，那個罪你比我更清楚。」

沙子奇暗中打了個寒顫，目中裡閃過恐怖之色，他雙眉煞氣一湧，道：「鍾兄，這事難道連一點商榷的餘地都沒有嗎？」

丹離子搖搖頭道：「沒有！秘門之主暗椿伏及天下，此刻門主可能早已知道，這件事我隱瞞不了，希望你不要再說！」

石砥中冷笑道：「秘門之主的名字，又非金科玉律，直呼幾句，又有什麼了不起！」

沙子奇變色道：「石砥中，不可亂說！」

石砥中哈哈大笑，道：「我偏要說，沙老前輩你怕他，我可不怕他。恨天行又能拿我怎麼樣，我偏偏要叫他恨天行，看他能將我怎樣？」

丹離子哈哈地笑道：「你不同，因為你不是秘門中人。凡列為秘門十二友之人，對於門主都得恭敬如命，你不在此列自然不能約束你！」

石砥中哼了一聲，沒有想到丹離子有此一說，他滿臉不屑看了丹離子一眼，鼻子裡傳出重重地一聲冷哼，怒道：「十二友是些什麼人？」

丹離子搖搖頭道：「連我也不清楚，這是我們門主所物色的天下十二高手，非有絕頂功力，還很難進入秘門之友中。除了門主掌握這十二個人外，我只知道沙子奇一個人！」

石砥中冷冷地道：「你們門主憑什麼掌握這些人？」

丹離子得意地道：「憑他那身絕世的武功，十二友都心甘情願聽命於門主，只要門主一紙相召，沒有一個敢不來！」

他嘿嘿一笑，道：「時間不早了，我們得走了！」

沙子奇突然一聲冷笑，道：「丹離子，你不要走！」

丹離子心中大寒，道：「你想殺人滅口？」

沙子奇殺氣畢露，狠狠地道：「不錯，是你逼我走上這條絕路！為了我本身的安全，我只有先殺了你，門主那裡我自有解說。」

丹離子畏懼地道：「我來這裡是門主所命！」

沙子奇上前斜跨兩步，低沉地道：「這個我知道，門主曉得我倆私仇如同水火不容，我殺了你，門主只能處罰我私鬥失手，了不起本身受三年限制，這總比我硬闖秘門關來得好受點！」

他冷喝一聲，右掌斜斜掠起，一股晶瑩流凝的光輝顫吐而出。

丹離子身形一弓，斜穿躍去，手中長劍反手一劃，空中顫起六個大劍花，晃動的光影裡，沙子奇一掌拍了出去。

沙子奇這時為了本身的安全，冒著生命的危險，要將雄霸一方的丹離子毀筆直劈向沙子奇的肩頭。

在掌下。見他揮劍劈來，下手再不留情，掌勁斜顫，猛地推出一股大力。

丹離子能列入秘門十二友中，功夫自然也非那泛泛之輩可比。

他目注沙子奇這渾厚的一掌，急忙一收劍刃，斜斜一轉，大喝道：「老沙，你要逼我施放『藍焰之火』嗎？」

沙子奇怒氣衝衝地道：「你不敢！『藍焰之火』雖能將門主引來，可是你本身也不要想活了。那是用來對付外人，可不是叫你對付自己人，秘門規矩你比我還清楚……。」

丹離子面若死灰，道：「你這簡直是想逼死我！」

沙子奇冷笑道：「這個自然，一個人在面臨死亡時，不會再顧忌任何手段，只要救得了自己，哪怕是將他最知己的朋友殺了，他也不會皺皺眉頭！」

丹離子顫聲道：「我現在才知道你的心比我還要黑，怪不得門主對你特別留意呢！原來你早就居心不良，有意……。」

「住嘴！」沙子奇怒喝道：「秘門之主，雖可君臨天下，可是他不能使人人心服。你丹離子在他面前出的壞主意太多，若不是你，我們十二友也不會互不相容！」

秦虹這時突然問道：「沙兄，此話怎講？」

沙子奇一怔，似乎不認識秦虹，他看了看秦虹，這才留意起來，冷冷地笑了笑，道：「這位是誰？」

秦虹乾笑一聲，道：「在下秦虹，剛才見沙兄說話涉及貴門十二友中之事，一時好奇……。」

他勉強地笑道：「如果沙兄不願說，我秦虹這句話還可收回！」

沙子奇雖不知秦虹的來歷，只記得這人名聲極大，也是獨佔一方的梟雄。他以為秦虹是石砥中的朋友，道：「這個說說也無妨，反正都是朋友……丹離子受寵於秘門之主，所以門主授以秘察使，在各地查訪各派活動情形，看看是否有對門主不利的事情發生。他惟恐這個差事將會移交給別人，暗中激起門主對其他十二友的懷疑，而門主也因只信他一面之辭，對十二友諸人存了懷疑之念！」

秦虹嗯了一聲，道：「原來是這麼一回事！」

請續看《大漠鵬城》8　荒漠悲歌

風雲武俠經典

大漢鵬城【七】幻影神劍

作者：蕭瑟
發行人：陳曉林
出版所：風雲時代出版股份有限公司
地址：10576台北市民生東路五段178號7樓之3
電話：(02) 2756-0949
傳真：(02) 2765-3799
執行主編：朱墨菲
美術設計：許惠芳
業務總監：張瑋鳳

出版日期：2025年10月
版權授權：蕭瑟
ISBN：978-626-7695-08-1
風雲書網：http://www.eastbooks.com.tw
官方部落格：http://eastbooks.pixnet.net/blog
Facebook：http://www.facebook.com/h7560949
E-mail：h7560949@ms15.hinet.net
劃撥帳號：12043291
戶名：風雲時代出版股份有限公司

風雲發行所：33373桃園市龜山區公西村2鄰復興街304巷96號
電話：(03) 318-1378
傳真：(03) 318-1378
法律顧問：永然法律事務所 李永然律師
北辰著作權事務所 蕭雄淋律師

行政院新聞局局版台業字第3595號 營利事業統一編號22759935

定價：340元

國家圖書館出版品預行編目資料

大漢鵬城／蕭瑟 著. -- 初版. -- 臺北市：風雲時代出版股份有限公司, 2025.10　冊；　公分

ISBN 978-626-7695-08-1 (第7冊：平裝). --

863.57　　114003702